"亚丝娜，抱歉……"

——桐谷和人 § 拯救被囚禁在恶梦MMO《SAO》里众多玩家的
"黑色剑士"。游戏里的角色名是"桐人"。
在《SAO》与真实世界里都和明日奈是一对恋人。

"桐人，桐人！振作一点啊！！"

结城明日奈 § 大型电子机器制造商"RECT"CEO结城彰三的女儿。过去曾因为玩了哥哥所购买的VRMMO《SAO》而被囚禁在游戏当中。

"得试一下才知道行不行吧？"

——桐人 § 不知为何闯进谜样奇幻风"虚拟世界"的少年。

"这其实还蛮困难的呢。我刚开始
时根本没办法砍中裂缝啊。"

尤吉欧 § 桐人在这个世界里最先遇见的居民。
身负砍断恶魔之树"基家斯西达"的"伐木工"天职。

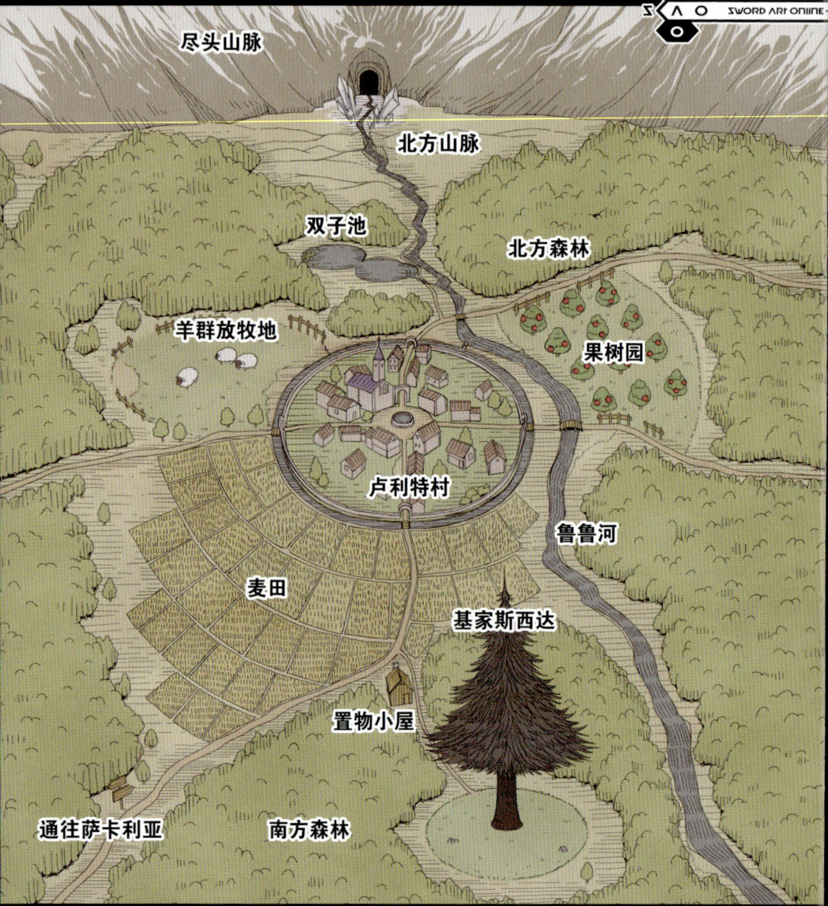
尽头山脉
北方山脉
双子池
北方森林
羊群放牧地
果树园
卢利特村
鲁鲁河
麦田
基家斯西达
置物小屋
通往萨卡利亚
南方森林

卢利特村 周边地图

地底世界的居民尤吉欧所生活的村庄卢利特村，位于分割统治“人界”的四大帝国之一“诺兰卡鲁斯北帝国”最北边边境的“人界世界尽头”处。虽说村子已经有三百年的历史，但因为北、东、西三方面都被险峻山脉所包围，所以居民的生活相当贫困。如果想要拓展田地或放牧地就只能开垦南方森林，但森林入口处却被吸光周边土地养分的“恶魔之树”基家斯西达的树根所阻挡。因此村里便有使用足以断铁的“龙骨斧”砍伐“基家斯西达”这种代代相传的天职存在。而从卢利特村再往北方前进，将会遭遇到“尽头山脉”。山脉的另一边是连光线也无法到达的暗之国“黑暗领土”。此外村庄南方的道路可通往萨卡利亚城镇，更加往南前进则可到达统治四帝国的公理教会所在地央都圣托利亚。

"这虽然是游戏，
但可不是闹着玩的。"
——"SAO 刀剑神域"设计者·茅场晶彦

SWORD ART ONIINE
Alicization beginning

REKI KAWAHARA

Abec

bee-pee

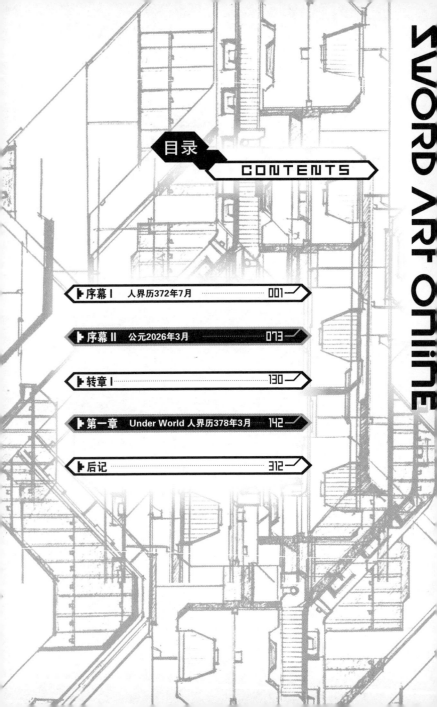

目录

CONTENTS

SWORD ARt OnLinE

序幕 I　人界历372年7月

▶1

握住斧头。

往上举起。

用力挥落。

虽然只是几个简单的动作，但劈砍之处只要稍有不慎便会有偏差，坚硬的树皮将无情地把力量反弹回双臂上。只有在呼吸、节奏、速度以及重心移动都完美配合的情况下，蕴含在沉重斧头刀刃中的威力才能传达到树上，让这一砍发出清澈悦耳的声音。

不过，尽管脑子明白这个原理，实践起来却不怎么容易。尤吉欧从十岁那年的春天接下这个工作后，很快地已到了第二个夏天，但十下里面大概只能出现一下这样漂亮的一击。教导他如何挥动斧头的前任伐木工卡利塔爷爷可是百发百中，无论挥多少次沉重的斧头也不会露出疲态，但尤吉欧只不过挥动五十次就已经两手麻痹、肩膀发疼，甚至连胳膊都抬不起来了。

"四十……三！四十……四！"

他仿佛要鼓励自己一般，边拼命大声数着数字边将斧头往大树上砍去，然而喷出来的汗水已经让视野一片模糊，手掌更滑得握不紧斧头，使得命中率不断降低。这时开始有点自暴自弃的他，连身体也跟着手里紧握的伐木斧甩了出去。

"四十……九！五……十！"

挥出最后一下时，尤吉欧已经完全失去准头，直接砍中树干深邃缺口之外的树皮，发出了一道相当刺耳的金属声。他因为这足以让眼睛爆出火花的反作用力而放开斧头，直接往后退了几步并跌坐在满是苔藓的地面上。

一阵剧烈喘息之后，他听见右边传来一道带着笑意的声音。

"五十次里只有三次成功啊。全部加起来嘛，呃……四十一次吗？看来今天你要请喝西拉鲁水啰，尤吉欧。"

声音来自躺在稍远处的同龄少年。尤吉欧无法马上回话，只能坐在地上用手摸索皮革水壶并把它抓起来。大口喝下已经变温的水之后，稍微感到舒服一点的他便用力盖上壶盖并说道：

"哼，你还不是只有四十三次而已，我立刻就会追上你了。来，换你啰……桐人。"

"好啦好啦……"

这名叫桐人的少年，是尤吉欧从小就认识的超级好友。而自从去年春天尤吉欧开始这令人忧郁的"天职"后，桐人也成了他的搭档。这时桐人撩起被汗水濡湿的黑色刘海，将两脚往正上方抬后"嘿"的一声跳起。但他并没有马上捡起斧头，而是把手叉在腰部抬头往上看。尤吉欧也跟着将视线往空中移去。

7月中的夏季天空可说一片蔚蓝，高挂在中央的阳神索鲁斯正从空中放射出无限光芒。然而光线却被大树朝四面八方扩散的枝丫遮住，几乎照不到尤吉欧与桐人所站的树根处。

当两人抬头仰望天空时，大树依旧不断地以无数枝叶抢夺阳神的恩赐，更利用树根无止境吸取地神提拉利亚的恩宠，持续修补着尤吉欧与桐人辛苦砍下的裂缝。不论白天再怎么努力，休息一晚之后隔天再来到这里，马上就会发现昨天所砍的裂缝已经补回了一半。

尤吉欧轻声叹息，同时将目光从天空转到大树上。

村人之间以代表"巨神的大杉树"之意的神圣语——"基家斯西达"来称呼这棵大树。它是一棵树干直径有四梅尔，树根到最顶端的树枝足足有七十梅尔的怪物。就连村里最高的建筑物——教会钟楼也只有它的四分之一高，对于今年身高好不容易才超过一梅尔半的尤吉欧来说，这棵巨树看上去确实就像古代巨神一般。

光凭人类的力量，说不定根本没办法砍倒它——每当尤吉欧看见树干上那砍出来的断面后，总是忍不住会有这样的想法。这个楔形裂痕好不容易才有了大约一梅尔的深度，但树干却足足还有超过断面三倍的厚度呢。

去年春天，尤吉欧和桐人一起被带到村长家里，除了接下"巨树的伐木工"这份工作之外，还听见了几乎要让他昏过去的一段话。

这棵基家斯西达，远从两人生活的"卢利特村"建立前就已经在这里落地生根，而打从开拓者时代起，村民们便不断地砍伐着这棵大树了。从初代伐木工开始算起，到前任的卡利塔爷爷已经是第六代，尤吉欧与桐人则算是第七代。到目前为止，村民们在这棵树上已经花了超过三百年的时间。

——三百年！

当时刚过完十岁生日的尤吉欧，实在难以想象那是多么漫长的一段时间。当然，现在已经十一岁的他依然无法理解。他唯一知道的是，从自己父母、祖父母以及之前甚至是再之前的世代起，伐木工们就已经挥动过无数次斧头，而所得成果就是这不到一梅尔的断面。

至于非得砍倒这棵大树的理由嘛，很快村长就用严肃的语

气对他们作出了说明。

基家斯西达靠它的巨大躯干以及旺盛生命力，夺走了周围大片土地的阳神恩惠与地神恩惠。遭到大树影子所覆盖的土地，就算撒上种子也长不出任何作物。

卢利特村位于分割统治"人界"的四大帝国之一"诺兰卡鲁斯北帝国"北部边境。换言之，这里是真正的世界尽头。而且村庄的北、东、西三面全被险峻的山脉包围，想要拓展田地或放牧地就只能开垦南方森林。但是森林入口已经被基家斯西达的树根盘踞，所以不先除掉这个麻烦，村子就没办法继续发展下去。

事情看起来似乎相当单纯，但大树的木质就跟铁一样硬，而且点火也无法燃烧。就算想将它连根铲除，也因为根部长度已经与树高差不多而办不到。因此我们只能用开村祖先所留那柄足以断铁的"龙骨斧"来砍伐树干，然后把这份工作一代代传承下去——

当声音由于沉重使命感而开始发抖的村长讲完这段话时，尤吉欧才畏畏缩缩地问出"既然如此，为什么不干脆放着基家斯西达不管，直接开拓更南方的森林"这样的问题。

结果村长马上就以恐怖的声音回答——砍倒那棵树是历代祖先的愿望，而将伐木工这份天职委托给两名村民早已是村里的惯例。紧接着，桐人则是用怀疑的态度质疑为何祖先们要在这种地方建立村子。村长听见后稍微愣了一下，但他随即火冒三丈地用拳头敲着桐人，然后也顺便敲了尤吉欧的头好几下。

那天之后已经过了一年又三个月，这段日子里两个人就这样轮流挥动龙骨斧，不断挑战着基家斯西达。不过，可能是运用斧头的技巧未臻纯熟吧，大树上的断面看起来似乎完全没有变深。不过在这之前已经花了三百年才有这样的成果，所以两个小孩子努力一年依然看不见什么显著变化似乎也是理所当然的。但对两名当事人来说，这份工作实在没有半点成就感。

当然了——只要有意愿，他们也可以选择不止单纯地观察大树外表，而用更加简单明了的方式来确认自己的力量究竟有多渺小。

一旁默默瞪着基家斯西达的桐人似乎也想到了这点，于是走到树旁并伸出左手。

"喂，算了吧，桐人，村长不是也让我们不要频繁地窥探大树的'天命'了吗？"

尤吉欧急忙出声制止，但桐人只是稍微把脸转过来，然后露出一贯的促狭笑容并低声说道：

"上次已经是两个月前的事了。所以这不算频繁，只是偶尔啦。"

"真拿你没办法。喂……等一下，我也要看。"

呼吸好不容易才恢复平稳的尤吉欧，也像桐人一样利用脚的反作用力站起身，然后跑到搭档旁边。

"好了吗？要开啰。"

桐人低声说道，然后伸在前面的左手马上竖起食指与中指，剩下的手指则是紧紧握起，然后他便于空中画出了宛若蛇在爬行的图案。在奉献给创世神的结印中，这是最为简单的一种。

桐人画完印后，马上用指尖敲了一下基家斯西达的树干。这时发出来的并非原本那种清脆敲击声，反而变成一种类似轻弹银器的清澈细响。接着，立刻从树干内部浮现一道小小的长方形光亮视窗。

只要是存在于天地之间的物体，无论能否活动，掌管生命的创世神史提西亚皆会赋予其所谓的"天命"。小虫与花草的天命相当短暂，猫与马等动物的天命就会稍微长一点，而人类的天命当然比这些动物还要更长。至于森林里的树木以及长满苔藓的岩石，则又拥有比人类多出好几倍的天命。这些天命通常在刚诞生时都会不断增加，接着在某个时间到达顶点并开始慢慢减少。最后天命用尽时，动物或人类便会停止呼吸，而草木、岩石则会枯萎、粉碎。

这种用神圣文字记录天命残量的东西，就是所谓的"史提西亚之窗"了。只要拥有相当神圣力的人，就能够在画完印后敲打对象而叫出这个窗口。一般人大多都能够叫出石头与草木的"窗口"，对象若是动物则会略为困难，如果要叫出人类的"窗口"，就一定得修习初步的神圣术才办得到。当然——对任何人而言，观看自己的窗口都是件令人感到恐惧的事情。

一般来说，观看树木的窗口要比看人的窗口容易多了，但基家斯西达既然能够被称为恶魔之树，所需要的神圣力当然也高出一般树木许多，尤吉欧与桐人大约是在半年前才好不容易能够叫出它的窗口。

据说过去在央都圣托利亚的"世界中央公理教会"获得元老地位的神圣术师，曾经连续举行了七天七夜的盛大仪式——最后成功叫出了大地，也就是地神提拉利亚的"窗口"。但在看见大地的天命后，该术师便陷入恐慌状态，最后不知道消失到哪里去了。

自从听说这个传闻之后，尤吉欧不但害怕看见自己的窗口，也对窥看包含基家斯西达在内的大型物体感到有些恐惧，不过桐人倒是完全不在乎的样子。现在也一样，可以看见那张脸急切地靠到发光的窗口旁边。虽然两人是从小便认识的好友，但尤吉欧经常会觉得桐人的行为超出常规，不过他现在同样因为好奇而从旁边窥视着窗口。

发出淡紫色光芒的四边形窗口里，出现了一排由直线与曲线所组合成的奇妙数字。尤吉欧虽然能够看懂这些由古代神圣文字所写成的数字，却被禁止实际将它们写出来。

"嗯……"

尤吉欧用手指一个一个指着它们确认，然后用嘴巴将数字念了出来。

"二十三万……五千五百四十二……"

"啊……上上个月是多少？"

"我记得是……二十三万五千五百九十左右吧。"

"……"

听见尤吉欧的话之后，桐人马上用夸张的动作高举起双手，整个人跪到地上。接着他又用手指抓乱那一头黑发。

"才减少五十！努力了两个月，才让二十三万多减少了区区五十！照这样下去，这辈子根本没办法砍倒这棵树嘛！"

"拜托，原本就不可能了好吗？"

尤吉欧只能苦笑着这么回答。

"我们之前六代的伐木工，努力了三百年才好不容易减少了四分之一……大略算一下，应该还得花上十八代，也就是再过九百年左右才能完成吧。"

"我——说——你——啊——"

抱头蹲在地上的桐人昂首狠狠瞪了尤吉欧一眼，然后突然缠住对方的双腿。吓了一跳的尤吉欧立刻失去平衡，整个人往后仰倒在满是苔藓的地面上。

"怎么会有你这种乖宝宝啊！你就不会因为这种不合理的

工作感到懊恼吗！"

桐人口气虽然愤怒，本人却带着满脸笑容坐到尤吉欧身上，然后开始不停搔弄好友的头发。

"呜哇，你干什么啦！"

尤吉欧用双手抓住桐人的手腕用力一拉，然后利用桐人身体想抵抗而往后倒的力量站起来垂直转了半圈，最后换成他坐在桐人身上。

"看我怎么回敬你！"

尤吉欧边笑边用脏手抓着挚友的头发，但跟他自己那头亚麻色的柔软头发相比，桐人的黑色头发本来就到处乱翘，所以这样的攻击根本没有什么意义。于是这名少年马上转而在桐人的侧腹部挠痒。

"呜哇，你这家伙……这样太，太卑鄙……"

当尤吉欧压制住因呼吸困难而拼命挣扎的桐人并继续挠他的痒时，忽然从背后传来一道尖锐的声音。

"喂——！你们两个又在划水了！"

尤吉欧与桐人立刻停止对抗。

"呜……"

"糟糕……"

两个人缩着脖子，慢慢转过头去。

稍远处的岩石上，果然有道双手叉腰并挺起胸膛的人影。尤吉欧脸上出现抽搐的笑容，然后对着那个人说：

"哈……哈啰，爱丽丝，今天来得真早啊。"

"一点都不早，跟平常一样的时间。"

人影傲慢地抬起下巴，绑在头部两侧的长发，立刻在穿过

树叶间隙的阳光下发出炫目光芒。一名穿着鲜艳蓝色裙子与白色围裙的少女，就这么以灵巧的动作从岩石上跳了下来，而她的右手上还拿着一个大藤篮。

少女的名字是爱丽丝·滋贝鲁库。身为村长女儿的她，年纪与尤吉欧和桐人一样是十一岁。

依照规定，卢利特村的——不对，应该说生活在北部边境区域的所有小孩子，在十岁时都会被赋予"天职"并开始实习该种工作，但爱丽丝却是唯一的例外。她目前仍在教会的学校里上课，为了让她充分发挥全村的小孩中最优秀的神圣术才能，她正在学校里接受阿萨莉亚修女的个人课程。

虽然这个女孩既有天赋又是村长的女儿，但贫穷的卢利特村实在没办法让一名十一岁女孩整天待在学校里读书。这里只要是还有力气的人就得干活，如果不拼命击退持续削减作物或家畜天命的日照、梅雨、虫害——也就是"暗神贝库达的恶作剧"，村民们将很难平安度过严寒的冬天。

历代祖先都是农夫的尤吉欧家，在村子南边拥有一片开垦出来的广大麦田，他的父亲在听见三男尤吉欧被选为基家斯西达伐木工时虽然表示开心，但心里应该因为少了一个人手而感到相当遗憾才对。当然村内金库还是会支付伐木工的薪水给尤吉欧家，但田里少了一个人手的事实依然没有任何改变。

依照惯例，各家长子大概都会被赋予跟父亲相同的天职。若是农家，女儿与次子、三子基本上也会继承。道具店老板的小孩将继承道具店，侍卫的儿子将成为侍卫，而村长的位子当然也会由他的后代来继承。卢利特村就靠着这样的传统，让村子数百年来都维持着差不多的模样。大人们都说，完全是靠史提西亚神庇护，村子才能维持如此长久的和平生活，但尤吉欧却对这些话感到有些难以形容的怀疑。

他实在搞不懂，大人们到底是真的想扩大村子，还是只想要维持现状。如果真心想扩大农地，便不该理会这棵麻烦的大树，直接开拓更远一点的南方森林就好了。然而，就连村里最有智慧的村长，也未曾想过去改变村子里一些不合时宜的惯例。

因此，卢利特村不管过了多少年仍旧一样贫困，村长的女儿爱丽丝也只有上午能在学校上课，下午就得回家忙着照顾家畜与打扫屋子。而帮尤吉欧与桐人送饭就是她每天第一件工作了。

右手挂着藤篮的爱丽丝灵巧地从大岩石上跳下来，她那深蓝色的眼珠，依然紧紧瞪着停止打闹的尤吉欧与桐人。就在她那娇小的嘴唇劈出下一道雷之前，尤吉欧便已经迅速撑起身体，不停摇着头说：

"我们真的没有划水啦！上午的工作已经结束啰！"

他解释完后，后面的桐人也马上跟着"对啊对啊"地附和。

爱丽丝再度用凶狠的眼神瞪了两人一眼，然后才露出"真受不了你们两个"的轻松表情。

"做完事情竟然还有力气在这里打闹，看来我还是请卡利塔爷爷增加你们两个人砍树的次数比较好吧？"

"拜，拜托千万不要啊！"

"开玩笑的啦——来，快点吃午饭吧。今天很热，得在食物坏掉前赶快把它们吃掉才行。"

爱丽丝把整个藤篮放到地上，然后从里面拿出一块大白布并"啪"的一声将其张开，接着桐人马上脱鞋跳到铺在平坦地面的白布上。当尤吉欧也跟着坐下来之后，各式各样的料理便出现在两名饥饿的劳动者面前。

今天午餐的菜色有腌肉、豆子派、夹着起司与熏肉的黑面包、数种干果、早晨刚挤好的牛奶等等。虽然除了牛奶之外都是一些易于保存的食物，但7月的艳阳还是无时无刻不在夺取这些料理的"天命"。

爱丽丝像在训练小狗似的制止了几乎要扑到食物上的桐人和尤吉欧，接着迅速在空中结印，从装在素烧壶里的牛奶起将料理的"窗口"一个个打开，确认它们的天命。

"哇，牛奶还剩下十分钟，派也只能再撑十五分钟了。我都已经是跑着过来了……你们也都看到啦，所以要快点吃哦，不过还是要好好咀嚼才行。"

天命用尽的料理就是"馊掉的料理"，除非身体特别强健，否则只要吃到一口就会引发腹泻以及其他症状。于是尤吉欧与桐人说完"开动"之后，马上就咬起了切得很大块的派。

于是，三个人便默默地吃着午餐。这两个饿扁了的少年暂且不论，就连瘦削的爱丽丝也发挥出不可思议的大胃王功力，不断解决放在眼前的料理。切成三等份的派首先消失，接着九个黑面包及一整壶牛奶也全被他们吞进肚子里，三个人这才终于停下来休息。

"——味道如何？"

爱丽丝侧眼看着两个人并低声这么问道，而尤吉欧马上用自己最诚恳的声音回答：

"嗯，今天的派很好吃哟。爱丽丝做菜的技术真是愈来愈厉害了。"

"真，真的吗？我总觉得好像还少了点什么味道……"

可能是为了掩饰自己的害羞吧，爱丽丝说完就把脸别到一边去了。这时尤吉欧马上趁这个空当向桐人使了个眼色，两人会心一笑。据说爱丽丝从上个月起就负责制作两个人的便当，但爱丽丝的母亲莎蒂娜大婶在旁边帮忙与否，依旧对料理的口味产生了相当大的影响。

其实，无论做什么事都需要长年练习才能真正习得个中诀窍，而尤吉欧和桐人也是直到最近才学会了把料理口味时好时坏这件事隐瞒下来。

"不过呢——"

桐人从装有干果的瓶子里抓起一颗黄色马利果果实，开口这么说道：

"真希望可以慢慢享受这么好吃的便当啊，为什么天气一热便当就马上会馊掉呢……"

"什么为什么……"

尤吉欧这次不再隐藏苦笑，直接用夸张的动作耸了耸肩。

"你这家伙怎么老是说些奇怪的话，夏天里天命本来就耗损得比较快啊。肉也好，鱼也好，就连蔬菜和水果也一样，只要放置一会儿就会坏掉。"

"所以说，我才问为什么会这样啊。如果是冬天，就算把腌渍的生肉扔在外头，也一样可以放个好几天都不会坏啊。"

"那当然是因为……冬天很冷嘛。"

听见尤吉欧的答案后，桐人就像个不听话的小孩般用力撅起了嘴唇。他那在北部边境非常少见的黑色眼珠里，也浮现出了挑战的光芒。

"对啊，就像尤吉欧说的，是因为很冷所以食物才能够保存那么久，所以并不单纯是因为冬天。这么说来……只要能变冷，就算是这个时期的便当应该也能保存一阵子才对吧。"

这下子，尤吉欧真的觉得桐人不可理喻，直接用脚尖轻轻踢了踢好友的小腿。

"别说得那么容易。还变冷呢，夏天就是很热才叫夏天。难道说，你想用被视为绝对禁忌的天气操纵术让老天爷下雪吗？隔天就会被央都来的整合骑士抓走了哦。"

"嗯，嗯……真的不行吗……我总觉得应该有更简单一点的办法才对啊……"

当桐人板起脸来这么嘟囔时，原先静静听着两人对话的爱丽丝，突然用手指绕起了长辫子的尖端，开口插话：

"听起来很有趣哦。"

"怎，怎么连爱丽丝都开始胡说八道起来了！"

"我又不是说要使用禁术。其实也不用夸张到把整个村子都变冷啊，只要想办法让这个便当篮里头变冷不就可以了吗？"

听见这说起来其实相当简单的道理之后，尤吉欧忍不住和桐人面面相觑，接着一起点了一下头。爱丽丝发出清脆的笑声，接着说下去：

"说到夏天依然能保持冰凉的东西，还是有不少的哦，像是深井里的水或是西鲁贝叶等等。如果把这些东西放进篮子，里头会不会变冷呢？"

"嗯嗯……对呢……"

尤吉欧把双手交叉在胸前，思考了起来。

在教会前方广场正中央，有一口自卢利特村建村时便已挖掘出来的深井。从井里提上来的水，就算是在夏天也能让手冻得受不了。

此外，还有生长在北方森林的稀有西鲁贝树，它的树叶在摘下时会散发一股香气，同时也会散发出一阵凉意，被视为治疗跌打损伤的珍贵良药。若是把深井水装进壶里，或者是拿西鲁贝叶来包裹派，确实有可能让便当在运送期间保持低温。

但一起陷入沉思的桐人，这时却缓缓摇了摇头表示：

"光是这样可能没用哦。把井水打上来之后，只要过一分钟就会变温，而西鲁贝叶也只能让人觉得有些凉意而已。如果要让篮子从爱丽丝家到基家斯西达都保持冰凉，我想应该办不到。"

"不然你还有什么好办法吗？"

少女听见好不容易想出来的主意遭到反驳，当场撅起嘴这么反问。桐人挠着那头黑发沉默了一阵子，但最后终于开口说：

"用冰块啊。只要有许多冰块，就可以让便当保持冰凉了。"

"我说你啊……"

爱丽丝仿佛是在表示"真受不了你"般摇了摇头。

"现在可是夏天哟，哪里来的冰块啊？就连央都的大市场也找不到啦！"

她像个叱责不听话小孩的母亲似的迅速说道。

然而，尤吉欧心里已经有了强烈的不祥预感，于是少年紧闭起嘴巴凝视着桐人的脸。根据他多年来的经验，这名从小就认识的好友，只要眼里浮现这种光芒且用这种口气说话，脑袋里通常都在想一些歪主意。以前去东山取皇帝蜂蜂蜜、在教会地下室打破百年前天命就已经用尽的牛奶壶等种种景象，先后闪过他的脑海。

"哎，哎呀，有什么关系嘛，吃快一点就好啦。对了，我看也差不多该开始下午的工作了，不然又得拖到很晚才能回家。"

尤吉欧迅速把空盘子放回藤篮，打算就此中止这个有些危险的话题。但在看见桐人眼睛已经放射出有了某种想法的光芒后，他就明白自己害怕的事情已经成真了。

"……怎样啦，你这次又有什么鬼主意了？"

放弃挣扎的尤吉欧一这么问，桐人马上笑着回答：

"我说啊……还记得你爷爷很久以前讲过的故事吗？"

"嗯？"

"什么故事……"

这时不只是尤吉欧，就连爱丽丝也觉得有些不解。

尤吉欧的祖父在两年前用尽天命而蒙史提西亚神宠召，而他那把白色胡子里头，就像藏了无数的故事一样。老人家还在世时，总会在院子里摇着椅子，告诉这三个坐在脚边的小孩各式各样的事情。老爷爷曾经跟他们讲过数百个令人感到不可思议、兴奋或者是恐惧的故事，所以尤吉欧不知道桐人所指的究竟是哪一个。这名黑发的发小干咳了几声后，才竖起一根手指表示：

"讲到夏天的冰块，也就只有那个了吧？就是'贝尔库利和北方白……'"

"喂，你别开玩笑了！"

桐人还没说完，尤吉欧马上就用力摇头，打断了他的话。

在开拓卢利特村的祖先之中，贝尔库利是剑术最为高明的人，同时也是村里的初代侍卫长。

那已经是距今三百年前的往事，所以关于他的英勇传说也只有几则留传了下来。而桐人刚才嘴里所说的，正是当中最为异想天开的故事的名字。

某个盛夏之日，贝尔库利发现流经村子东边的鲁鲁河里有一大块浮浮沉沉的透明石头，捞起来才发现原来是一大块冰块。觉得有些不可思议的贝尔库利便不断延着河流往上游走，最后他虽然已经来到人界终点处的"尽头山脉"，但还是继续跟着细小的水流往前走，结果看见一个巨大洞窟出现在眼前。

贝尔库利不顾从洞里吹来的寒风，毅然往里头走去，历经许多危险之后来到最深处的一座大广场。在那里，他见到了传说中守护着东南西北四方的的人类的巨大白龙。这时贝尔库利又注意到将身体蜷曲在无数财宝上的白龙似乎已经睡着了，大胆的他便蹑脚往白龙身边靠近。结果，他在宝物当中发现了一把精美长剑，非常想将其占为己有。正当故事主角悄悄拿起长剑，准备拔腿就跑时——内容大概就是这样。而故事名称正是"贝尔库利与北方白龙"。

就算桐人再怎么喜欢恶作剧，应该也不至于打破村里的禁忌，越过北方山峰去寻找真正的白龙吧。心里不禁如此祈祷的尤吉欧畏畏缩缩地问道：

"也就是说，你想监视鲁鲁河……在那里等待流冰出现吗？"

但桐人却用鼻子轻哼了一声，满不在乎地说：

"要是在那里干等，说不定冰还没出现，夏天就先结束了。我也没打算和贝尔库利一样找出白龙啦。但那个故事里不是说，一进洞窟就能看到很多大冰柱吗？我们只要折个两三根冰柱，应该就能拿来做实验了吧。"

"我说你这家伙……"

尤吉欧有好几秒钟的时间说不出半句话来，他最后只能看向旁边的爱丽丝，希望少女能代替他说说这个莽撞的小鬼。当他发现连爱丽丝的蓝色眼睛里竟然也闪烁着不寻常的光芒时，便只能在内心暗自感到沮丧。

虽然相当不愿意，但尤吉欧和桐人早就被村里的老人们视为最调皮捣蛋的两个小鬼，日常生活里也总是会听到他们的叹息、斥责与抱怨。

然而很少有人知道，两人之所以会做出那么多恶作剧，其实都是村子里看起来最乖的爱丽丝躲在后面煽动。

现在，爱丽丝就把右手食指放在那丰润的嘴唇上，以看起来有些迷惑的样子沉默了几秒钟，随即眨着眼睛，作出了相当大胆的表示。

"——这确实是个不错的想法。"

"喂，喂……爱丽丝啊……"

"确实，村子是有禁止小孩自己越过北方山峰的规矩。但你们仔细想想，规矩的正确内容应该是'禁止小孩子在没有大人陪同的情况下越过北方山峰游玩'对吧。"

"咦……是，是这样吗？"

桐人与尤吉欧不由得面面相觑。

村规，正式名称是《卢利特村村民规范》，本体其实是保管在村长屋内厚达两限左右的老旧羊皮纸摞。村里的小孩开始到教会学校上课时，一定会先被要求背熟这份规则。而且日常生活中也老是会听到父母亲与老人们讲着"村规里面……""按照村规……"这些话，所以到了十一岁的现在，他们也早就把所有条例记在脑里面了——桐人和尤吉欧原本自认为已经相当熟悉规范，但看来爱丽丝是把全部条文一字不差地背下来了。

她该不会连足足比村民规范厚了两倍的帝国基本法都……不，应该说该不会连比帝国基本法还要厚上一倍的"那个"都完整地记住了吧……

尤吉欧边这么想边以相当正经的眼神看着爱丽丝，少女则在干咳了一声之后便用更像教师的语气继续说道：

"听好啰。规范是禁止去玩，但找冰块不算游玩。要是能找到长时间维持便当天命的办法，除了我们自己有好处之外，也可以帮助许多在麦田或是牧场里工作的人，不是吗？所以这应该理解成一件工作才对。"

听完她行云流水般的辩解后，尤吉欧与桐人再次交换了一下眼神。

伙伴的黑色眼珠里原本还有着些微犹豫，但现在已经像浮在夏天河川里的冰块般完全消失了——

"嗯，你说得一点都没错。"

桐人将双手交叉在胸前，一脸认真地点头说：

"既然是工作，那么就算翻越山麓到'尽头山脉'去应该也不算违反村子的规定。那个巴尔波萨大叔不也老是说'人家命令才去做的不算是工作，一有空就要自己找事情做'吗？到时要是挨骂，就把这句话拿出来当成借口吧。"

巴尔波萨家是拥有全卢利特村最大片麦田的富农。现在的一家之主奈古鲁·巴尔波萨是个年近五十且体格相当不错的男性，但他即使已经有村里绝大多数农家数倍以上的收成，似乎还是感到不满足，只要在路上遇见尤吉欧就一定会用讽刺的语气说"还没办法砍倒那棵该死的大杉树啊"。据说，他正在向村长要求砍倒基家斯西达后能够开垦之土地的优先选择权，而尤吉欧总是忍不住会在心里对他嘟囔"在那之前你就会用尽自己的天命了吧"。

桐人认为，如果他们越过北方山峰被人问罪了，可以把奈古鲁大叔的台词拿来当借口，虽然这确实是个相当有吸引力的想法，但尤吉欧从以前就一直担任三人当中负责踩刹车的角色，所以一句"但是"依旧先出了口。

"但是……禁止村民前往尽头山脉的不只是村规而已，就连'那个'也一样吧！即使越过北方山峰，也只能到山麓附近，根本没办法进入洞窟啊……"

一听到这里，爱丽丝和桐人马上露出了有些复杂的表情。

尤吉欧口中的"那个"权威远高于《卢利特村村民规范》，甚至连《诺兰卡鲁斯北帝国基本法》都难以望其项背。那正是支配着广大人界所有人民的绝对法律——《禁忌目录》。

发布此法律的，是在央都圣托利亚建造了顶天巨塔的"公理教会"。

这本由白色皮革装订起来的厚重书籍，别说是尤吉欧等人生活的北帝国了，就连东、南、西帝国的所有城镇或村庄里也至少会有一本。

禁忌目录和村民规范与帝国法不同，内容就如上头名称所显示的一样，里头尽是罗列着一堆"绝对不可侵犯"的事项。从"反抗教会"、"杀人"以及"盗窃"等相当基本的禁忌起，直到一年里能捕获的野兽量、渔获上限，甚至是不能喂食给家畜吃的饲料等细目，全都写得一清二楚，总条文数超过一千条。小孩子们在学校里虽然也学习写字与计算，但最重要的还是要把禁忌目录完完全全地背下来。或许该说——目录里已经禁止学校不教目录的内容了。

虽然禁忌目录与公理教会拥有绝对权威，但其实也有不受这两者影响的区域。那就是存在于包围住世界那道"尽头山脉"另一端的暗之国——以神圣语来说就是"黑暗领域"了。因此，目录也在一开始就明文禁止人民到尽头山脉去。尤吉欧之所以会说就算到达山麓也无法进入洞窟，就是因为有这个绝对无法违抗的条文存在。

就算是爱丽丝，应该也没有那个胆子敢挑战禁忌目录才对，因为这种想法本身就是一种禁忌。尤吉欧这么想着，同时凝视自己的另一个发小。

爱丽丝那像是把极细金线并排在一起的长睫毛，在穿过树叶空隙的日照下闪闪发光，而她本人则是保持沉默——但最后迅速抬起头来的她，眼里却还是浮现出刚才曾经出现过的那种充满挑战性的眼神。

"尤吉欧，你这次所说的禁忌条文也不正确哟。"

"咦……不，不会吧！"

"我是说真的。目录里写的应该是这样，第一章第三节第十一项：'不论任何人，一律禁止越过包围人界的尽头山脉。'所谓越过山脉，当然就是'攀登并越过'的意思吧，所以进入洞窟应该不包含在内才对。说起来，我们的目的根本不是到山脉的另一边，而是要找到冰块吧？翻遍禁忌目录也找不到任何条文写着'禁止到尽头山脉寻找冰块'哦。"

听她用教会小钟般的清澈声音讲出这一大串话之后，尤吉欧无法再做出任何反驳，甚至还觉得爱丽丝所说的话似乎很有道理呢。

——不过，我们目前最远也就只是去到过鲁鲁河沿岸的双子池而已，但那边离北方山峰还有一段相当长的距离，根本不知道之后的道路会是什么样的，而且现在还是水边会出现暴躁虫的季节……

尤吉欧心里不禁浮现这些消极的想法，然而这时桐人忽然用力地拍了一下他的背——似乎有"带着拼尽最后一点天命的勇气出发吧"的意思——然后大叫着：

"哎呀，尤吉欧，连村里最会读书的爱丽丝都这么说了，一定不会有错的啦！好，就决定在下一个休息日出发前往寻找白龙……不对，寻找冰之洞窟！"

"看来还是用些能保存的食材来做便当比较好呢。"

尤吉欧交互看着这两个脸上闪烁着光芒的发小，内心用力叹了一口气，但他还是虚弱地回应了一声"是啊"。

2

7月的第三个休息日，看来会是个天气相当好的日子。

十岁以上的孩子们已经接下了天职，只有在休息日时可以回归童年生活，在外面一直玩到晚饭的时间为止。尤吉欧与桐人通常是和其他男孩子一起钓鱼或是玩练剑游戏，然而今天却在晨霭尚未散去前就已经离开家，直接来到村子外围的老树下等待爱丽丝。

"……太慢了！"

不想想自己也让尤吉欧等了好几分钟的桐人，直接开口抱怨了起来。

"女生就是这样，老是把打扮自己看得比准时赴约还重要。我看再过两年之后啊，她就会像你姐姐一样，说什么会弄脏衣服而不愿意跑到森林里去了。"

"有什么办法嘛，女生就是这样得啊。"

尤吉欧嘴上苦笑着回答，心里却忽然想起桐人口中"两年后的事情"。

由于爱丽丝在身份上仍然是未被赋予天职的孩子，所以周围也还能认可她和两人一起活动。然而她村长女儿的身份，已经注定她势必得成为村里女性们的模范了。不久后的将来，她一定会被严格禁止和男孩子一起玩，而且除了神圣术之外也得学习许多的生活礼仪。

然后……再接下来会变成什么样呢？她也会和尤吉欧的大姐丝莉凉一样，嫁到某个人的家里去吗？自己身边的搭档，对这些事情到底有什么想法呢？

"喂，你在发什么呆啊。昨天没睡饱吗？"

尤吉欧发现桐人突然带着讶异的表情望着自己，于是急忙点头回答：

"嗯，嗯，没事啦。啊……好像来了。"

他听见了轻巧的脚步声，因此马上用手指着村子这么说道。

正如桐人刚才所说的一样，像是拨开晨霭才出现的爱丽丝，那头相当整齐的金发已经用缎带绑了起来，洁白的上衣也不停摇晃着。尤吉欧忍不住和挚友互看一眼后强忍笑容，接着回过头来向女孩叫道：

"太慢啦！"

"是你们太早到了。怎么到现在还像小鬼一样啊？"

爱丽丝的脸上完全没有歉意，更在说完话后把右手的藤篮、左手的水壶分别朝两人伸了出去。

两人反射性地接下行李后，爱丽丝便转向由村子边境往北方延伸的小路，然后弯腰摘起脚边的一根草穗。少女以它膨胀起来的前端用力耸立在远方的岩石山一指，精力十足地大叫：

"那么……夏天的寻冰之旅，出发啰！"

虽然纳闷着为什么会变成像"公主与两名随从"一样，但尤吉欧还是再度和桐人交换了一下眼神，然后追上已经开始往前走的爱丽丝。

这条道路南北贯穿了村子，其中南侧由于有许多人与马车通过，所以地面已经被踩得相当平整；北侧的道路则鲜有人走动，因此满是树根与石头，特别难走。但爱丽丝却像是完全不受路况恶劣影响般踩着轻快的脚步，哼着歌走在两个男生前面。

尤吉欧心里不禁觉得，她走路的模样真是漂亮。几年前爱丽丝偶尔还会和村里的小鬼头们混在一起玩着练剑游戏，而尤吉欧和桐人也好几次被她手里的细枝痛击，相对地他们手中木棒却像遭遇到风之精灵般老是挥空。如果爱丽丝继续练习下去，说不定真的可以成为村里的第一名女侍卫呢。

"侍卫吗……"

尤吉欧不由得在嘴里这么咕哝着。

在成为巨树的伐木工之前，他曾经有过这种绝不可能实现的梦想。如果能被选为村里所有男孩憧憬的"侍卫"，就不用再拿着只是剥掉树皮的简陋木棒，而能得到虽为二手品却货真价实的钢剑，甚至还能学习真正的剑术。

还不只是这样。每到秋天，北部边境各个村庄的侍卫便能参加在南方城镇萨卡利亚所举行的剑术大会。如果能在大会里得到前几名，将能成为城镇的卫兵——也就等同于被承认为一名真正的剑士，可以获颁由央都打铁工房锻造出来的制式剑。但成为卫兵还不是尤吉欧最后的梦想。如果实力获得卫兵队的承认，便能得到参加央都圣托利亚正统"修剑学院"入学考的资格。虽然那是场相当困难的考试，但只要能合格并从两年制的学院毕业，即可参加在诺兰卡鲁斯帝国皇帝御前举行的武术大会。据说贝尔库利当年就曾在这场大会里获得优胜。

而接下来就是梦想的顶点，也就是聚集了人界中所有英雄的大赛——由公理教会亲自举办的"四帝国统一大会"。只有在这场据说连神明都会欣赏的战斗里赢得最后胜利，才能够站上所有剑士的顶点，接下维护世界秩序这项神命，成为一名能够驾驭飞龙并且与黑暗领域恶鬼战斗的"整合骑士"——

凭尤吉欧的想象力，实在无法勾勒出那是一幅什么样的图画，但他确实曾经怀抱过这样的梦想。无法成为剑士的爱丽丝，说不定能以神圣术士见习生的身份离开村子，前往萨卡利亚的学校，甚至是央都的"修术学院"去学习。到时候，说不定自己能穿着绿色与淡茶色的卫兵队制服，腰间挂着发出银色光辉的制式剑，待在爱丽丝身边担任她的护卫呢……

"那个梦想还是有机会成真的哟……"

走在旁边的桐人突然这么小声呢喃，把尤吉欧吓得马上抬起头来。看来刚才不小心叹了一口气被桐人听见后，他就推测出自己内心所有的想法了。尤吉欧对这名心思依然相当敏锐的搭档苦笑了一下，接着低声回答：

"不，已经没机会了。"

没错，做梦的时期已经结束了。去年春天，现任侍卫长的儿子吉克已经被赋予侍卫见习生的天职。但他用剑的技术根本不如尤吉欧与桐人，当然也差了爱丽丝一大截。尤吉欧叹了一口气，把涌起的些微不满与数倍的死心一起吐了出来。

"就算是村长，也没办法改变已经决定的天职。"

"不过呢，还是有一种情形例外。"

"例外？"

"就是完成工作的时候啊。"

尤吉欧这次又因为受不了桐人的顽固而露出苦笑。这个搭档直到现在还没有舍弃那个远大的梦想——在自己这代便将比铁还硬的基家斯西达砍倒。

"只要把那棵树砍倒，我们的工作就完美地结束了，接下来就能选择自己的天职啦，对吧？"

"是没错啦……"

"我一直觉得，自己的天职不是牧羊人或者小麦农真是太好了。因为那种工作根本没有结束的一天，但我们的就不一样了。我想，一定有什么办法能将那棵树在三……不对，是在两年内砍倒才对，然后……"

"去参加萨卡利亚的剑术大会。"

"什么啊，你不也这么想吗，尤吉欧？"

"哪能让桐人你一个人耍帅呢。"

不可思议的是，在和桐人闲聊时，尤吉欧总觉得自己那远大的梦想将会成真。他一边想象着领取制式剑后回到村里让吉克吓得瞪大眼睛的模样，一边和桐人笑着往前走时，此时前面的爱丽丝却忽然回过头来看着他们。

"喂，你们两个瞒着我在聊什么？"

"没，没有啦。我们是在说还没要吃午饭吗，对吧？"

"嗯，嗯……"

"真受不了你们，才刚开始走没多久而已吧。瞧，前面已经能看见河川了。"

两人朝爱丽丝用草穗所指的方向看去，发现道路前方确实有水面闪闪发亮地摇晃着。这就是源自于尽头山脉，流经卢利特村东方并一直往南到萨卡利亚的鲁鲁河了。而道路也在这里一分为二，右边的道路在渡过北卢利特桥后将通往东方森林，左边的道路则沿着河流西岸往北延伸。三人的目标，当然是继续往北方前进。

来到分叉点的尤吉欧在河边蹲下，然后把右手放进透明的潺潺流水当中。盛夏的太阳果然威力惊人，就连初春时依然相当冰冷的河水也变温了。如果脱掉衣服跳进河里应该会很舒服才对，但他实在没办法当着爱丽丝的面这么做。

"照这水温看来，不像会有冰块流过来啊。"

少年一回过头这么说，桐人马上撅起嘴反驳道：

"所以才要到根源的大洞窟去啊。"

"可以是可以啦，不过得在傍晚的钟声响前回到村子里才行。嗯……那么索鲁斯来到正上方时，我们就要往回走啰。"

"真没办法，那我们得走快一点才行！"

爱丽丝说完随即踩着柔软的草皮往前走去，而另外两个人也快步跟在她身后。

左侧突出来的树木就像天篷一样遮住了日照，再加上右边河面散发出来的凉气，让三个人在索鲁斯高挂空中的现在也能舒适地往前走。宽一梅尔左右的岸边，全被短短的夏季野草覆盖着，路面上几乎没有什么会绊脚的石头或是洞穴。

尤吉欧现在才发现，双子池之后的区域明明这么好行走，自己却从没来过，这让他感到有些不可思议。

村规里禁止小孩单独通过的"北方山峰"还在遥远的前方，所以就算走到池子的另一边，大人们应该也不会生气才对。但可能是出于对规范的——没错，正是敬畏之心，通常小孩子们的脚步在远离北方山峰处就会自动停下来。

明明自己平常总和桐人一起抱怨大人们只在意村里的规定，仔细一想才发现，两人别说是触犯规定或是禁忌了，甚至连想要违反的念头都没有过。今天的小小冒险，已经算是他们前所未有的挑战了。

这时尤吉欧竟然开始有些不安，于是他看向走在前面的桐人与爱丽丝，却发现两人竟然轻松地合唱着牧羊歌。这两个家伙到底是怎么搞的，就没有什么事情能让他们担心害怕了吗？想到这里，尤吉欧就忍不住想要叹气。

"喂，我说啊——"

尤吉欧一出声，前方没停步的两人便回过头来看着他。

"什么事啊，尤吉欧？"

少年忽然想吓吓面带疑惑的爱丽丝，于是故意用威胁的语气询问：

"已经离村子很远了……不知道这边会不会出现什么凶猛的野兽？"

"咦——？我没听说过有这种事啊。"

爱丽丝稍微往旁边瞄了一下，但桐人也只是轻轻耸了耸肩。

"嗯……多涅提他们家的爷爷好像说看到过巨大长爪熊，那是在哪里看到的啊？"

"那是在东边的黑色苹果树附近吧？而且已经是将近十年前的事情了。"

"这边就算有野兽，也顶多只是四耳狐之类的小东西吧。哎呀，尤吉欧你还真是胆小呢。"

被两人同时取笑的尤吉欧急忙反驳：

"我，我才不胆小呢，更不是害怕……我只是觉得，我们都是第一次来到双子池后面的区域，还是稍微注意一点比较好。"

听尤吉欧这么说之后，桐人那双黑色的眼珠随即发出了不怀好意的光芒。

"嗯，这么说也没错啦。对了，你们知道吗？卢利特村刚建立的时候，偶尔会出现从暗之国来的恶鬼……像是'哥布林'啦'半兽人'之类的生物，越过山脉到村里来偷山羊和小孩哦。"

说完，他便故意往旁边看去，爱丽丝却用鼻子冷哼一声回答：

"怎么，你们两个是想吓唬我吗？这我当然知道啊，最后是有整合骑士从央都过来把哥布林的老大打跑了对吧？"

"——'从那之后，每到晴天，都能看见尽头山脉的遥远上空有穿着白银盔甲的龙骑士在飞翔'。"

桐人说出村里每个小孩都知道的童话结尾，然后再度朝北方抬起头来，而尤吉欧与爱丽丝也仰头看着不知不觉间已经接近到覆盖大部分视野的雪白连峰以及上头的蓝天。

瞬间，云层中似乎有个小光点闪烁了一下，但定睛凝视了一会儿却又没有任何发现。于是三人互相看着对方的脸，借由笑容隐藏自己的不好意思。

"——果然只是童话故事吗……住在洞窟里的冰龙，一定也是贝尔库利编出来的故事。"

"喂喂喂，在村里说这种话肯定会被村长揍的哦，毕竟剑士贝尔库利可是卢利特村的英雄啊。"

尤吉欧的话让爱丽丝再度发出银铃般的笑声，并随之加快了脚步。

"去看看就知道了。快点，要是你们再慢吞吞的，中午之前就到不了洞窟啦！"

——虽然爱丽丝这么说，但尤吉欧原本就认为，步行半天不可能到达"尽头山脉"。

尽头山脉正如其名，位于世界的尽头，也就是由东西南北四帝国所构成的人类国度最边缘。就算卢利特村位于北部边境的最北边，光凭他们三个小孩子的脚力也不可能这么轻易地走到这座山脉才对。

所以，当太阳还没有到达头顶正上方，尤吉欧却发现已经可以看到变得相当狭窄的鲁鲁河流进眼前山崖底部的洞窟的时候，马上就惊讶得说不出话来了。

原本分布在左右两边的一大片森林忽然完全消失，眼前只有灰色凹凸不平的岩壁笔直地往上隆起。若是抬头仰望，虽然能看见横切过蓝天的纯白棱线仍旧隐身于远方的云朵中，依然可以确定这道岩石斜面正是山脉边缘。

"已经到了吗？这就是尽头山脉？会不会太快了？"

桐人似乎也难以置信眼前的事实，只能张大了嘴吐出这么一句话来：

"那……'北方山峰'到底在哪里啊？我们在不知不觉间就经过了吗？"

说起来还真是很奇怪。对村里的孩子——说不定对大人也同样是绝对境界线的山峰，怎么可能像这样在不知不觉当中就通过了呢？回想刚才的路程，经过双子池又走了三十分钟之后，确实有一段路有些颠簸不平，难道那就是所谓的北方山峰吗？

尤吉欧带着半信半疑的心情回头看向走来的道路，耳边忽然传来爱丽丝一句低沉的呢喃：

"如果这就是尽头山脉，那么后面就是暗之国啰？虽然我们已经走了四个小时，不过这点路程应该连萨卡利亚都到不了啊！卢利特村……真的位于世界的边缘诶……"

也就是说，我们连长年生活的村子究竟位于世界的哪里都不清楚啰？想到这里，尤吉欧只能茫然站立在当场。不对——说不定连村子里的大人们，也没有任何人知道尽头山脉就在这么近的地方呢。难道三百年的历史当中，曾经穿过村子北边森林的，除了贝尔库利之外就只有我们三个人了？

总觉得……有点不对劲。尤吉欧心里忽然有这种感觉，却又说不出到底是什么地方让他觉得奇怪。

大人们只是日复一日地在定好的时间起床，吃着跟昨天相同的早餐，然后跟昨天一样地前往麦田、放牧地、打铁铺或者纺织处。虽然刚才爱丽丝说就算走上四个钟头也到不了萨卡利亚，但实际上三人都没有去过那个城镇。他们只是听大人说过，往南方街道走两天之后就能够到达萨卡利亚。但是那些大人里面，又有几个人是真的到过萨卡利亚又回来的呢……

在尤吉欧内心越滚越大的疑问正式成形之前，爱丽丝一句"总之"打断了他的思绪。

"——总之，既然都来到这里了，当然要进去看看啰。在那之前，我们先来吃便当吧。"

说完，她便从尤吉欧手上接过藤篮，然后在短短的野草与灰色砂石交界处坐了下来。而尤吉欧也像是被桐人"等好久啰，我都快饿死了"的欢呼声催促着一样，也跟着在草地上坐下了。当他仅存的疑问被派的香味掩盖过去时，胃部忽然开始产生强烈的饥饿感。

爱丽丝将尤吉欧与桐人争先恐后的手拍掉，接着把所有料理的"窗口"都给调了出来。她先确认所有料理的天命都没问题，然后才把鱼肉豆子派、苹果胡桃派以及李子干分发给两人。少女跟着又把水壶里的西拉鲁水倒进木杯里，确认有没有出问题。

好不容易获得许可后，根本来不及说开动的桐人马上就大口咬下鱼肉派，然后边咀嚼边用相当难以听清楚的声音说：

"要是能在那个洞窟里……发现一大堆冰块，明天的午饭就不用吃得这么赶了。"

把嘴里的食物送进胃里后，尤吉欧才歪着头回答：

"不过仔细想想，就算顺利拿到冰块好了，我们又要怎么保存它的天命呢？如果它在明天中午之前融化，不就一点意义都没有了吗？"

"唔……"

桐人皱起眉头，露出一副"我倒是没考虑到这点"的表情，结果爱丽丝马上轻松地说：

"赶快把冰块拿回去，然后放进我家的地下室，应该就能放一个晚上了吧？拜托你们两个，这种事情一开始就要想好啦。"

又跟平常一样被指责做事冒失的两人，马上像是要掩饰尴尬似的拼命吃着眼前的食物。虽然应该不是在配合他们，但爱丽丝也用比平常还要快的速度吃完手里的派，接着喝光西拉鲁水。

少女把包着料理的白布仔细叠好收进空篮子里，随即站起身来。她拿着三个杯子来到河旁，利用河水迅速将杯子洗干净。

"呜哇！"

爱丽丝边发出怪声边洗完杯子，并在走回来时向尤吉欧打开用围裙擦拭过的手。

"河水真的很冰哟！就像寒冬里的井水一样。"

仔细一看，她的小手果然已经冻红了。尤吉欧不由得伸出手来包住爱丽丝的手，顿时有一股舒服的冰凉感传了过来。

"喂……别这样啦！"

少女的脸颊稍微染上了些跟手掌相同的颜色，同时立刻把双手抽了回去。尤吉欧这才惊觉自己做出了平常绝不可能会做的行为，于是急忙摇着头辩解：

"啊……没有啦，那个……"

"好啦，差不多该出发了吧，两位？"

桐人笑着这么说，或许是以为这样就能帮尤吉欧一把了吧。尤吉欧却轻轻踢了一下他的脚，然后故意以粗暴的动作捡起水壶扛在肩上，毫不回头地往洞窟入口走去。

三人一路追踪的透明河水，这时候已经成了直径大约只有一梅尔半左右的细流，而这也让他们怀疑这真的是鲁鲁河的源头吗？崖底山洞流出来的细流左侧，有一处与细流差不多宽的外突岩石平台，看起来似乎可以从那边进到洞窟里面去。

三百年前，侍卫长贝尔库利会不会也踩过这块岩石呢？

尤吉欧这么想着，下定决心往洞窟内部走去。一进到里面，周围的温度便忽然下降，让他忍不住搓了搓从短袖上衣露出来的双臂。

借由后方传来的脚步声确认其他两人已经跟上后，尤吉欧又往前走了十步左右。

这时，尤吉欧才发现自己犯了一个重大的失误，于是沮丧地转过头说：

"糟了……我没有带火把来哦，桐人你呢？"

才从入口往里走不到五梅尔的距离，周围就已经暗到无法看清楚另外两人脸上的表情了。

尤吉欧对于竟然会忘记洞窟里没有任何光线的自己感到相当失望，但这时也只能把希望寄托在搭档身上了，然而他却没想到对方竟然回答"你都忘记了，我怎么可能会注意到呢"，声音中还充满了奇妙的自信。

"我……我说你们两个啊……"

虽然两人心里想着"今天到底听到过几次这种无奈的语气了"，但还是回过头去看着那没有光线却依然闪耀的金发。

爱丽丝摇了好几下头后，才把手插进围裙口带里，拿出一根细长的物体。他们仔细一看，发现那是刚开始冒险时摘下来的草穗。

少女把左手手掌靠近右手上的草穗前端，闭上了眼睛。只见她樱唇微张，接着尤吉欧听不懂的神圣语便构成了某种奇妙咒文，回荡在空气中。

最后爱丽丝用左手手迅速画出复杂的印，草穗前端鼓起来的部分随即发出蓝白色的亮光。光亮愈变愈强，让洞窟里的黑暗退得相当远。

"呜哦！"

"哇……"

尤吉欧与桐人不禁同时赞叹。

两人虽然知道爱丽丝在学习神圣术，却一直没有机会亲眼看见她施术。因为根据阿萨莉亚修女的教导，利用生命神史提西亚、阳神索鲁斯以及地神提拉利亚等力量施行的所有法术（当然暗神贝库达之仆所使用的黑暗术例外），全都是为了守护世界的秩序与和平而存在的，所以日常生活里不能随便使用。

尤吉欧一直认为，修女以及她的学生爱丽丝只有在村里出现无法以药草治愈的病人或伤患时，才会使用神圣术。所以看见草穗上出现不可思议的光亮时，他忍不住对爱丽丝问道：

"爱，爱丽丝……为了这种事情使用法术没关系吗？会不会遭天谴还是什么的……"

"哼，如果用这种程度的法术就要受天罚，我早就被雷劈中十几次了。"

"……"

在说"你的意思是"之前，爱丽丝便将右手上的发光野草伸到尤吉欧面前。尤吉欧反射性地接下后，心里才吓了一大跳。

"我，我走最前面？"

"那还用说，难道你想让弱女子走最前面？尤吉欧你在我前面，桐人你走我后面。别浪费时间了，快点走吧。"

"好，好啦。"

在爱丽丝强势的催促下，尤吉欧只得举起手里的光源，开始畏畏缩缩地往洞窟深处前进。

平坦的岩棚虽然不断左弯右拐，但依然保有足以让人行走的宽度。灰色岩壁在蓝色亮光照耀下发出濡湿般的光亮，有时光线未及的黑暗处似乎还有某种小东西在窜动。但不论他们再怎么专注地看着周围，还是找不到任何像冰块的物体。虽然天花板上有几根像冰柱一般的灰色物体往下垂，但一看就知道只是普通的岩石罢了。

等到又往前走了几分钟后，尤吉欧才对背后的桐人低声说了一句：

"喂……你不是说一进入洞窟就可以看到冰柱了吗？"

"我说过那种话吗？"

"说过！"

尤吉欧原本想逼近装傻并移开视线的伙伴，爱丽丝却用右手阻止了他，然后迅速低声说：

"喂，把光线靠近我一点。"

"？"

尤吉欧按照指示把右手的草穗靠近爱丽丝脸部。此时爱丽丝将嘴唇撅成圆形，接着对着光线呼出了一口气。

"啊……"

"怎样，看见了吧？就像冬天一样，能够吐出白雾哟。"

"呜哇，真的假的。难怪从刚才就觉得好冷……"

尤吉欧和爱丽丝无视自己抱怨起来的桐人，对着彼此点了点头。

"外面虽然是夏天，但这洞窟里头可是冬天啊。所以一定有冰块才对。"

"嗯，再往前走一点吧。"

尤吉欧回过头去，把草穗上的亮光对准似乎愈来愈宽阔的洞窟深处，然后再度踩着慎重的脚步往前走。

现在能听见的，除了三人脚上皮靴摩擦岩石的声音之外，就只有地下水的潺潺流动声而已。即使已经如此靠近源头，河水的流速依然没有减弱。

"……如果能有艘船，回去时就轻松多了！"

走在最后面的桐人随口这么说，尤吉欧马上警告他"讲话别那么大声"。现在他们已经来到比预定计划还要深的地方，虽然少年认为不可能，但是——

"喂——如果真的遇到白龙要怎么办？"

爱丽丝像是看透尤吉欧的心思般低声问道。

"那当然……只能逃……"

尤吉欧也同样压低声音来回答问题，但讲到一半就被桐人悠哉的发言给盖过去了。

"不用担心啦。贝尔库利是因为想偷走宝剑才会被白龙追的吧？我们只是要拿几根冰柱而已，它不会怪我们啦——不过呢，如果能够捡到一枚它掉下来的龙鳞就好了……"

"喂，你别打歪主意啊，桐人。"

"你想想看嘛，如果我们拿着真正看到白龙的证据回去，那吉克他们一定羡慕死了。"

"别开玩笑了！话先说在前面，如果白龙追着你跑，我们一定会丢下你自己逃走的。"

"喂，你太大声了吧，尤吉欧！"

"还不都是因为桐人你在那里胡说八道……"

脚边忽然传来奇怪的声响，让尤吉欧马上闭上了嘴巴。"啪叽"——这是踏碎某种东西般的声音。少年急忙将右手的光源往右脚底下靠近，当他发现是怎么回事时，忍不住叫出声来。

"啊，你们看这个！"

他在弯下腰的爱丽丝与桐人眼前动了动自己的脚尖。原来灰色平滑岩石上的水洼表面已经结了一层薄冰。接着他便伸手抓起一片透明的薄膜。

放在手掌上的薄膜，几秒钟后便融化成了小水滴，但三个人已经互相看着对方的脸并露出了笑容。

"不会错的，是冰块。前面应该还有更多。"

尤吉欧说着便使用光线照亮周围，立刻便能看见有好几个同样结着冰的水洼反射出蓝色光线。而且笼罩在黑暗当中的洞窟深处还能见到……

"啊……有好多发光的东西哦。"

正如爱丽丝所言，尤吉欧一动右手，随即就有无数蓝白色小光点出现。

这时他们已经完全忘了白龙的事情，直接往那个方向小跑步前进。

就在他们觉得应该又前进了一百梅尔左右时……左右两边的岩壁忽然消失了。

与此同时，足以让人屏息的梦幻景象也出现在三人面前。

那是个让人感觉不出身处洞窟当中的宽广巨大空间，明显比村里教会前面的广场还要大上不止一倍。

周围几乎呈现圆形的墙壁，已经不再是刚才那种濡湿的灰色，看起来就像覆盖着一层厚厚的淡蓝色透明膜状物一样。而地面上出现让人认同这里就是鲁鲁河源头的巨大池塘——不对，应该已经能称为湖泊了，可是湖面完全没有摇晃的迹象。原因在于，从岸边到湖中央全部都凝结成冰了。

被白色雾气笼罩的湖泊上，到处都能见到比尤吉欧等人高出许多的柱状物呈奇妙的形状往上凸起。细看才发现，那都是一些前端相当尖锐的六角柱。

尤吉欧觉得，这东西简直就像卡利塔爷爷给他看过的水晶原石一样。但这些柱子又比水晶大出许多，也更加美丽。无数的透明蓝色柱子吸收着尤吉欧手中的草穗放出的神圣术光芒，并往六个方向放射；紧接着光芒再次互相反射，让整个巨蛋状空间处于朦胧的光芒之下。愈往湖中央接近柱子的数量就愈多，使人无法一眼望穿湖面的中央部分。

它们全都是冰块。

无论是周围的墙壁、脚底的湖面还是不可思议的六角柱，全都是由冰块所形成的。蓝色壁面垂直往上延伸，在遥远上空像是礼拜堂的屋顶般合并成了圆形。

三人完全忘记了刺骨的寒意，吐着白气呆呆地在原地待了好几分钟。过了好一会儿，爱丽丝才用略微颤抖的声音说：

"……有这么多冰块，足够冷冻村里所有的食物了呢。"

"别说冷冻食物了，还能让村子暂时变成冬天呢。喂——我们再往里面去看看吧。"

桐人刚说完，立刻往前走了几步，踏上结冰的湖面。他慢慢把重量加到湖面上，最后终于让两脚同时站了上去。不过湖面早已结了厚厚一层冰块，根本没发出任何声音。

平常这时就轮到尤吉欧来警告这名行事莽撞的搭档了，但这次就连他也压抑不住自己的好奇心。只要想到说不定深处真的有白龙，就会让人忍不住想到里面去一探究竟。

尤吉欧高高举起以神圣术生成的灯光，然后与爱丽丝一起追上桐人。小心不发出脚步声的三人，就这样躲在一根根柱子的阴影下朝着湖中心前进。

——如果能看见真正的龙，那可是一件了不起的大事。要是真的办到，我们的事迹也会变成传颂几百年的故事吗？如果，真的只是如果，能办到贝尔库利都办不到的事……也就是从白龙身边带回去什么宝物，村长会不会重新考虑给予我们新的天职呢？

"呜！"

心中梦想愈来愈壮大的尤吉欧，因为鼻子撞上忽然停下脚步的桐人后脑而皱起了眉头。

"别突然停下来啊，桐人。"

然而，拍档没有回话，反倒发出了类似低沉呻吟般的声音。

"这到底是怎么回事……"

"咦……"

"这到底是怎么回事啊！"

旁边的爱丽丝也同时感到疑惑，于是尤吉欧便从桐人身边往前看去。

"你到底在说什……"

和尤吉欧看见同样景象的爱丽丝，忍不住把剩下来的话吞了回去。

他们眼前出现了一座骨头小山。

那全都是由蓝色冰块构成的骨头。

上面发出来的硬质光辉，让它们看起来就像水晶雕刻一般。各式各样的巨型骨头层层堆积起来，形成了一座比三人还要高的小山。

而小山的顶端有一个巨大的块状物，它非常有威严地显示出这堆究竟是何种动物的骨头。

尤吉欧认为那是一颗头骨。它有着空洞的眼窝与细长的鼻孔，后侧则有像角一样的长形突起物，而外突的颚骨里还有无数如利剑般的牙齿。

"白龙的……骨头？"

爱丽丝低声说道。

"它死掉了吗？"

"嗯嗯……但是，它的死因没有那么简单。"

桐人回答的声音已经恢复平静，但尤吉欧还是从这名搭档的声音里头，感觉到了他平常不怎么展现的某种感情。

黑发少年往前走了几步，弯腰从脚边捡起应该是白龙前脚的巨大钩爪。他用两手撑住似乎相当沉重的爪子，并拿给另外两个人看。

"你们看……上面有很多伤痕，而且爪子前端也被一刀砍断了。"

"是和什么东西发生战斗了吗……但是，有什么生物可以杀掉龙呢……"

尤吉欧心里也浮现跟爱丽丝相同的疑问。说到"北方白龙"，应该是住在包围世界的尽头山脉各处，保护人类免于受到黑暗势力侵袭的世界最强善良阵营守护者之一才对。到底是什么样的生物才能杀死它呢？

"这不是和野兽或是其他龙族战斗所留下来的伤痕。"

桐人用大拇指的指腹划过蓝色的钩爪，冷静地说道。

"咦……那是什么……"

"这是剑伤。杀掉这头龙的是——人类。"

"但，但是……就连在央都御前大会里获得优胜的贝尔库利都只能落荒而逃哦。一般剑士哪有可能……"

话说到这里，爱丽丝便忽然像是想起什么事情般静了下来。

接着已经变成巨大墓穴的冰湖便暂时笼罩在一片沉默当中。

几秒钟后，她娇小的嘴唇里才流出充满敬畏之意的呢喃。

"……整合骑士？是公理教会的整合骑士杀了白龙吗？"

├3

身为法律与秩序之代言人的整合骑士，竟然会杀死同样是善良象征暨人界守护者的白龙。尤吉欧在至今为止的十一年人生里从未怀疑过世界的架构，对他来说，这实在是一个相当难以接受的想法。他因为这难以吞咽又无法咀嚼的问题痛苦了一阵子后，才像是要寻求答案般将目光往旁边的搭档移去。

"……我也不懂。"

然而，桐人的呢喃又带来了更大的混乱。

"说不定……暗之国里也有很强的骑士，杀掉白龙的就是那个家伙……但如果真的有这种事，白龙死后，暗之国应该会派军队越过尽头山脉才对吧——至少我们可以知道，下手的人并不是为了夺取宝物……"

说完，桐人走到龙的遗骸旁边，默默把钩爪放回骨头山上。紧接着，他又从山的底部抽出某样长形物体。

"呜哦……好重哦……"

他摇摇晃晃地把手里的东西拖行了一梅尔左右，然后展示给尤吉欧与爱丽丝看。

那是一把有着白色皮革剑鞘与白银剑柄的长剑。剑柄还镶着精致的蓝色蔷薇图样，让人一看就知道比村里的任何一把剑都要有价值。

"啊……这难道就是……"

爱丽丝瞪大双眼低语，而桐人则是点了点头并回答：

"嗯，应该就是贝尔库利想从沉睡的白龙怀里偷出来的'蓝蔷薇之剑'了。杀掉龙的家伙为什么没有把它拿走呢……"

桐人说着便弯下腰去，用两手握住剑柄准备将它从地上拿起来，但他用尽全力也只能把剑从冰面上抬起十限左右的高度。

"……不行了！"

桐人大叫一声后放开双手，长剑再度落地并发出沉重的声音。从厚重的冰层也出现了小裂痕这点来看，这把外表看起来相当纤细的剑似乎具有令人难以想象的重量。

"……这玩意儿要怎么办？"

尤吉欧一这么问，站起身来的搭档便轻轻摇了摇头。

"我们两个连挥砍树的斧头就哇哇叫了，即使一起扛也没办法把它带回去啦。不过……骨头底下好像还有很多宝物……"

"嗯，但我什么也不想拿呢……"

爱丽丝沉稳的声音，让其他两人同时点了点头。

如果能在不吵醒白龙的情况下偷偷带点小战利品回去，这回就是一场可以向其他孩子们大肆炫耀的冒险，不过，若是现在从这个地方拿走宝物，他们就变成盗墓贼了。禁忌目录里头虽然禁止"窃盗"，但那是只对人类而言，目前的情况应该不包含在内，但凡事也不是不犯禁忌就能为所欲为。

尤吉欧再度看了一下桐人与爱丽丝，然后点头说：

"我们就按照原定计划只拿冰块回去吧。这样一来，就算白龙还活着，也一定会允许我们把东西带走才对。"

说完，他马上靠近旁边的冰柱，然后用鞋子朝底部那些像新芽般隆起的无数微小冰晶踢去。接着尤吉欧捡起随清脆声音碎裂的冰块递给爱丽丝，少女随即打开空藤篮的盖子，把冰块放了进去。

有好一阵子，三人就这样默默进行踢冰柱然后把冰块的碎片塞进藤篮里头的作业。当冰柱底部的结晶都清干净后，他们

便换到下一根冰柱，然后重复同样的动作。不到几分钟的时间，大藤篮里已经装满像蓝色透明宝石般的结晶了。

"嘿……咻……"

随着呼喝声抬起藤篮的爱丽丝，开始专注地看着手臂上的光点群。

"……好漂亮，总觉得带回去害它们融化掉实在太可惜了。"

"只要我们的便当能因此保存得更久，那也就不枉费它们的牺牲啦。"

爱丽丝因为桐人现实的发言而板起脸来，接着迅速把篮子拿到这名黑发少年面前。

"咦，回程也要我拿吗？"

"那还用说吗，这很重耶。"

一看两人马上又要跟平常一样开始斗嘴，尤吉欧赶紧表示：

"那换我来拿吧——话说啊，再不走就可能没办法在傍晚之前回到村子里了。我们进洞窟也差不多有一个小时了吧？"

"嗯……看不见索鲁斯就不太清楚时间了呢。神圣术里面有没有什么能够告诉我们现在时间的法术啊？"

"才没有呢——！"

爱丽丝迅速把脸别到一边去，眺望着宽广湖面彼方那个已经可以瞧见的小小出口。

接着她又把脸转往反方向，看着另外一边的出口。

然后，少女皱起眉头说：

"——喂，我们是从哪边进来的啊？"

尤吉欧与桐人立刻充满自信地指出刚才走进洞窟的方向，但两个人所指的出口却完全相反。

当"有三人留下来的脚印那边是出口"（但光滑的冰床上根

本连凹陷都没有）"有湖水流出去的是出口"（两边都有湖水流出）"龙头看的那边是出口"（结果那颗头根本没有面向两边出口）等等意见全部落空之后，爱丽丝终于像是相当有把握般说出了自己的见解。

"对了，尤吉欧刚才不是踩破了水洼表面的薄冰吗？我们就往出口方向前进，如果发现那些碎冰，也就代表那里是正确方向了。"

她这么一说，其他两人才发现确实如此。尤吉欧因为自己竟然没想到这一点而感到羞愧，于是直接干咳了几声来掩饰，接着点了点头说：

"好，既然如此，那我们就先往近一点的出口去看看吧。"

"不过我还是觉得应该是另一边啊……"

桐人依旧不死心地嘟囔。尤吉欧用左手推了一下好友的背，接着高举起右手的草穗，往眼前水路踏去。

四处反射光源的冰柱从周围消失时，原本感觉相当可靠的神圣术亮光，也不禁让人觉得有些单薄。三人的脚步，也因此在不知不觉中愈来愈快。

"……真是的，竟然会忘记回去的路，简直就像故事里的贝林兄弟一样嘛。早知道我们也该在路上撒树果，反正洞窟里又没有鸟会把它们吃掉。"

桐人故作轻松的玩笑，让尤吉欧觉得"原来这个粗枝大叶的搭档也会不安啊"，心情反而因此稍微放松了一些。

"少胡说八道了，你哪有带什么树果。如果真的要吸取教训，你就马上把衣服脱下来放在分歧路线前面吧。"

"饶了我吧，这样会感冒哦。"

桐人说完便故意打了个喷嚏，而爱丽丝则是啪一声用力拍了一下他的背。

"喂，别说傻话了，赶快仔细检查地面。如果没找到刚才踩破的薄冰就麻烦了……不过话又说回来……"

她讲到这里便停了一下，皱起弓形的眉毛后再度开口：

"我们已经走了好一阵子，还是没看到踩碎的薄冰……会不会是对面那个出口啊？"

"不是啦，还要再往前一点吧……啊，等等，安静一下。"

由于桐人忽然把手指放在嘴唇上，因此尤吉欧与爱丽丝也立刻闭起嘴巴。两人就这样按照桐人吩咐，竖起耳朵倾听。

确实，有某种声音混在潺潺水声里传了过来。那声音忽高忽低，有点像是哀伤的笛音。

"啊……是风声吗？"

爱丽丝轻声咕哝。尤吉欧也认为，那确实很像风吹过树梢所发出来的声音。

"快到外面了！这边果然是出口，快点走吧！"

感到安心的他大叫了起来，接着马上往前跑。

"喂，在这里跑步会跌倒哟。"

虽然爱丽丝嘴上是这么说的，但她脚下同样踩着轻快的脚步。桐人却带着狐疑的表情跟在两人后面。

"可是……夏季的风会发出那种声音吗？怎么好像……冬天的寒风呢……"

"山谷里的风就是这么大啊，总之赶快离开这个地方吧。"

猛烈晃动右手光源的尤吉欧在洞窟里小跑步前进，他心里有股想快点回到村里与家中的念头涌起。到时候跟爱丽丝要一块冰块碎片拿给家人们看，一定能让他们吓一跳吧。

不过，冰块马上就会融化。果然还是应该从宝物里拿一枚古银币才对吗……他想到这里时，发现前方幽暗处已经能看见一小道光线了。

"是出口！"

他笑着大叫，但马上又绷起脸来，那是因为，这道光芒稍微有些泛红。进入洞窟时刚好是中午，原本以为只在里面待了一个多小时，但这样看起来他们已经在地下世界花了不少时间。如果索鲁斯已经开始下山，不全速赶路可能就来不及在晚餐前回到村子里了。

尤吉欧因此加快了脚步。回荡在洞窟内的尖锐风声，此时已经盖过了流水声。

"喂，尤吉欧，等一下啊！好像有点不对劲，现在应该差不多2点而已……"

爱丽丝在后面发出了不安的声音，但尤吉欧依然没有停下脚步。他已经不想冒险，只想要尽快回到家里——

左弯，右拐，接着又往右转了一次之后，红色光线终于覆盖住整个视野，出口就在前方数十梅尔处了。尤吉欧眯起已经习惯阴暗的眼睛并渐渐放慢步伐，最后完全停了下来。

洞窟已经到了尽头。

然而出现在眼前的，并非尤吉欧所熟知的世界。

天空一片赤红，但不是夕阳的颜色。说起来，这里根本到处都看不见索鲁斯的存在，只有一片暗沉的红色在眼前无限延伸，宛如熟透的山葡萄所滴下的汁液——也可以说仿佛洒满了羔羊的鲜血。

至于地面，则尽是黑色。无论是远方连绵不绝的异样高耸山脉、眼前的几座奇异岩山，甚至是随处可见的水面，全都像使用过的木炭般漆黑。只有呈不规则状扭曲的树皮表面，呈现

跟磨过的骨头一样的白色。

宛如要撕裂所有物体的强风，让枯木树梢为之震动，听起来就像持续不断的哀号。这无疑就是他们在洞窟里头听见的风声了。

这种场所，这遭到诸神遗弃的世界，绝不可能是尤吉欧他们所生活的人界。如此一来，三人现在所见的光景便是——

"黑暗……领域……"

桐人沙哑的声音，马上就被寒风给带走了。

公理教会之威所不能及的区域，信奉暗神贝库达的魔族之国。这个原本只存在于村里耆老们所说故事中的世界，此刻就在他们眼前几步之遥。想到这里，尤吉欧的头脑深处瞬间冻结，除了呆立在现场之外，他完全做不出任何的反应。就像是有生以来首次接触到的情报，大量流进内心某块从未使用过的区域一般，让他的思考能力根本无法处理这些资讯。

在一片空白的脑袋中，只有禁忌目录最初的一段文字发出了刺眼的光芒。那是昨天和爱丽丝说话时，自己根本想不起来的第一章第三节第十一项——"不论任何人，一律禁止越过包围人界的尽头山脉"。

"不行……不能再前进……"

尤吉欧拼命动着僵硬的嘴巴，挤出这么一句话来。他张开双手，想要让背后的桐人与爱丽丝往后退。

就在这时，某种坚硬又尖锐的声音从头上传了过来。尤吉欧立刻吓得浑身发抖，反射性地抬头仰望红色天空。

在血色天空当中，能看见白色物体与黑色物体正在缠斗。

两种物体看起来都只有豆粒般大小，这想必是因为他们都飞翔于非常高的地方吧。不过，两者的实际大小应该都远超过人类才对。两个飞行体不断交换彼此位置，忽远又忽近。在双方交错的瞬间，还能听见断断续续的金属声。

"是龙骑士……"

身边同样抬头看着天空的桐人以沙哑的声音呢喃。

正如搭档所言，缠斗的两者似乎是有着长长的脖子、尾巴加上三角形双翼的巨大飞龙。而在它们的背上，也确实能看见拿着剑与盾的骑士人影。白龙身上的骑士穿着白银铠甲，而黑龙身上的骑士则一身漆黑铠甲。三人甚至还能见到白骑士手里的剑发出炫目光芒，黑骑士手里的剑则散发出浓稠瘴气。

每当两名龙骑士剑刃互击，便会传来雷鸣般的冲击声，空中也跟着迸发出大量火光。

"白色的……是教会的整合骑士吗……"

桐人听见爱丽丝的低语后，微微点了点头。

"应该是吧……而黑色的大概是暗之国的骑士……看来实力和整合骑士不相上下呢……"

"怎么可能……"

尤吉欧忘我地轻轻摇了摇头。

"整合骑士是世界最强的，不可能输给暗之国的骑士。"

"不见得吧。我看双方的剑技差不了多少哦，两边都无法突破对方的防御。"

桐人才刚这么说完，白骑士就像听见他所说的话一般，用力扯住龙的缰绳以拉开间距。而黑龙则为了靠近对方而拼命拍动翅膀。

但是，就在两者距离缩短之前，迅速回头的白龙便将脖子往后一缩，做出了蓄力般的动作。然后它更以迅雷不及掩耳的速度把脖子往前挺，大大地张开下颚。紧接着，蓝白色火焰笔

直地从它牙齿深处迸出，包住了黑骑士全身。

足以盖过风声的轰然巨响，穿透了尤吉欧的耳朵。黑龙看似十分痛苦地扭曲着身体，在空中失去了平衡。整合骑士没放过这个机会，不知何时已经把剑换成赤铜色巨弓的他，立刻射出一支长而粗大的箭矢。

在空中拖着些微火焰轨迹的箭，准确地射穿了黑骑士胸口。

"啊……"

爱丽丝发出了近似惨叫的细微声响。

两翼皮膜几乎被烧尽的黑色飞龙，因为失去飞翔能力而在空中剧烈挣扎。龙背上黑骑士就这么给它甩了下来，拖着喷出来的血沫笔直地朝尤吉欧等人所呆立的洞窟落下。

首先是黑剑插入沙石地面发出清脆的声响，接着骑士也坠落在距离三人不到十梅尔的地方。最后黑龙撞上远方的岩山，发出一阵漫长的临终哀号后就一动也不动了。

在三个小孩子无声的凝视之下，黑骑士像十分痛苦般挣扎着想撑起上半身，可以看见他发出暗沉光芒的金属胸甲已经被穿了个大洞。这时骑士埋在厚重面罩下而几乎看不见肌肤的脸笔直地转向尤吉欧等人的方向。

那只微微颤抖的右手，就像要求助般朝三人伸了出来，但随后立刻有大量鲜血从铠甲的喉头处迸出，骑士也就随着沉重的声音倒下了。红色液体很快地从一动也不动的身体下方往外扩散，最后渗进黑色砂石的缝隙当中。

"啊……啊……"

尤吉欧右侧的爱丽丝发出了细微声音。她像是被吸引过去了似的踩着踉跄的脚步往前走去——似乎准备走到洞窟外面。

尤吉欧无法做出任何反应，但左边的桐人顿时低声喊了一句"不行"以制止。听见这道声音的爱丽丝，身体忽然一抖，随即准备停下脚步。然而少女脚底绊了一下，让她的身体整个往前倒去。这回尤吉欧与桐人一同反射性地伸出手来，试图抓住爱丽丝的衣服。

但伸出去的两只手最后都抓了个空。

爱丽丝拖着长长的金发倒在洞窟口处地面上，并且轻轻叫了一声。

其实她只不过是跌倒而已。就算叫出"窗口"来确认，也能看见天命只不过减少了一两点。但目前的问题，并不在跌倒这件事上，而是倒地少女笔直往前伸出的右手，已经越过洞窟泛蓝灰色地面与黑炭色地面之间异常明显的界线，足足有二十限了。她洁白的手掌已经碰到了漆黑沙粒，也就是暗之国——黑暗领域的大地了。

"爱丽丝……"

桐人与尤吉欧异口同声地大叫，伸出双手紧紧抓住爱丽丝的身体。平常要是这么做，可不只是挨她的骂就能了事，但现在两名男孩只是专注地站稳脚步，迅速将爱丽丝拉回洞窟中。

少女被两人拉起后，还是瞪大眼睛看着倒在地上的黑骑士，然而不久后便低头往自己的右手看去。她饱满的手掌上，还残留着几颗小沙石。这些漆黑物体，看起来就像刻画在她手上的印记一般。

"我……我……"

爱丽丝以几乎听不见的声音呢喃，尤吉欧则是忘我地把双手往她右手伸去。他擦着爱丽丝的手掌把砂石拍落，同时拼命地安慰她：

"不，不要紧的，爱丽丝。你又没有离开洞窟，只不过手

稍微碰到一下地面而已。这样根本不算触犯禁忌吧？桐人，你说对吧！"

他抬起头来，以求救的眼神看着搭档。但桐人这时并没留意尤吉欧与爱丽丝，只是单膝跪在地上，以敏锐的视线打量着周围的环境。

"桐，桐人，你怎么了？"

"你没有感觉到吗，尤吉欧？好像……有人……有某种东西存在……"

这句话让尤吉欧皱起眉头，跟着看了一下周围。但洞窟里别说是人了，根本连一只小虫也看不见。映入眼帘的，就只有十梅尔外应该早已气绝身亡的黑骑士而已。获胜的整合骑士，不知何时已经从空中消失了。

"你想太多了，现在还是……"

赶快带着爱丽丝回到洞窟的另一边去吧。

当尤吉欧准备这么说时，桐人忽然用力抓住他的肩膀。少年绷着脸将视线往搭档身上移去，接着他的身体也整个僵住了。

洞窟的天花板附近，确实有奇妙的东西。

那是个像水面般不停摇晃的紫色圆形。直径五十限左右的圆形里，可以看见一张模糊的人类脸孔。一张看不出是男是女、是老是少的扁平脸孔。对方皮肤相当白皙，头上没有任何头发。整个瞪大的圆形双眼里，看不出任何感情。不过尤吉欧马上就感觉到，那双眼睛所看的不是自己或桐人，而是陷入呆滞状态坐在地上的爱丽丝。

接着这张脸的嘴便动了起来，透过紫色膜传出奇妙的话语。

"Singular unit detected. ID tracing..."

那张脸孔不停眨着看起来像玻璃球的双眼，再度发出谜样的声音：

"Coordinate fixed. Report complete."

接着，紫色窗口便忽然消失了。现在才注意到刚刚那些奇异语言和神圣术咒语有些类似的尤吉欧，急忙看着爱丽丝与桐人，最后又看了看自己的身体，所幸没有什么特别的变化。

不过，这实在是一桩让人无法忘记的奇怪事件。尤吉欧和搭档互看了对方一眼，然后一起扶爱丽丝站起身来，抱着不断发着抖的发小往洞窟深处——他们来时的方向小跑步而去。

自己究竟怎么回到村子里的？尤吉欧其实已经不记得了。

他们直接往回冲到白龙骨头长眠处的湖泊，接着便一股脑地往另一边出口跑去。即使湿濡的岩石让他们滑了好几跤，三人还是只花了来时数分之一的时间便跑完了漫长的洞窟通道。当他们好不容易看见出口的白光并冲出去时，外面还是那个充满午后阳光的森林入口。

但是，尤吉欧内心的不安没有因此消失。现在只要想到那个紫色窗口可能还会在身后打开，而那张奇怪的白脸也会再度出现，他就没办法停下脚步来休息。

三个人只是安静且拼命地走，沿路穿过小鸟们和平地唱着歌儿的树木之下，以及小鱼群你来我往的透明小河边。接着又直接越过可能是北方山峰的山丘，通过双子池，好不容易才来到北卢利特桥旁。

又走了一会儿，回到早晨集合时的老树树根前，此时三人胸中的安心感实在是难以用笔墨形容。他们互看一眼，这才露出微笑，只不过笑容看起来仍然相当僵硬就是了。

"爱丽丝，这个……"

桐人说完便把手里沉重的藤篮递了出去。虽然篮里装满了今天冒险的成果"夏天的冰块"，不过尤吉欧发现自己根本忘记了篮子的存在。他为了化解自己的尴尬，故作平静地说：

"一到家就马上放进地下室里比较好哦。这样应该就能撑到明天了吧？"

"……嗯，我知道了。"

爱丽丝表现出与往常完全不同的反应，乖乖点头并接过篮子。看了看两名男生的面容后，她总算露出了平常的清澈笑容。

"好好期待明天的便当吧。我会发挥实力，做些好菜来犒赏你们的。"

当然，尤吉欧与桐人都没有老实地说出"发挥实力的人应该是莎蒂娜大婶才对吧"这句话来。他们交换了一下眼神，然后一起用力地点头。

"……喂，你们刚才的眼神是怎么回事啊！"

爱丽丝露出怀疑的表情说道。但两名少年只是分别拍着她的肩膀，异口同声地说——

"没什么啦！我们快回村子里去吧！"

三人走在真正的夕阳下，回到村子里的广场，于是尤吉欧便在这里和住在教会的桐人以及要回村长家的爱丽丝分手。当他回到村子西侧的自家时，只差几秒6点的钟声便要响起了。

在最后关头才赶上的晚餐餐桌上，尤吉欧只是默默地进食。虽然能确信哥哥、姐姐，甚至是父亲与祖父都没有经历过今天这样的冒险，但不知道为什么，自己就是提不起精神来向他们炫耀一番。

他实在没办法说，自己亲眼看见了暗之国、整合骑士与黑骑士的激烈战斗，以及最后出现的奇妙脸孔。另外，他也相当害怕看到家人听到这些话时会有什么样的反应。

这晚早早上床的尤吉欧，在心里告诉自己要忘了冒险最后所见到的东西。如果他不这么做，一直以来对公理教会与整合骑士所抱持的敬畏与憧憬，似乎就要被另一种感情取代了。

14

索鲁斯下沉又升起——接下来的又是跟以前没有两样的日常生活。

原本休息日隔天要出发前往工作场所时，总是会让人觉得有些忧郁，但今天尤吉欧却有种安心的感觉。他心想，最近还是别再去冒什么险，好好努力砍树才是最实在的选择，接着走出南门，在麦田与森林的交界处与桐人会合。

尤吉欧注意到，认识多年的搭档脸上也流露出了些微的安心感。而对方似乎也在尤吉欧脸上发现了相同的表情，两个人为了掩饰自己的不好意思而相视一笑。

两人从走入森林小径不久后即可到达的小屋里拿出龙骨斧，接着又往前走了几分钟来到基家斯西达的根部。虽然今后的人生大概得一直砍着眼前的巨大树干，但尤吉欧现在却觉得这也是件幸福的事。

"那么今天也一样，使出会心一击的次数比较少的人要请喝西拉鲁水哟。"

"最近一直都是你在请客吧，桐人？"

经过这番已经有些算是必经仪式的斗嘴后，尤吉欧便举起了斧头。最初的一击马上就发出了相当悦耳的声音，他认为今天的状态相当不错。

中午之前，两个人便以平时难得出现的高比例不断朝树干挥出会心一击。但不可否认，这是因为——只要他们不把注意力集中在斧头上，脑袋里似乎就会浮现昨天所见的那幅画面。

在连砍五十斧的比赛中，两个人各自砍出了九记会心一击后，尤吉欧的肚子已经饿得咕噜咕噜响了。

他边擦着汗边抬头仰望天空，随即发现索鲁斯已经快要来到天空的中央。依照往常的状况，只要各自再握一次斧头，爱丽丝送午饭的时刻便会来到。而且，今天还有能够慢慢吃的派与冰凉的牛奶。光是想到这里，他空荡荡的胃便开始发疼。

"哎哟……"

尤吉欧光顾着想午饭，手势马上产生了偏差。于是他先用手帕擦了擦满是汗水的双掌，接着才慎重地重新拿起斧头。

这时，天空突然暗了下来。

尤吉欧抬头看着天空，心想要是下雷阵雨可就麻烦了。

在基家斯西达往四面八方伸展的枝叶笼罩下，只能看见些微的蓝天，但他这时却看见在相当低的空中有道黑影快速通过。他的心脏霎时一紧。

"飞龙？"

尤吉欧忍不住叫了起来。

"喂……桐人，刚才的是！"

"嗯，是昨天的整合骑士！"

搭档的声音中，也带着深沉的恐惧。

呆立在现场的两人视线前方，可以看见一头背上乘着白银骑士的飞龙掠过树梢，笔直地消失在通往卢利特村的方向。

他为什么会出现在这种地方呢？

在虫鸟似乎也感到畏惧的完全寂静当中，尤吉欧茫然地这么想着。

整合骑士是秩序的守护者，负责制裁反抗公理教会的人。在这个由四帝国分割统治的人界里，已经没有反抗组织或集团。现在，整合骑士的敌人应该就只有暗之国的军队而已。因此尤

吉欧听说，骑士们经常在尽头山脉外侧的区域作战，而他昨天也亲自目击了那个景象。

没错，昨天是他头一次见到真正的整合骑士。自出生以来，他从没看过骑士像这样来到村里。但是，现在为什么会——

"难道……难道，是来抓爱丽丝……"

旁边的桐人这么低声说道。

此话一出，当时听见的奇妙声音再度于尤吉欧耳朵深处清楚地响起。紫色窗口后面，那个长相奇特的人口中那段奇妙咒文，让他就像被泼了盆冷水般打起冷战。

"不会吧……怎么，怎么可能……就为了那种事情……"

少年在回应的同时转过头，向搭档征求同意，但桐人还是一脸严肃地盯着骑士飞去的方向。过了一会儿后，桐人才笔直看着尤吉欧的眼睛并简短地喊了一声：

"走吧！"

他出于某种原因一把抢走尤吉欧手里的龙骨斧，接着直线朝北跑去。

"喂……喂！"

似乎有什么重大的事情要发生了。内心有这种强烈预感的尤吉欧也往地面一蹬，拼命跟在桐人身后跑。

他们避开熟悉的森林小径上的那些树根与岩石，使尽全力狂奔，最后一起来到贯穿麦田的街道上。这时就算抬头看天空，也已见不着飞龙的身影。于是桐人稍微放慢脚步，大声对着在刚结穗的麦田中间茫然地望着天空的农夫问道：

"利达克大叔！龙骑士往哪边去了？"

农夫这才以一副大梦初醒般的模样看着尤吉欧他们，眨了好几下眼睛后才好不容易回答：

"啊……啊啊……好像降落到村里的广场去了……"

"谢啦！"

才刚道完谢，两人便再度全力往前冲刺。

街道和田里，随处都可见到数名聚集在一起的村民们呆呆地站着。恐怕就连着老们也没人实际见过整合骑士吧，每个人都只是用不知所措的表情茫然望着村子的方向。而桐人和尤吉欧就只是拼命地从这些人身边跑过。

穿越村子的南门，跑完短短的商店街并越过一座小石桥后，两人终于见到了目标物。他们屏住呼吸，同时停下脚步。

教会前广场的北半部，已经被飞龙的长颈与尾巴占据了。

飞龙巨大的双翼收在身体两侧，整栋教会几乎都被它的身躯给遮住。它身上的灰色鳞片与着装在各个部位的钢制铠甲反射着索鲁斯的光芒，让它看起来就像座冰雕一样。只有像血一般的红色眼睛毫无感情地往下看着广场。

飞龙前面，则站着更加耀眼的白银骑士。

他比村子里的任何人都要高大，身体全部覆盖在磨得像镜子般的重铠之下，就连关节部分也绑着相当细的银链。模仿飞龙头部的头盔，除了额头部分有一根角之外，两侧也各有一根往后延伸的长长装饰角，完全放下来的面罩则遮住了骑士的脸。

他的左腰上有一把银柄长剑，背上则有一把全长约一梅尔半的赤铜色巨弓。他无疑就是昨天尤吉欧等人在洞窟里抬头往上看时，射杀了黑色龙骑士的那个整合骑士。

骑士从有着十字开孔的面罩里，无言地扫视广场南侧，聚集在那里的数十名村民已经一起低下头去。当尤吉欧在最后一排村民里看见拿着藤篮的少女，才稍微放松了肩膀的力道。跟平常一样穿着蓝色裙子，白色围裙的爱丽丝，似乎正从大人们

的缝隙中紧盯着整合骑士。

尤吉欧用手肘碰了一下桐人的侧腹打了个暗号，接着两人便弯下身子开始移动。他们好不容易才来到爱丽丝身后，接着轻声叫唤少女的名字。

"爱丽丝……"

青梅竹马晃着金发回头一看，马上露出惊讶的表情并准备开口。但在少女出声之前，桐人便已经把手指放在嘴唇上要她安静了下来，然后才低声说道：

"爱丽丝，安静一点。趁现在赶快离开这里比较好。"

"咦……为什么？"

同样以细微声音回答的爱丽丝，似乎完全没有察觉自己即将大祸临头。而要不是桐人这么说，尤吉欧可能也不会注意到这种可能性。

"没有啦……只是觉得那个整合骑士可能……"

尤吉欧瞬间不知道该如何解释，就在这个时候……

村民之间传出了几道细微的声音。三人抬头一看，发现有一名高大的男性正从村政府的方向往这里走过来。

"啊……是爸爸。"

爱丽丝轻声说道。男人正是她的父亲——卢利特村现任村长，卡斯弗特·滋贝鲁库。身材结实的他穿着简朴的皮革上衣，一头黑发与嘴唇上方的胡子都修剪得相当整齐。他从前任村长那里继承天职仅仅四年，就已经成为了深受村民们尊敬的名士，那炯炯有神的眼神便是最好的证明。

卡斯弗特毫不畏惧地孤身来到整合骑士面前，然后依照公理教会的礼仪将双手在身体前面合拢并行了一礼。当他抬起头时，便立刻用清晰的声音报上姓名。

"敝姓滋贝鲁库，是卢利特村的村长。"

这名公理教会整合骑士比卡斯弗特高了足足两个拳头。他点了点头，让铠甲发出轻微的声响，接着才首次出声表示：

"我是统括管理诺兰卡鲁斯北域的公理教会整合骑士，迪索尔巴德·辛赛西斯·赛门。"

那道嗓音十分奇特，让人有些难以相信是从人类的喉咙中发出来的。带有钢铁质感的余韵传遍了整个广场，让在场所有村民安静了下来。连距离二十梅尔以上的尤吉欧，也因为感觉骑士的声音直接透入额头而绷起脸来。当然，村长卡斯弗特也因为对方的压迫感而退了半步。

但卡斯弗特马上展现出惊人的胆量，端正了姿势后再度以光明正大的态度表示：

"管理人界的整合骑士阁下竟然会光临这个边境的小村，实在让我们感到荣幸之至。虽然这里没有什么山珍海味，但我们还是想为阁下准备欢迎的宴会。"

"我正在执行公务，这番好意就心领了。"

骑士大声宣告着，然后从面罩底下露出冰冷的眼神，接着继续说出以下的宣言：

"卡斯弗特·滋贝鲁库之女爱丽丝·滋贝鲁库，因触犯禁忌条例而须加以逮捕，并将在带往央都接受审问后处以极刑。"

站在附近的爱丽丝背部开始微微发抖，但尤吉欧与桐人却发不出任何声音，也没办法作出任何反应。他们脑里只是不断重复着骑士刚才所说的话。

村长那强健的身体也跟着晃了一下。微微可以看见他的侧脸产生了短暂却相当明显的扭曲。

经过漫长沉默之后，卡斯弗特失去精气的声音再度响起。

"……骑士阁下，我的女儿到底犯了什么样的罪呢？"

"禁忌目录第一章第三节第十一项，侵入黑暗领域之罪。"

这个瞬间，一直屏气凝神听着两者之间对话的村民们立刻产生一阵骚动。小孩子们瞪大了双眼，大人们嘴里则不停念诵着教会的圣句并划出避邪印记。

这时尤吉欧和桐人才本能地作出了反应。他们把身体挡在爱丽丝前面，紧紧靠着对方的肩膀，把少女的身影从村人眼前遮住。但他们也因此没办法做出其他动作，这时要是贸然行动，铁定马上就会引起大人们的注意。

尤吉欧的脑袋里只是不断重复着一句"怎么办，怎么办"。虽然胸口持续涌起一股得立刻展开行动的恐慌，他却不知道该怎么做才好。

只能呆立在现场的少年，看着眼前的村长卡斯弗特深深垂下头，好一阵子没有任何动作。

"没问题的，那个人一定会想办法。"尤吉欧在心里想。虽然不常和卡斯弗特村长交谈，但尤吉欧一直认为他是村里的大人当中，除了卡利塔爷爷之外最值得尊敬的人物。

但是——

"……那么，我马上就把小女叫过来，希望她本人可以把事情说清楚。"

村长抬起头来之后，居然说出了这种话。

不行啊！绝对不能让爱丽丝出现在整合骑士面前。尤吉欧才刚这么想，整合骑士便举起手让铠甲也跟着发出声响。看见他的指尖笔直地朝向这里，尤吉欧感觉自己的心脏似乎就要停止跳动了。

"没有那个必要。爱丽丝·滋贝鲁库就站在那里，我命令你，还有你……"

骑士举起手臂，依序指着人群当中的两名男性。

"把那个女孩带到这里来。"

尤吉欧眼前的村民立刻散开。此刻整合骑士与爱丽丝之间，只剩下自己与桐人而已了。

两名认识的村民慢慢从空出的路上走来。他们脸上已经失去血色，两眼也显得十分空洞。

男人们用蛮力将站在爱丽丝面前的桐人与尤吉欧拉开并推向左右两边，然后从两侧抓住爱丽丝的手臂。

"啊……"

爱丽丝虽然发出了细微的叫声，但她依旧坚强地咬紧嘴唇。跟平常一样带着淡粉红色的脸颊浮现微笑，然后像是要表示"不要紧的"一般，向尤吉欧与桐人点了点头。

"爱丽丝……"

就在桐人轻声叫唤的瞬间，爱丽丝的双手便被粗暴地拉起，她右手所拿的藤篮也掉了下去。藤篮的盖子因而打开，里面的物品直接滚落到石头地板上。

爱丽丝还来不及将东西捡起，便被两名村民拉了起来，直接带到整合骑士面前。

尤吉欧紧紧盯着翻倒在地的藤篮。

派以及硬面包已经全部用白布包起来，而缝隙间则全填满了碎冰。有一部分冰块掉了出来，在太阳下反射出闪亮的光芒。在尤吉欧的凝视当中，石头上的冰很快地就因为夏季的阳光而融化，最后在石头上留下小小的黑点。

身边的桐人正急促地呼吸着。

他迅速抬起头来，从被拉走的爱丽丝身后追了上去。尤吉

欧也跟着咬紧牙关，拼命想移动无法动弹的双脚来跟上搭档。

两名男性在村长身边放开爱丽丝的手臂，接着退后数步并跪了下去。他们握紧双手，深深低下头去，对骑士表现出顺从之意。

爱丽丝只能一脸铁青地面对父亲。但卡斯弗特只是用沉痛的表情看了心爱的女儿一眼，马上就又移开视线并低下头去。

整合骑士轻轻点头，然后从铠甲的后方拿出了奇妙的道具。那是个上面装有三条平行皮带的粗大铁链，而铁链前端则是一个巨大的环状物。

骑士将道具交给卡斯弗特，其间还不停发出清脆的金属声。

"吾命令村长绑缚罪人。"

"……"

村长茫然地往手上捉拿犯人的道具看去，此时桐人和尤吉欧好不容易才来到了骑士面前。骑士缓缓移动头盔，从正面看着两个人。

虽然因为闪亮面罩上切开的十字深处过于黑暗而看不见任何东西，但从里头射出来的视线让尤吉欧感到一股沉重的压力。少年反射性地低下头去，准备向站在眼前的爱丽丝搭话，但喉咙却像是有火在烧一般发不出任何声音来。

桐人也跟他一样低下头，急促地呼吸着，但他的头忽然像弹簧般往上弹起，用颤抖着却相当清晰的声音大叫：

"骑士大人！"

他用力吸了一口气，接着继续说道：

"爱……爱丽丝她没有进入黑暗领域！她只是一只手稍微碰到地面而已！就只是这样而已啊！"

然而骑士只作出了一个相当简洁的回答。

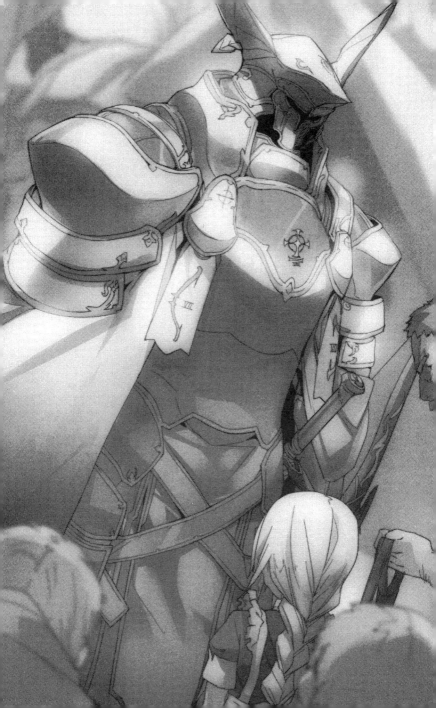

"这已经够严重了。"

他说完便对跪在地上的两名男子挥了挥手,似乎是要他们把桐人和尤吉欧带走。站起身的村民立刻抓住桐人和尤吉欧的衣领,不管三七二十一地想把他们拖走。桐人一边抵抗,一边继续大叫:

"那……那我们也一样有罪!当时我们也在那个地方!所以应该连我们也一起抓走!"

但是,整合骑士连看都不看他们一眼。

没错……如果爱丽丝算是犯了禁忌,那我同样应该接受惩罚。尤吉欧也有相同的想法,他打从心里这么认为。

但不知为何,他就是发不出声音。明明想和桐人一样大叫,却像忘记怎么动嘴一样,只能不断发出沙哑的喘息声。

爱丽丝回头瞄了他们一眼,像是要告诉他们"不用担心"般轻轻地微笑并点了点头。

她面无表情的父亲,已经从后面将可怕的拘束器具绕过少女娇小的身躯,开始用三条皮带紧紧绑住她的肩膀、腹部以及腰部。爱丽丝的脸因此而产生了些微扭曲。锁完最后一个锁后,卡斯弗特便摇摇晃晃地往后退了几步并低下头去。接着换成骑士走到爱丽丝身边,握住从她背后垂下来的铁链前端。

尤吉欧与桐人这时已被村民拉到广场中央,然后被强迫跪在地面上。

桐人装出站不稳脚步的样子把嘴巴凑到尤吉欧耳边,迅速低声说道:

"尤吉欧……听好,我要用这把斧头攻击整合骑士。我一定会争取到几秒钟的时间,到时候你就趁机带着爱丽丝逃走。只要逃进南方麦田,然后从田亩之间进入森林,就不会那么容易被找到了。"

尤吉欧瞄了桐人依然紧握在手里的龙骨斧一眼，好不容易才挤出声音说：

"……桐……桐人……但是……"

你昨天也看见整合骑士那种惊人的剑法与射箭技巧了吧。要是那么做……铁定马上就会像那个黑骑士一样被杀掉的。

尤吉欧虽然无法出声，桐人却像读出了他的想法般说道：

"不要紧的，那个骑士不会立刻在这里将爱丽丝处刑。我想，没有经过审问就不能杀死她。我也会找空当逃走，而且……"

桐人那像火焰般燃烧的视线，正确认着整合骑士手上枷锁的松紧度。每当皮带被用力拉扯，爱丽丝脸上便会露出痛苦的表情。

"……而且，就算失败了也没关系。只要我们和爱丽丝一起被带走，就还有机会逃走。如果这时候让爱丽丝一个人被飞龙带走，那就真的没希望了。"

"这……"

或许真如桐人所说的。

但是——这根本连作战都称不上的鲁莽行动，不就是"反抗教会"吗？那是禁忌目录第一条第一节第一项里所明记的最重罪名——

"尤吉欧……你在犹豫什么！禁忌算得了什么啊！难道比爱丽丝的命还重要吗？"

桐人那经过压抑却依然听得出相当急迫的声音，贯穿了尤吉欧的耳膜。

没错，桐人说得对。

尤吉欧在内心这么对自己大叫着。

——我们三个人可是生死与共的好朋友。早已发誓要互相帮忙，要为了另外两个人而活了。

那我还在犹豫些什么呢？公理教会和爱丽丝到底哪边比较重要？那还用问吗，答案应该早就已经决定了。那当然是——当然是——

"尤吉欧……你怎么了，尤吉欧！"

桐人已经发出近似哀号的声音。

爱丽丝一直看着这边，然后露出担心的表情摇了摇头。

"那当然是……当然……是……"

尤吉欧的喉咙里，发出似乎不属于他的沙哑声音。

但他说到这里，便再也挤不出任何话来。应该说连脑袋里都想不出应该说些什么。一道剧痛掠过他的右眼深处，这道不断反复的奇妙痛楚就这样妨碍他的思考。鲜血般的红色从他视野当中扩散，覆盖住所有的事物，最后甚至让他连手脚都失去了知觉。

就在这时，发现两人神情有异的村长缓缓举起手，对着站在他们身后的村民说：

"把这两个孩子带到广场外面去。"

他们的衣领马上再度被抓住，人也被往外拖去。

"可恶……放开我！村长！卡斯弗特大叔！这样对吗？你真的要眼睁睁看着爱丽丝被带走吗！"

桐人像是疯了一样拼命挣扎，更在甩开男人的手后马上握紧斧头准备往前冲。

但他穿着朴素皮靴的脚，却连一步也无法向前进。因为就在他准备向前跑时，发生了一件惊人的事。

在远方确认完爱丽丝身上皮带的整合骑士瞄了桐人一眼，

就在这个刹那，原本紧握在桐人两手里的龙骨斧便随着尖锐的金属声弹开，而骑士根本没有碰到腰间的剑与背上的弓，甚至可以说连一根指头都没有动。但他就像是用自己意识所形成的刀刃击中斧头一般，将斧头弹到广场的边缘去了。

可能是遭到这阵冲击的余波影响吧，桐人也跟着向后倒了下去。接着便有数名男子冲上来压着他，完全封住了他的动作。

即使右颊被压在石头地面上，表情已经完全扭曲，但桐人依然拼命地大叫：

"尤吉欧！拜托你，快点行动吧！"

"啊……呜……啊……"

尤吉欧全身剧烈地发起抖来。

冲啊，快点冲过去。从骑士手里把爱丽丝抢回来，然后逃进南方森林里。

内心得某个角落以细微的声音如此叫喊着。但他的右眼随即又遭受被刺穿般的剧痛，意识尽数被清空。一道如同破钟般的声音，随着震动的红光不断在他脑海里回荡。

公理教会是绝对的存在。禁忌目录是绝对的存在。不得违背。无论任何人都不得违背。

"尤吉欧，那你至少帮我把这些家伙推开吧！这样一来我就可以……"

整合骑士再也不看广场一眼，只是把手里的铁链前端绑在飞龙背后伸出来的链子上。接着飞龙低下头去，骑士轻松地跨上龙鞍，那身银色铠甲发出异常耀眼的光芒。

"尤吉欧——！"

桐人发出像要呕出血来的吼叫。

白色飞龙撑起身体，把叠起来的翅膀完全打开，接着用力

拍了两三下。

被绑在龙鞍上的爱丽丝直直地看着尤吉欧，脸上始终带着微笑。她的蓝色眼睛就像在对尤吉欧说"再见"。龙翼所卷起的风吹拂着那头金色的长发，发出不输给骑士铠甲的闪亮光芒。

但尤吉欧依然无法动弹，也发不出任何声音。

他的两只脚就像是在地上生了根一样，根本连动都无法动一下。

序幕 II　西元2026年6月

⊢1

　　朝田诗乃含了一口只加了一些牛奶的水滴式冰咖啡，边享受芳醇的香味边缓缓将它送入喉中，这才呼出长长一口气。

　　透过老旧的玻璃窗，可以朦胧地看见外面左来右往的各色雨伞。

　　虽然诗乃讨厌下雨，但像这样坐在宛如秘密基地般的咖啡厅里看着外面灰蒙蒙、湿漉漉的街道，绝不是一件让人讨厌的事情。无论是排除一切科技气息的店内装潢，或者是从吧台内厨房所飘出来的怀念气味，都让人有种掉入真实与虚拟交界处的错觉。虽然一个小时之前还在学校里上课，但现在回想起来，那已经像是发生在异世界的事了。

　　"真能下啊……"

　　花了一点时间，诗乃才注意到这个吧台后面传出来的男中音是在对自己说话。

　　其实店里根本没有其他客人，所以这也是理所当然的。少女转过脸庞，看向那个有着咖啡欧蕾般的肤色，目前正仔细擦着玻璃杯的店主人，然后开口回答：

　　"因为是梅雨季节嘛，好像会一直下到明天的样子哟。"

　　"我还以为是水精灵族的魔法师在搞鬼呢。"

　　这个容貌吓人的巨汉神色严肃，讲出来的话却让诗乃不由得露出苦笑。

"……艾基尔大叔，想开玩笑的时候麻烦把表情放松一点。"

"唔……"

咖啡厅兼酒吧"Dicey Cafe"的店长艾基尔，似乎是想试着做出轻松的表情，便动了动眉毛与嘴角，然而露出来的依然是马上会让小孩子号啕大哭的凶相，这也使得诗乃忍不住"噗嗤"一声笑了出来。女孩赶紧把嘴凑到玻璃杯上，将笑意随着咖啡一起吞进肚子里。

也不知艾基尔是怎么理解诗乃的反应的，就在这位店长满足地挤出了一个最为恐怖的表情时，门铃恰恰好处地响了起来。刚踏入店里的新客人，一看见店长的脸就马上停下脚步，然后摇着头说：

"我说艾基尔啊，如果你每次都用那样的神情来迎接客人，我相信这家店马上就会倒了。"

"不，不是啦。刚才那是开玩笑用的秘藏表情。"

"……不，那种表情也不适合开玩笑吧。"

来客无情地批评完店长之后，便把甩干水滴的雨伞插进附近的威士忌酒桶里，然后向着诗乃轻轻举起右手。

"哟。"

"太慢了。"

少女轻轻瞪了对方一眼说道，而她等待的人——桐谷和人则是缩了缩脖子说出迟到理由。

"抱歉，因为我很久没搭电车了……"

他在诗乃对面坐下，解开开襟衬衫的一颗纽扣。

"今天没骑摩托车？"

"我实在不想在这种雨势里骑车啊……艾基尔，我要冰摇双份浓缩咖啡。"

诗乃打量着起点了杯陌生饮料的和人，发现他衣领里露出来的脖子已经跟虚拟世界的角色差不多细，肤色看起来也不太健康的样子。

"……你是不是又瘦了？多吃一点吧。"

诗乃绷着脸这么说道。和人马上摇着手否认：

"本来已经恢复标准体重了，但是，这个周末又一口气瘦了下来……"

"你是跑到深山里修行了吗？"

"没有啦，只是一直在睡觉而已。"

"那样为什么会变瘦？"

"因为不吃不喝啊。"

"……啊？你是想得道升仙吗？"

正当诗乃感到纳闷时，吧台里忽然传来清脆的摇晃声。一看之下，原来是店长正用不适合他那巨大身躯——这么说可能有点失礼——的轻巧手法晃着银色摇杯。

"对哦，这里晚上就变成酒吧了。"

诗乃在心里这么想，注视着艾基尔把摇杯内的液体倒进喇叭花形的香槟杯，然后放在托盘上送了过来。

放在和人面前的杯子中，装满了某种全是细小泡沫的淡茶色液体。

"这就是刚才的，冰摇……什么的？"

诗乃一这么问，桐人便用指尖把杯子朝她送了过去。她说了一句"那我就喝一口看看吧"后，便拿起杯子把嘴唇凑上去。舌头首先感觉到浓稠细致的泡泡，接着则是爽快冰凉的口感以及咖啡的芳香，咽下之后还有一阵相当鲜明的甘甜余韵。跟在学校自动贩卖机里买的冰咖啡欧蕾可以说是完全不同。

"……真好喝。"

她低声说完，艾基尔便一脸满足地拍了拍粗壮的上臂。

"要是酒保的技术不好，可就摇不出那样的泡沫啰。"

"别在现实世界炫耀自己的技能熟练度好吗？话说回来，艾基尔，这是什么味道？"

和人一针见血地吐槽完店长才动着鼻子问道，结果艾基尔干咳了几声后回答：

"波士顿风味的炖豆子。要是厨师的技术不好……"

"哦，你太太故乡的口味吗？那也来一份吧。"

话说到一半就被打断的艾基尔在把嘴唇闭成"∧"字形后就离开了。接着和人便从诗乃面前拿回杯子，喝了一大口里头的饮料。吐了一口气后，他重新在椅子上坐好，最后直直地看着诗乃。

"……他的情况怎么样？"

虽然桐人忽然就这样抛出一个问题，但少女马上就理解了他的意思。

不过诗乃没有马上回答，而是先从和人手里把杯子抢过来，毫不客气地喝了一大口。

滑顺的泡泡霎时流下喉咙，一股浓厚的香味冲上鼻腔。这股刺激让她浮现在脑袋里头的片段性思考连接起来，最后转变成简短的一句话。

"嗯……好像已经冷静了不少了。"

于半年前，即2025年年末发生的"死枪"事件。

三名实行犯之一，也是诗乃当时唯一朋友的新川恭二，在经过以少年犯案件来说算是特例的漫长审判之后，在上个月被移送到了医疗少年院里。

恭二在审判中只是固执地保持沉默，就连面对进行精神鉴定的专家也几乎完全没有开口。

但在事件过去六个月后的某一天，他忽然开始断断续续地回答起心理咨询师的问题来了。

不过，诗乃大概能够明白他为什么会有这样的转变。六个月——也就是一百八十天，正是VRMMO游戏*Gun Gale Online*在未付费状态之下账号所能保存的期限。过了这段时间后，新川恭二的分身，在某种意义上来说也是他本体的角色"镜子"已经从GGO服务器里消失了。到了这时，新川恭二才终于准备开始面对现实。

"过一阵子，我打算再去申请探视。他这次应该愿意和我见面了。"

"这样啊。"

简短回答诗乃之后，和人便把目光转到不断降下的雨滴上。数秒钟的沉默，马上就被诗乃故意装出来的不满表情打破了。

"——喂，一般都会问我要不要紧才对吧？"

"咦，啊，是，是这样吗——呃，诗乃你还好吗？"

成功让和人露出鲜少展现的慌张模样后，少女才暗暗抱持着满足感露出了笑容。

"你借给我的那些老动作电影，我全部看完了。其中我最喜欢的，就是让手枪子弹转弯越过障碍物的那部。我总觉得大概能在GGO里重现那种画面，下次你就当我的练习对象吧。"

"这，这样啊。那真是太好了……麻烦你手下留情啊……"

面对露出抽搐笑容的桐人，诗乃好不容易才让自己忍住不笑出来。

让诗乃痛苦了五年以上的枪械恐惧症，依然没有完全消失。

即使已经能观赏枪战电影，但忽然在街角的海报上，或者玩具店的橱窗里看见枪械时，诗乃的心脏还是会开始急速跳动。但她现在已经认为，这在某种意义上算是正常反应，同时也是一种自我保护的警戒心。毕竟很难保证不会在现实世界里再次遇上拿着真枪的歹徒。

而且，过去光是看见枪的照片或是影像就会昏倒呕吐，但这些激烈抗拒反应如今已经消失，这点足以让诗乃觉得自己已经得救。目前在学校里，她也不再觉得自己遭受排挤，甚至还有几个会一起吃午餐的朋友。只不过认识那些朋友的契机，竟然是眼前这名少年骑车到校门口来等自己这件事，这让诗乃内心感到有些复杂。

和人似乎没有注意到诗乃在想些什么，只见表情恢复平静的他点头说：

"那么死枪事件到这里应该可以算是完全告一段落了……对吧？"

"嗯……可以这么说吧。"

诗乃也缓缓点了点头，但她立刻又闭起嘴巴。

虽然记忆深处总觉得好像有什么不对劲，但在少女继续深思之前，从厨房里现身的店长便已把两个冒着热气的盘子放到桌上。

炖煮成半透明的黄褐色的四季豆，以及盘中央随处可见的长方形培根，令人早已消化完午餐的胃产生剧烈的饥饿感，更让诗乃像是被吸过去般握住了汤匙。她好不容易才清醒过来，急忙把手缩了回去并且表示：

"啊，我，我没有点啊？"

结果巨汉店长用严肃又带点恶作剧模样的表情说：

"没关系，这是桐人请的。"

就在和人听见这句话而茫然地张大了嘴巴时，店长已经悠游自在地走回吧台后面去了。

诗乃在喉咙深处发出"咕咕"的笑声，然后才再次拿起汤匙，对着和人轻轻点头。

"感谢你的招待。"

"……唉，请就请吧。反正才刚领到打工的费用，现在手头可是宽裕得很呢。"

"哦，原来你在打工啊？是什么样的工作？"

"就是刚才我说的要三天不吃不喝那件事啊。不过还是等正事结束之后再说吧。赶快趁热把它们解决掉才是重点。"

和人拿起桌上的小瓶子将一大堆芥末挤到盘子上，接着把瓶子递给诗乃。诗乃做完同样的动作后，直接用汤匙舀起一大匙豆子塞进嘴里。

煮得熟透的豆子已吸收了满满的甜味，带着一种虽为西式风格却相当令人怀念的朴实口感。切得很厚的培根也已经去除多余的油，逐渐在舌头上融化。

"这真是……太好吃了。"

诗乃咕哝完，才向着对面狼吞虎咽当中的和人问道：

"他刚才说是波士顿风味吧？那到底是用什么调味的？"

"嗯……名字我忘记了，不过确实是使用了粗制糖蜜。艾基尔，原文叫什么啊？"

"Molasses。"

"就是这个名字。"

"这样啊……我还以为美国菜只有汉堡和炸鸡而已呢。"

她轻声细语地说完后半句话后，和人便微微苦笑着回答：

"那是你的偏见。和那边的VRMMO玩家交谈过后，就知道他们也都是些好人啊。"

"嗯，这倒是真的，之前我也在GGO的国际服务器里和一个来自西雅图的女孩子聊了三个多小时的狙击枪法呢。啊，不过，只有那个家伙……我觉得应该没办法和他当朋友……"

"那家伙？"

已经清空盘中一半料理的和人边咀嚼边重复了这句话。

"就是今天的主题啊。你也知道上周举行了第四届'Bullet of Bullets'的个人战决赛吧。"

她一提出"BoB"这个 *Gun Gale Online* 里决定最强者的混战大会简称，和人便轻轻点了点头。

"嗯，我和大家一起看了转播。对了，还没来得及为你道贺呢……但对诗乃来说应该是个相当遗憾的结果吧。不过还是恭喜你得到第二名。"

"谢……谢谢。"

看见对方如此认真地恭贺自己，诗乃说话顿时变得吞吞吐吐起来，但她随即为了掩饰害臊而提高了语速。

"既然你看了转播，那事情就简单多了。获得第一名的玩家'Satoriser'……那家伙，已经是第二次获得优胜了。"

听到这里，和人便眨了好几下眼睛，接着才像是要搜寻自己的记忆般把眼睛往上抬。

"话说回来……我好像在参加第三届BoB的时候听你说过这件事。他是一个美国的玩家，光凭小刀与手枪就在第一届大会里获得压倒性胜利……咦？不过不是从第二届开始服务器就分成美国和日本，所以无法从美国连线过来了吗？"

"原本应该是这样……实际上，他也没有参加第二届和第三届的大赛。但这次他不知道是用什么方法回避了限制，还是和营运公司有什么私人关系，成功参加了比赛……不过，我个人是很乐于见到这种结果啦，因为我早就想和传说中的'Satoriser'一战了。"

"嗯，看转播就能知道，诗乃可以说整个人热血沸腾哟。"

看见和人边笑边这么说后，诗乃便撅起嘴唇。

"不，不只是我而已哦。参加决赛的三十个人全部……不对，除了那家伙以外的二十九个人都热血沸腾了。其中还有几个人是在第一届大会直接和他交过手并落败的。而且，虽然美国是FPS的发源地，但GGO所使用的'The Seed'引擎可是日本制造的啊，我想大家都是带着这样的拼劲来到了骤死战的舞台……但是一交手……"

"跟第一届大会时……没两样，是吧？"

诗乃将撅起来的嘴唇弯成"∧"字形，然后点了点头。她以右手上的汤匙将最后一块厚切培根送进嘴里，让头脑借由品尝这道简单却丰盛的料理而得到休息，然后才开始用客观的角度唤醒一个礼拜前的记忆。

"……光看结果确实是那样没错，但内容可以说比第一届时更加夸张。因为这次那家伙一开始时可是没有任何武器的哟。"

"咦……完全空手吗？"

"没错。嗯……应该说虽然没有武器，但有'军队格斗术'这样的技能吧。他用格斗突袭第一个目标并将其击倒，然后夺取那人的武器，袭击下一个猎物……接着不断重复这样的动作。由于其他玩家掉落的枪械没办法重新装填子弹，所以他光是用格斗术就不知打倒多少人了。只能说……他的战斗技巧和我们根本不在一个次元上。"

诗乃边叹息边这么嘟囔，而桐人也开始把双手环抱在胸前思考起来。

"不过……这也就是说，Satoriser的能力构成是接近战强化型的啰？那么，他就没办法对应中距离和远距离战了吧？应该说，GGO有一半以上玩家适合中远距离战吧？"

"你应该看见我输给那个家伙时的画面了吧？"

"嗯，在ALO里。画面里的诗乃一直在往Satoriser三分钟前藏身的地方前进，所以大家都一起喊着'那里不行啊'或者'诗乃，后面啊'之类的话。"

"就是这一点奇怪啊。"

诗乃脑海里忍不住想起那个瞬间的惊愕与屈辱感，于是她用鼻子冷哼了一声，将这些感觉给赶跑后，才又尽可能用冷静的口气说：

"大会结束后，我和直接被那家伙打倒的十一个人谈过了，几乎所有人都输在同样的手法上。他明明没有我们的资料，却能够完美地看穿我们的想法，然后用偷袭方式直接进行超近距离战，让我们根本来不及拔枪就被干掉了。美国那边我是不知道怎么样啦，但在日本服务器里，别说是格斗战了，根本就不曾看到过用小刀战斗的画面嘛……"

"……呃，我听说半年前的第三届大会之后，使用光剑的玩家好像变多了耶……"

和人以微妙的表情说出这句话，让诗乃看见后忍不住露出苦笑。

"看过你那么华丽的表演，会有这种情形出现也是理所当然的。过完年之后，有一阵子确实是出现不少练习用光剑来砍子弹的玩家，但最后根本没有人能办得到。"

——虽然说得一副事不关己的模样，但诗乃其实也买了小型光剑，利用士兵Mob做了同样的练习，不过当然，她无论如何也不会说出口。

奋斗了一个月之后，尽管她终于练到可以抵挡突击步枪的前两发子弹，但如果不到能抵挡三连射的程度，就根本没办法在实战中派上用场。

知道自己不能像和人那样防御十连射以上的攻击后，她便干脆地放弃练习，现在那把光剑已经收在仓库里变成护身符了。

但是，如果那时将它从仓库里拿出来装备，说不定在面对Satoriser时可以报一箭，不对，应该说可以报一剑之仇呢……想到这里，诗乃马上轻轻摇头。当时根本没有那种时间。她不再思考下去，把谈话拉回原本的主题。

"……总之，我们日本的玩家别说是用子弹射中那家伙了，根本就没有人能用狙击枪瞄准他。Satoriser的真正厉害之处不是近身战的技术，而是他对战况的预测能力。"

"嗯……原来如此……不过，竟然能够做到这种事情啊……如果是菜鸟玩家也就算了，但他竟然能完美地预测参加BoB正式决赛的老玩家采取什么行动……"

听见和人以半信半疑表情说出的台词，诗乃也只能轻轻耸了耸肩回答：

"十几个人都败在同样的手法之下，总不能说是碰巧吧。不过……也可能就因为是老玩家，所以行动才容易流于几种单调的模式啊。我们每个人都习惯'这种地形就要躲在这里'或是'该用这种路线移动'的准则了。"

诗乃说完，这才发现事有蹊跷，于是轻轻吸了口气。

那个时候……第四届BoB正式大会结束的瞬间。

诗乃准备用爱枪黑卡蒂Ⅱ狙击最后一名敌人Satoriser时，选了一栋已经崩塌一半的大楼顶楼。

根据她的预测，Satoriser应该会横穿由那个楼层的窗户可以看见的道路。

然而敌人反而预测到诗乃会做出这样的预测，事先来到同一栋大楼里，潜伏在预定狙击地点附近。当诗乃架好狙击枪脚架，摆出卧射姿势准备静静等待敌人到来时……对方已经像只肉食性猫科动物般发动攻击了。

然而，诗乃原本选择的不是顶楼，而是准备从下面那层展开狙击，她判断该处高度已经足以取得充足的射角。最后她之所以没有那么做，是因为下方楼层是书库。考虑到这样的空间可能会让自己想起初中时期唯一能够好好休息的图书室，并因此无法集中精神，诗乃便在明知会多浪费几秒钟的情况下多往上冲了一层楼。结果，她原本应该狙击的敌人，早已潜伏在那个楼层里了……

这也就是说，Satoriser连诗乃不会选择在书库出手，而会从最顶楼进行狙击都预测到了。但诗乃改变狙击位置的理由，并不是一名狙击手所会做出的合理判断，完全是个人因素。就算能够预测狙击手诗乃的行动，他也不可能知道现实生活里的朝田诗乃喜欢看书。那么，选择顶楼作为潜伏场所只是Satoriser恰好猜中吗？还是说那家伙在看见书库之后，就凭某种理由而确信诗乃不会选择该处了呢？

如果是后者，那就不再是根据资料或经验所做出来的预测了。这已经超越VRMMO游戏玩家技能的范畴……具有看透他人内心的能力……

"……乃。喂，诗乃啊……"

和人用指尖慢慢推了推少女僵在空中的右手，吓了一跳的诗乃这才抬起头来。与神色显得相当担心的和人对上视线之后，她才急忙开口：

"啊……抱，抱歉。刚才说到哪里了？"

"老玩家的行动模式和准则之类的……"

"对，对哦。嗯……所以……如果是没有固定行动模式，也不会依照战斗准则来行动的玩家，说不定就可以超越Satoriser的预测了……"

诗乃半是无自觉地说到这里，才想起今天她找和人出来的最重要的理由。她拿起冰块几乎已经融光的冰凉玻璃杯，大口喝下里头的饮料，希望借此转换自己的心情，但背后的那股恶寒依旧挥之不去。

没错……Satoriser以敏捷的动作从背后袭击诗乃，更利用格斗技在几秒钟不到的时间里便压制住了她。就在诗乃HP条快要归零之前，这人用相当低沉的声音对她说了一句话。由于几乎没有发出声音，而且说的还是英文，所以诗乃当时没办法马上理解那个人的意思，但方才重新出现于耳朵深处的那道声音是这么说的：

"Your soul will be so sweet."……你的灵魂想必很甜美吧。

其实也没有什么特别的意义。在网络游戏的对人战里，本来就有不少玩家在定胜负瞬间会讲出耍帅或者蔑视对手的台词。这不过就是一种角色扮演罢了。

对自己这么说完之后，诗乃便刻意用开朗的语气重启与和人之间的对话。

"……而说到无视准则又爱'胡闹、胡来、胡搞'的家伙，我脑袋里就只想到一个人而已。虽然时候还早，不过我打算跟

那家伙预约一下年底参加第五届BoB的档期——"

她右手比出手枪的样子，直接瞄准坐在正面的和人。

"所以才要找你出来啊。"

"哦……咦，是我吗？"

诗乃在对吓了一大跳的和人露出微笑的同时，说出早已准备好的台词。

"我也知道让你再次把角色从ALO转到GGO是强人所难啦，不过呢，你也算是欠我一个人情吧？对了，不知道那把传说级武器用起来的感觉怎么样哦？"

"呜！"

和人——桐人在《ALfheim Online》内持有的黄金长剑"断钢圣剑"，是诗乃在剑掉进无底洞之前抢救回来的。少女很豪爽地把这服务器里只有一把的超稀有道具送给了桐人，所以她确实有做出这种无理要求的权利。再说，和人应该也很有兴趣与强者对战才是。

不出诗乃所料，和人在干咳了一声之后便这么表示：

"我当然也想和那个Satoriser交手……但是，我这个对枪械一窍不通的门外汉，之所以能在上届大会取得还算不错的成绩，有绝大部分原因在与其他参赛者对剑士并不熟悉。然而刚才听你的叙述，Satoriser除了是接近战高手以外，好像也会使用枪械吧？我真的有胜算吗……"

"怎么，想不到你竟然会讲出这种丧气话。那家伙确实很强，但再怎么说也和我们一样是个VRMMO玩家，你不用讲得好像是专家对上外行人那样吧……"

"就是这一点让我觉得很奇怪啊……"

和人把背靠到复古风木椅上，接着把双手枕在脑后。

"Satoriser真的只是一般人……只是一个普通的VRMMO玩家而已吗？"

"……你这话是什么意思？不是玩家还会是什么？"

"我是说他现实世界里的工作。他可能是个有接受过枪械战斗训练的人，比如说士兵啦……警察啦或者特殊部队的队员之类的。"

"咦？这太夸张了吧！"

诗乃认为这多半是在打趣而回以苦笑，和人却出乎意料地用相当认真的表情继续说：

"我也只是在新闻网站上看过这样的报道而已……似乎有部分国家的军队、警察和民间保安公司，已经把完全潜行技术运用在训练里面了。说不定就是有这种技术高超的专业人士想试试身手而参加了BoB……我觉得有这种可能性。"

"但这也未免……"

原本想说"想太多了吧"的诗乃忽然闭上了嘴。这是因为她又回想起了Satoriser那惊人的洞察力以及敏捷的动作。

那足以称之为战斗机器的作战方式，的确给人超出一般玩家领域的感觉。

但是，就算那个男人的工作真是士兵或警察好了，从事这些职业的人会在结束目标生命时讲出那种话来吗？什么灵魂很甜美的……若真要说是"职业"，那他实在不像是一名士兵，反而更像个杀……

想到这里，诗乃强行停下了思考。包含GGO在内的所有虚拟世界，都只是为了娱乐而存在。无论Satoriser在真实世界是怎样的人都没关系，只要下次在战场上碰见他时，能用自己的必杀五零口径弹把他轰飞就可以了。诗乃暗暗下定决心，坚定地大声说道：

"不论对方是什么身份，在GGO里条件都是对等的！我绝不会输给同一个对手两次，下次无论用什么样的手段，我都要获胜！"

"……你的'手段'指的就是我吗？"

"准确说来，应该是手段之一啦。"

诗乃面对露出"这怎么说"表情的桐人微笑了一下，进行补充说明。

"如果接近战专家只有你一个，还是会让人有点不安，所以我又找了另外一位帮手哦。应该说，这人主要是担任制止你失控的煞车或安全装置吧。"

"安，安全装置？"

出声复诵的和人似乎从这句话里察觉到事有蹊跷，于是马上"喀哒"一声调整好椅子并端正坐姿。他从口袋里拿出薄型手机，手指开始在画面上移动。没两下他便抬起头，苦笑着对诗乃说：

"原来如此啊……"

"……什么叫原来如此？"

这次换成诗乃听不懂了。于是和人把手机放在桌上，轻轻将它往对面推了过去。诗乃看了一下高解析度的4英寸屏幕，发觉上头出现以这家咖啡厅为中心的御徒町地图。从车站到店里的路线上，有一颗不停闪烁的蓝色光点。

"这光点是？"

"就是诗乃等的人啊。再一百米就到了。"

如和人所说，光点似乎正朝着这家咖啡厅移动。当它越过十字路口，进入巷弄，来到地图中心的瞬间……

门铃"喀啷"一声响起，诗乃也跟着抬起头来。那位边收伞边走进来的人物，稍微甩了一下栗色长发后便直直地看向诗乃，然后露出一个似乎可以让梅雨季节提前结束的明朗笑容。

"哈啰，小诗诗！"

⊢己

　　五年多没被人取过绰号的诗乃听见对方这么叫她，忍不住扬起嘴角并站起身来。

　　"你好啊，亚丝娜。"

　　结城明日奈在天然木地板上踩着轻快脚步往这边靠近，接着便握起了诗乃的手，分享重逢的喜悦。等她们在并排的椅子上坐下后，脸上微微露出惊讶表情的和人便问道：

　　"你们两个……什么时候变得那么要好啦？"

　　"哎哟，我上个月还在亚丝娜家过夜呢。"

　　"什，什么！连我都还没去过亚丝娜家耶……"

　　"还敢说呢，是桐人你自己说什么还没做好心理准备不敢来的吧。"

　　被明日奈轻轻瞪了一眼之后，和人才尴尬地啜了一口冰摇双份浓缩咖啡。

　　见他这副德行，明日奈只能露出"真拿你没办法"的表情。这时她注意到艾基尔正拿着冰水和毛巾走来，于是从椅子上微微起身向对方点了点头。

　　"好久不见了，艾基尔。"

　　"欢迎——看见这幅画面，就忍不住会想起你们两个寄宿在我家二楼的时候啊。"

　　"你这么说，会让我想跑来Dicey Cafe借住的哟。呃，今天要点什么好呢……"

　　明日奈和这位相貌粗犷的店长似乎也是旧识，在她看软木外装的菜单时，诗乃再度瞄了一眼和人放在桌上的手机。蓝色光点这时已经停在咖啡厅的位置上了。

"……那么，请给我一杯姜汁汽水。要辣一点的。"

明日奈点完饮料之后，一等艾基尔回到吧台去，诗乃马上就笑容满面地开口说：

"我说啊，你们两个会经常确认对方的GPS位置吗？感情这么好，真是羡煞旁人哪。"

闻言，和人立刻认真地说"不不不"，并摆了摆右手。

"表示在上面的，准确来说应该是亚丝娜的手机的坐标，而且还能经由亚丝娜的操作变成隐藏状态。不过我表示在她手机上面的东西可就没这么简单了，亚丝娜，拿给她看看。"

"嗯。"

笑着点了点头的亚丝娜，随即从挂在椅背上的包包里拿出处于待机状态的手机，然后直接把它递给了诗乃。

诗乃接过手机，看了一下屏幕，发现上面设置了相当可爱的动态桌布。

画面中央有一个绑着红色缎带的粉红色心形符号，而且大概每过一秒钟就会规律地跳动一下。心形符号下方排着两个数字，乍看之下，很难想到那究竟代表什么意思。左侧以较大的字形显示着数字"63"，而右侧则是较小的"36.2"。当诗乃歪头看着它们时，左边的数字忽然上升为64。

"这到底……"

正当诗乃准备问"是什么"时，和人已经用有些害羞的表情说"别一直盯着看啊"。这下子，诗乃终于明白这个待机画面显示的是什么了。

"呃……这难道是桐人的脉搏和体温吗？"

"答对了！不愧是小诗诗，洞察力果然很敏锐。"

明日奈高兴地拍了拍手。诗乃的视线在和人的脸与手机之间来回数次之后，才把最先浮现在心里的疑问说出口。

"但，但……这是用什么方法……"

"在我这里的皮肤底下……"

和人用右手拇指戳了一下自己胸口中央。接着又把手朝着诗乃伸出去，用两根手指比出五毫米左右的缝隙。

"植入了这么大的超小型感应器。那玩意儿会监测我的心跳数和体温，再利用无线信号把这些资料送到我的手机里，接着经由网络传到亚丝娜的手机，所以几乎都是即时情报。"

"咦咦咦？生物感应器？"

这次诗乃真的吓了一大跳，大约有两秒钟几乎说不出任何话来。

"为，为什么要这样……啊，难道是防出轨系统吗？"

"才，才不是哩！"

"不是啦——！"

和人与明日奈非常有默契地以同样的频率拼命摇头。

"没有啦，是我开始现在的兼职之前，对方建议我这么做的。他们说每次都要在胸前贴上电极太麻烦了，我就把这件事告诉了亚丝娜，她就坚持一定要我提供生命迹象资料给她，所以我只好自己弄了个应用程序，也安装在亚丝娜的手机里面。"

"我不想让桐人的身体资料被来路不明的公司独占嘛。说实在的，我本来就反对在身体里植入什么奇怪的东西哦。"

"咦，之前也不知道是哪个人说，一有空就会忍不住看着手机屏幕呢……"

和人的话让明日奈的脸颊微微红了起来。

"哎呀，总觉得……看着看着就很开心了。一想到桐人的心脏正像这样跳动着，就会⋯⋯让人有一种轻飘飘的感觉⋯⋯"

"哇，你这样太危险了吧，亚丝娜。"

诗乃笑着调侃友人，同时再次把视线移到掌中的手机上。不知不觉间，脉搏已经加速到67，连体温也稍微上升了一些。少女稍微瞄了一下和人，发现他正面无表情地咬着冰块。不过档案却诚实地显示出他内心正感到有些害羞。

"哦，原来是这样啊⋯⋯嗯⋯⋯真让人羡慕呢⋯⋯"

忍不住如此咕哝的诗乃急忙抬起头来，对着不断眨眼的和人与明日奈拼命摇头。

"啊，没有啦，没什么特别的意思哦。那个⋯⋯我只是觉得G，GGO里也有心跳扫描器，但那是辅助低能见度战斗用的，一点都不浪漫，只是这样而已。"

她迅速把手机还给明日奈，然后接着说：

"对，对了，差点忘记今天的主题了。那个⋯⋯我已经在邮件里跟亚丝娜提过第五届BoB的事了吧。怎么样，你能出场吗？我不会勉强你把角色转移过去⋯⋯"

"啊，这倒是不用担心。我在ALO里还有副账号，可以把房子和道具什么的都交给那个角色来保管。"

明日奈笑着用平时柔和的语气这么表示。

诗乃看着她的脸，不知不觉间恢复了冷静，深呼吸了一下后才这么回答：

"谢谢，亚丝娜愿意帮忙可就让我如虎添翼了，简直就像在碉堡里架上重机关枪一样。你只要练习几天光剑，一定很快就会抓到诀窍的。"

"嗯，我会在大会前一个月转移过去，到时候记得带我到处逛逛哦。"

"那当然,GGO里也有许多不错的食物哟。那么……虽然现在时间还早,还是要跟你说声万事拜托了。"

明日奈用修长的五指包住诗乃伸过来的手,彼此用力互握了一下后,诗乃才用缩回来的手敲了一下桌面。

"主题就到这里结束。接下来……"

她把脸转向在桌子对面咬着冰块的和人,接着问道:

"该让我仔细听听你在做什么奇怪的兼职了吧?不过……既然是桐人,我想应该是某种VRMMO的封测吧。"

诗乃直盯着桐人,提出在心里忍了三十分钟以上的疑问。

"这个嘛,虽不中亦不远矣。"

和人苦笑着点点头,然后用指尖划过植入微小感应器的心脏正上方。

"我是在当测试玩家没错。只不过,我测试的不是游戏程序,而是一种新型的完全潜行系统,叫BMI。"

"什么!"

诗乃因为惊讶而略微瞪大了眼睛。

"也就是说,终于要推出AmuSphere的后继机了?难道你是在亚丝娜父亲的公司测试?"

"不是啦,和RECT没有关系。应该说……其实是一家到现在都还了解不了全貌的公司……虽然是连间名字都没听过的新兴企业,不过开发费用倒是相当充足。大概后面有什么基金会在撑腰吧……"

看见和人那种暧昧的表情后,诗乃也忍不住把头歪向右边追问道:

"这样啊……那家公司的名称是?"

"RATH,念作'拉斯'。"

"虽然这理所当然，不过我也没听过这个名字。嗯——不过有这个英文单词吗？"

"我也是这么想，可是亚丝娜就知道哟。"

在诗乃旁边喝着姜汁汽水的明日奈点点头后回答：

"在《爱丽丝镜中奇遇》里，有一首名为'杰伯沃基'的诗，那是出现在诗里面的一种幻想动物之名。有人说是猪，也有人说是乌龟呢。"

"这样啊……"

虽然很久之前曾经看过这本书，但诗乃完全不记得有这样的词了。她在脑海里描绘着圆形龟壳里有个猪头冒出来的奇妙生物，继续问道：

"RATH吗……那么，这家公司是要独力销售次世代完全潜行机器吗？不像AmuSphere那样由许多家公司共同开发？"

和人依旧用暧昧的态度低声回答：

"机器本体非常巨大，操纵装置和冷却装置合起来，可能足足有这家店那么大呢……虽然初代完全潜行实验机听说也是那么大，之后好像花了五年左右才把它缩小成NERvGear那样的大小。至于由RECT主导开发的AmuSphere 2（暂定）应该是明年就会销售了……啊，这是秘密对吧？"

看见和人缩起脖子的模样，明日奈便轻轻笑着说：

"没关系啦，好像下个月的东京电玩展里就要发表了。"

"啊，RECT也要推出新机器吗……希望不要太贵……"

诗乃把眼睛往上抬看向明日奈，结果这个社长家的千金也同样一脸严肃地用力点着头。

"是啊，他们就是不肯告诉我究竟要卖多少钱……基本上，我光是有ALO玩就满足了，所以暂时没打算买新机种。不过在听说处理速度完全不同之后，又觉得会忍不住受诱惑，而且软件方面好像能够向下兼容……"

"这，这样啊。呜——我也来找找兼职好了……"

诗乃暂时推开脑海里的账本资料，再度对和人问道：

"……那么，也就是说那家叫RATH的公司，测试的不是家用完全潜行机器啰？比如说是公司账号用之类的？"

"不，还没到决定顾客层的阶段吧。严格来说，那和现在的完全潜行技术是两回事啊。"

"两回事？不一样是产生多边形组成的VR世界让玩家潜行到里面去吗？里面的世界是什么样的？"

"我也不知道……"

和人轻轻耸肩，随口说出令人难以置信的一句话来。

"好像是为了保护商业机密，不管在那台机器制造的VR世界里发生了什么事，相关的记忆全都没办法带到现实世界。至于在测试中到底看见了什么东西，现在的我根本一无所知。"

"什……什么？"

诗乃忍不住大叫，接着才压低声音质问：

"没办法把记忆带出来？要怎么做才能办到这种事？难道说，他们在打工结束之后对你进行了催眠？"

"不是啦，纯粹只是电子上的操作。不对……应该说是量子上吧……"

说到这里便停下来的和人，忽然稍微瞄了一眼一直放在桌上的手机。

"4点半了啊，诗乃和亚丝娜还有时间吗？"

"嗯。"

"我没问题。"

见两人同时点了点头，和人便把上半身靠在古董木椅的椅背上——

"那我先从最基本的地方开始解说吧，告诉你们所谓的……'Soul Translation'技术是什么。"

他再度说出一个不常听见的英文词组。

诗乃感觉，那个字眼听起来就像游戏里的咒文一样，根本无法让人联想到最尖端的科学技术。旁边的明日奈也轻轻歪头呢喃道：

"Soul……灵魂？"

"我第一次听见这个词组的时候，也觉得'怎么会取这么夸张的名字啊'。"

和人轻轻耸了耸肩，提出了一个有些突兀的问题。

"你们认为人的心灵应该是在哪里？"

"心？"

诗乃反射性地想触摸胸口中央部位，但随即干咳了一声才回答：

"应该是头……也就是脑吧。"

"那如果把脑部放大，你觉得哪里是心呢？"

"什么叫哪里啊……"

"脑应该是由脑细胞组成的吧，就像……"

和人朝诗乃伸出左手手掌，接着用右手食指戳戳左手掌中央，然后又划过整个手掌。

"正中央有细胞核，然后外围是细胞体……"

他依序敲着五根手指头，最后从手腕画了条直达手肘的线。

"然后有树突、轴突来连接其他细胞。有如此结构的脑细胞，到底哪里才算我们的心灵呢？是细胞核吗？还是线粒体？"

"呃……"

这时明日奈代替仍在考虑的诗乃回答：

"桐人，你刚才说'连接其他细胞'对吧？所以我认为心灵应该是许多脑细胞连接起来后的网络。就像……'网际网络是什么'这个问题一样，如果只把重点放在电脑个体上，根本就没办法回答。"

"嗯。"

和人用力点了点头，表达"你说得没错"的意思。

"我目前也认为，'脑细胞的网络即为心灵'算是正确答案。不过呢……比如说，刚才所提到的'何谓网络'问题，在经过深入探讨之后，其实也可以得到很多种答案对吧？像是世界中所有电脑经由共同通信协定所连接起来的构造本身就能够称为网络——"

和人这时又依序指着自己和明日奈排在桌上的手机。

"还有，每台电脑也因为是构成要素之一而能称之为网络。甚至可以说，坐在电脑前面的使用者也是网络的一部分呢。然后把这些答案全部综合起来后的集合体，就叫网络。"

说到这里，和人稍微休息一下，说了一声"给我喝一点"后便含了一口明日奈的姜汁汽水。他喝下汽水，接着又闭起眼睛说：

"哦哦……这里的重口味姜汁汽水还是那么辣啊……"

"和超级市场里卖的完全不一样对吧？这好像是用来调酒的原料，但我很喜欢这种鲜明的生姜味道哟。"

对诗乃来说，Dicey Cafe加重口味后的姜汁汽水，也是半年前首次被和人带来这里时所点的饮料。如果不是在GGO里遇见了他，自己可能一辈子都不会踏进这家外表看起来不怎么平易近人的咖啡厅，所以说缘分真是种不可思议的东西……诗乃内心虽然有了这样的感慨，但还是催促和人继续说下去。

"那……人类的心灵和网络有什么关系啊？"

把杯子还给明日奈的和人，点了一下头后便用双手做出包裹住某样东西的手势。

"嗯——然后服务器和路由器、电脑与手机等网状连接构造，可以说就是网络的'外在'对吧。"

"外在……"

"那么，'本质'又是什么呢？"

诗乃考虑了一下之后，开口表示：

"也就是于外在……网络构造里传递的东西？电子信号？"

"也没错啦，不过，电和光的信号再怎么说也只是媒体而已。我姑且在这里定义……网络的本质，就是借由媒体传达的语言化情报。"

和人停下不断比出手势的双手，在桌上交叉起显得有些瘦削的手指。

"那么，刚才提到的，也就是由上百亿个脑细胞连接起来的网络……当我们把这个看成心灵的外在时，到底该去哪里寻找心灵的本质呢？"

"媒体，也就是流经脑细胞的那些电子脉冲波所传递的……情报？"

"等等，所谓的电子脉冲波呢，是……"

和人将右手握成拳头，然后靠近打开的左掌。

"只是向神经元与神经元之间的缝隙，也就是突触施放传达物质的扳机而已。我认为'脑细胞延着某条路径连续传递信息'这样的现象，才能够称为心灵的本质。"

"呃……这个嘛……"

就在诗乃皱眉的同时，明日奈也发出有些困扰的笑声并且开口说道：

"桐人，再说下去我们的脑子就要烧坏啦。说穿了，就是连现在的科学也没办法好好地解释何谓心灵吧？"

"没错。"

和人笑着点头。

"什，什么？喂喂，让人考虑了这么久才说没有标准答案，也未免太过分了吧！"

正当诗乃猛烈抗议时，和人忽然把视线转往湿漉漉的街道，然后用相当认真的声音说下去：

"但是，有个人靠着某种理论逼近了真相。"

"某种……理论？"

"就是'量子脑力学'。这原本是上个世纪末的英国学者提倡的理论，'RATH'就是以这种长时间被当成异端的理论作为基础，最后终于制造出那种怪物般的机器……不过接下来要说的，其实我几乎也没办法理解了——刚才不是提过脑细胞构造的事情吗？"

诗乃和明日奈同时点了点头。

"细胞也有支撑其构造的骨骼存在，好像是叫做'微管'吧。但那些骨骼并不只是发挥支撑的功能，其实它们也有自己的头盖骨，可以说是脑细胞里面的脑吧。"

"是，是吗……"

"既然有'管'这个字，就能知道这种骨骼呈中空的管状。当然，它的规模非常细微……直径大概只有几纳米左右，不过管子里面并非空空如也，里面还封着某样东西。"

诗乃忍不住和明日奈面面相觑，接着她们同时看着和人，小声地问道：

"装着什么？"

"光。"

和人的答案相当简短。

"光子……英文好像是叫做'Evanescent Photon'。光子其实也就是量子的一种，它没有绝对的位置，而是以几率性的震荡存在。根据那种理论……这个震荡就是人类的心灵。"

一听到这句话，诗乃立刻没来由地感到一股战栗感由背部一路传到上臂。自己的心灵，竟然是摇摆不定的光。这种形象除了充满神秘的美感外，也同时让人觉得这已经是属于神所管理的领域了。

明日奈可能也抱持着同样的感慨吧，只见那对茶色眼珠里出现了不安的光芒，然后她便用有些沙哑的声音说道：

"桐人，你刚才说新机器的名称是……'Soul Translator'对吧。Soul，灵魂……换言之那些光的集合体，就是人类的灵魂啰？"

"RATH的科学家们把它称作'量子场'。不过，既然机器都取那种名字了，他们应该也是认为……那个量子场就是人类的灵魂吧。"

"这也就是说，Soul Translation不是连接人类的脑部，而是能连接灵魂的机器啰？"

"你这么说，好像已经不是机器，而是游戏里的某种魔法道具了。"

可能是想要缓和现场空气，和人咧嘴一笑，才又继续说道：

"但是，它可不是由魔法或神迹来驱动的哟。再详细一点说明它的原理嘛……就是脑细胞微管构造里的光子呢，会用一种名为'cubit'的单位来记录其旋转与方向性等资料。这就表示，脑细胞并不只是让电子信号通过的闸门，它本身就是一台量子电脑……其实呢，我最多也只能理解到这里了……"

"没关系，我早就听不懂了……"

"我也是……"

诗乃和明日奈一起作出投降宣言后，和人才像是放下心来似的吐出了一口气。

"那个既是电脑又是记忆体的光子集合体，说不定也是人类灵魂的东西……RATH自己帮它取了一个名字。摇晃的光芒，英文是'Fluctuating Light'，简称为——"

他停顿片刻之后……

"Fluctlight——摇光"。

"Fluctlight……"

诗乃无意间重复了一遍这个带有奇异魅力的原创词语。如果之前桐人说的话都是真的，那么自己脑袋里应该也存在着这种摇光。不对，或许该说如此想着的"自己"就是……

刚从方才的战栗当中恢复过来，诗乃马上悄悄地摩擦了一下由短袖中露出来的手臂。身旁的明日奈也做出抱紧身子的动作，然后用更加细微的声音这么说道：

"——那么Soul Translator就是读取摇光……不对，应该说'翻译'摇光的机械啰？如果是这样的话……翻译不是单方向的转换吗？"

诗乃因为无法马上理解这句话的意思而歪起了头。明日奈悄悄瞄了她一眼，那对茶色眼睛里带有明显的不安。

"小诗诗，你想想看……我们所使用的AmuSphere，它的功能并不止于读取人的脑部对身体发出的运动命令对吧？它还能对脑部'发送'视觉和听觉等五感信号，使人在虚拟世界中获得实感。应该说，这个功能才是完全潜行技术的核心。所以如果Soul translator做不到同样的事，它就不可能成为次世代机型。"

"……也就是……把情报写进连线者的灵魂里去吗？"

说到这里，两个人便同时看向和人。

黑发少年稍微犹豫了一下，最后才点头同意她们的话。

"嗯嗯……Soul Translator，这名字太长了，所以RATH把它叫做'STL'，它具有双向翻译功能。除了能把人类摇光所保持的数百亿cubit的档案翻译成我们可以理解的语言并读取，也能把用我们的语言写成的情报经过再翻译后写入。亚丝娜说得没错，如果没有这种功能，就无法潜行到虚拟世界里了。具体来说，就是连线至摇光保存、处理五感情报的部分，然后在里面加上想让连线者看见与听见的情报。"

这时，明日奈像是听到主题般探出了身子问道：

"难道……你的意思是说，它也能够改写灵魂里的记忆吗？桐人，你刚才说自己没有潜行中的记忆对吧？这也就表示Soul Translator……STL能够删除或者覆盖记忆啰？"

"并不是这样……"

为了让明日奈放心，和人轻轻地碰了一下她的左手，摇了摇头之后才说：

"他们说，由于人脑中保管长期记忆的部分过于广大，保存方法相当复杂，目前还没有办法着手；我之所以没有潜行中的记忆，也只是因为他们截断了通往那部分的路径而已。也就是说，记忆不是完全被删除，只是想不起来罢了……"

"可是我……我还是觉得很恐怖啊，桐人。竟然可以操纵记忆……"

明日奈垂下来的脸上，留着不安的表情。

"而且，找你去打这份工的是……克里斯海特……不对，应该说是总务省的菊冈先生对吧？虽然他应该不是个坏人，但总是给人一种有所隐瞒的感觉。就好像团长那样，总让我……有种不祥的预感……"

"……那个男人确实有让人无法完全信任的地方，比方说到现在还是不知道他真正的身份与职务这点。不过……"

和人稍微停顿了一下，才视线飘忽不定地接着说：

"当业务用完全潜行机器的初代机在新宿游戏中心正式登场的第一天，我就坐上第一班电车去排队了。我那时候还是个小学生……但我一眼就觉得它是我梦寐以求的机器，觉得持续呼唤我的世界就在这里。然后我便拼命存下零用钱，在NERvGear发售的第一天把它给买下来……后来也在各种VR游戏上花了许多时间。当时的我，真的觉得现实世界根本就不重要。不久后我便抽中SAO的封闭测试资格，然后遇上了那起事件……有很多人因此而失去了生命。花了两年时间回到现实世界后，依旧接连遇上了须乡事件和死枪事件。我……真的很想知道，完全潜行技术到底会朝什么方向发展……那些事件到底代表了什么意义……Soul Translator虽然使用了全新的功能，但内部结构是以医疗用机器Medicuboid作原型的。"

明日奈低头听着和人说话，双肩忽然抖动了一下。接着和人低沉而清晰的声音继续在安静的店里响起。

"我有一种预感。Soul Translator里似乎有某种东西存在，某种不光是娱乐用机器所能带来的东西……参加测试确实有其危

险性存在，但是……"

桐人用有点耍帅的态度做出握剑往下劈的动作。

"这些日子，不论我去到什么样的世界，最后都成功回来了，这次当然也不会是例外。虽然……在现实世界里，我只是个无力且虚弱的玩家而已。"

"……要是没有我从旁协助，你早就漏洞百出啦。"

明日奈轻声笑道。随即短短叹了口气，看向旁边诗乃的脸。

"真是的，这人不知道哪来的自信呢。"

"嗯，这个嘛，再怎么说我也是传说中的勇者大人嘛——"

虽然明日奈与和人的对话中有些东西马上能理解，也有些第一次听见的名词，但诗乃并没有深入追问，反而用有些开玩笑的口气这么说。

"我也看了上个月才出版的《SAO事件全记录》哦。不过呢，我还是不太能相信书里面的那个'黑色剑士'就是这家伙呢。"

"喂，喂，别再说下去了……"

看见和人晃动双手并将身体往后仰，明日奈也咯咯笑着并点头表示"就是说啊"。

"写那本书的，是攻略组里一个大公会的会长，所以记录本身算是很准确，不过在人物描写上就相当主观了。像是桐人和橙色玩家对战的时候啊……"

"'一旦我拔出第二把剑——没有人能活着离开'。"

两个女孩哈哈大笑，而和人只能露出空洞的眼神把椅背上的身子不停往下沉。

见明日奈脸上终于恢复了笑容，他松了一口气，但这时诗乃又给了他一击。

"那本书好像还被翻译成英文，在美国出版了。所以说，黑衣剑士已经变成国际知名的勇者了呢。"

"……好不容易才忘记这件事的……我还想叫那家伙把版税分给我呢，真是的。"

又嘲笑了一阵子碎碎念的和人后，诗乃因为想要询问从刚才就一直挂在心上的疑问，而把话题拉了回来。

"不过桐人，那个叫STL的机器是只有AmuSphere那样的功能吗？如果只是用多边形组成VR世界，然后把影像和声音送进连线者脑里，何必用到那么复杂的机制呢？"

"哦，你问得好！"

和人从椅子上撑起上半身，点了一下头。

"刚才诗乃说了'用多边形组成VR世界'对吧。多边形其实也就是坐标与面的集合体……也能称作数字档案。虽然现在建模已经相当精细，比方说树和家具等物体现在就和真的如出一辙，但本质上来说还是和这个没有两样。"

他迅速操作起原本一直放在桌上的手机，开启早已安装在手机里的小游戏。

展示画面上缓缓转动的未来型赛车，不但车子的内装制作得相当粗糙，就连车身的曲线看起来也相当死板，让人一看就知道是由多边形组成的。

诗乃抬起头，有些怀疑地问道：

"那是当然……就算在ALO或GGO里，只要有大量玩家聚集在同一处，偶尔还是会发生来不及描绘物体的情况。不过，STL和AmuSphere在这种基本的地方应该没两样吧？两者都是让使用者看见或是触碰现实世界不存在的东西，所以应该都是从无到有的3D模型吧。"

"这里，问题就在这里。嗯……该怎么说明才好呢……"

和人瞬间沉默了下来，然后拿起将冰摇双份浓缩咖啡喝光之后的空杯子展示给诗乃看。

"诗乃，现实世界里确实有这个杯子对吧。"

"……这还用说？"

虽然诗乃露出了"不知道你在搞什么"的表情，但她还是点了点头。随后和人把杯子更加靠近少女的脸，说出了让人难以立即理解的一段话来。

"听好啰，现在这个杯子同时存在于我的手里以及诗乃的意识中……以RATH的讲法，就是'摇光'当中。准确来说，是诗乃的眼睛捕捉到照射到这个杯子并反射出来的光线，然后在视网膜将其转换为电子信号，最后在意识中把杯子实体化。那么，如果我这样做……"

和人忽然伸出左手把诗乃的两眼遮住。当她反射性闭起眼睑后，视野随即就被带有微红的暗灰色覆盖了。

"怎么样，诗乃脑里的杯子一瞬间便完全消失了吗？"

虽然依旧完全不懂对方究竟想说些什么，但诗乃还是先老实地回答了。

"……哪会这么快就忘记啊。你让我在这么近的地方看，现在当然还记得杯子的颜色和形状啊。啊……不过，影像已经变得愈来愈模糊了……"

"就是这样。"

对方终于把手拿开，诗乃也就睁开了眼睛，轻轻往玻璃杯后方和人的脸孔瞪了一眼。

"什么就是这样？"

"我们在看见这个杯子、这张桌子或是彼此的脸孔时，就会利用能够记录、播放的方法把这些档案保存在摇光里的视觉处理领域当中。所以，它并不是单纯闭起眼睛就会马上消失的素描。我要说的就是这个——像这样看不见杯子，而诗乃的记忆也愈来愈淡薄时……"

和人把右手握住的杯子藏到桌子底下。

"只要完整地将刚才看到杯子时的数据输进诗乃的摇光视觉皮层里，诗乃应该就能看见原本不存在于桌上的玻璃杯了。而且是精密度远远高于多边形的……应该说，是和实体没有两样的玻璃杯。"

"……理论上是这样没错啦……但是，保存在人类意识里的档案，也就是'记忆'吧？又不是催眠术，你是要怎么从外侧操纵来播放记忆……"

话说到这里，诗乃便忽然闭起了嘴巴。

十几分钟前——和人不是才说过一种能做到这种事情的机器吗？至今一直默默听着两人对话的明日奈，直接代替诗乃轻声说道：

"就像AmuSphere能让使用者的脑看见多边形档案一样……STL是在人的意识里写上短期记忆……也就是说……那不是虚构的物体。在STL所创造出的虚拟世界中看见、听见以及碰到的东西……在我们意识里都属于真实的经验，应该是这样吧？"

和人点了点头，把杯子放回桌上后继续说道：

"RATH说这是记忆里的视觉情报'mnemonic visual data'。我确实初期测试潜行中的记忆……那真的可以说和AmuSphere所制造出来的VR世界完全不一样哟。虽然只不过是在一个小房间里头，但是我……"

　　和人霎时停止发言，脸上露出一个看起来像是硬挤出来的笑容，然后才接着说：

　　"……一开始完全不知道那里是虚拟世界。"

├3

和现实没有两样的虚拟世界。

这是从上个世纪起就曾出现在许多虚构故事里的情节，诗乃随便就能够举出五部这样的小说或电影。

来到完全潜行技术已经完全实用化，民用的NERvGear和AmuSphere实际在市场上贩卖的时代，我们终于面临了"眼前的世界真的是现实世界吗"的情况——由于曾经在新闻和博客里看过这样的文章，所以诗乃在首次完全潜行时多少还是感到有些不安。

但在实际尝试过之后，不知道该说放心还是可惜，她发现这种担心根本是多余的。

AmuSphere所创造出来的VR世界无疑是经由最尖端科技所产生的奇迹。能用五感来体会的虚拟世界是那么地美丽、鲜艳——但正是因为这样，更显出它与真实世界的差异。在里面看见的景象、听见的声音、触碰到的物体都过于纯粹，换言之就是太过单纯了。空气里没有尘埃，衣服上没有毛球，桌子上也没有任何的凹凸不平。经由数字编码所生成的各种3D物件，都会受到设计它们的企业人力以及描绘机器的CPU这种绝对限制。当然未来会有什么样的发展目前仍不得而知，但至少以2026年当下的科技，依然无法创造出与现实没有两样的虚拟世界——

直到今天听见桐谷和人所说的话之前，诗乃一直是这么认为的。

"……桐人，这也就是说，搞不好你到现在还在那台叫STL

的机器里面啰？然后，我和亚丝娜只是你被注入的'记忆'。"

因为和人这番话而瞬间感到一股寒意的诗乃，为了冲淡那种感觉而笑着这么说道。

原本以为对方一定会笑着回答"那怎么可能呢"，和人却只是皱着眉头拼命盯着她看。

"喂……别，别这样好吗？我是真人啦。"

她急忙挥了挥手，但和人依旧用怀疑的表情看着她说：

"如果你是真的诗乃……那应该还记得昨天和我做过的约定才对。"

"约，约定？"

"就是今天如果来赴约，无论我要吃几个这里最贵的'Dicey起司蛋糕'都没问题。"

"咦……咦咦？我才没有做过这种约定！啊，但，但这可不代表我就是假货哟，我是真人啊！你说是吧，<u>亚丝娜</u>？"

诗乃往旁边一看，却发现明日奈竟然也紧握住她的双手低声说：

"小诗诗……你忘了吗？你说过我可以尽情地吃'草莓&樱桃塔'的……"

"咦咦咦！"

难道我才是在虚拟世界里被操纵记忆的人吗……

诗乃刚有这种想法时，和人与明日奈的双颊同时抖动，接着"噗嗤"一声笑了出来。这下子诗乃才知道，自己反而被他们两个人给骗了。

"你……你们两个好样的，竟然连亚丝娜也一起骗我！下次在ALO里，我一定要你们分别尝尝一百发追踪箭！"

"啊哈哈，对不起嘛，饶了我吧，小诗诗！"

明日奈边笑边抱住了诗乃。

虽然这自然的亲密动作让人心底感到一股暖意，但诗乃还是把脸别了过去。不过她马上就忍俊不禁地扬起了嘴角，和明日奈一起笑了一阵子。

在这种和谐的气氛之下，和人顺势以缓慢的口气说道：

"光是听见什么Fluctlight、mnemonic visual这些用语，就会觉得那似乎是相当诡异的科技……但是，STL所创造的虚拟世界，说不定比AmuSphere制造出来的还要适合我们呢。如果真要打个比方，应该就像'真实的梦境'那样吧……"

"梦，梦境？"

这个出乎意料的词语让诗乃不停眨眼，而桐人这个在ALO里总是让周围亲友感到昏昏欲睡的守卫精灵剑士，倒是一脸认真地点着头。

"嗯，叫出保存在于记忆里的对象群体，再将它们组合起来创造一个世界，然后在里面活动……这不就跟做梦一样吗？实际上他们还说过，在利用STL潜行的过程中，人类的脑波就跟睡眠时差不多哟。"

"也就是说，你是在梦里头打工啰？光是连续睡三天，就能够赚一大笔钱？"

"所，所以我不是一开始就说过了吗？我没吃没喝地睡了三天。当然了，这段时间还是会通过打点滴来获取水分和营养素的啦。"

现在回想起来，和人刚到店里的时候好像真的说过这种话。只不过，没想到他的工作不光是躺在现实世界的凝胶床上，居然真的是做梦本身。

诗乃将视线往上抬，叹了一口气，低声说道：

"连做三天的梦吗……要是有这么长的时间，应该能做很多事吧。也不会在快吃到蛋糕前就醒过来了。"

"可惜我根本不记得在里面吃了些什么。好吧，就当我是在梦里每天吃蛋糕吃到饱好了……"

当和人用开玩笑的口气说到这里时，他忽然就闭起嘴来不再说话了。诗乃看了过去，发现在那略长的刘海底下，一对眉毛已轻轻皱了起来。

"……桐人，你怎么了？"

他没有立刻回答明日奈的问题，只是做出用手抓住东西送进嘴里的动作。

"……不是……蛋糕……应该是更硬……又有点酸……但相当美味。那是……"

"你，你还记得在虚拟世界里吃了什么？"

"……不行，还是想不起来。总觉得……是现实世界里不曾尝过的味道……"

和人脸上又持续了几秒钟焦躁的表情，但他随即像是放弃回想般呼出了一口气。一直没有开口的诗乃，终于忍不住提出心中的疑问。

"桐人，在STL里吃到在现实世界中没尝过的东西，这种事真的有可能发生吗？STL所创造的虚拟世界，应该是从潜行者记忆中叫出来的零件组合而成的吧？那么原则上来说，应该无法让那个人见到没看过的东西，也无法让他吃到没尝过的食物才对啊。"

"啊……对哦，说得也对。正如小诗诗所说……如果是这样，STL制造的虚拟世界虽然有着绝对的真实性，但自由度相当低，对吧？他们应该无法做出像艾恩葛朗特和阿尔普海姆那样和现实世界完全不同的异世界才对。"

听见亚丝娜的说法后，和人静静地点了点头，接着像是要甩开刚才的焦躁感一般笑着说：

"你们两个人都很敏锐，这真是个好问题。我一开始听见 mnemonic visual 的事情时，根本没有注意到这个限制，这次长时间潜行实验前才终于想到这个问题。接着，我问了RATH的工作人员，但这好像已经触及STL技术最为核心的部分了，所以他们也没办法详细地告诉我……不过，我唯一能说的是……虽然工作人员说虚拟世界是从记忆里创造出来的，但他们可没说使用的是我，也就是潜行者的记忆啊。"

"咦……这是什么意思……"

诗乃无法马上理解和人所说的话，但旁边的明日奈已经轻轻倒吸了一口气。

"难道……用的是别人的记忆？不对……或许是从零创造出来的记忆，不属于任何人？"

听见她有点像是自言自语的声音后，诗乃才终于恍然大悟。

如果自己以外的其他人，也拥有相同格式的记忆视觉情报，就是那个什么mnemonic visual的话呢？而那个构造也早就经过解析……那么就原理来看，确实有可能生成充满了无法想象的光景的真实"梦境"，让自己在那里看到从未见过的物品、吃到未曾尝过的食物。

这时从和人口里吐出来的一句话，刚好证明了两个女孩的想法。

"……从我开始在RATH打工，已经差不多有两个月了……一开始的潜行测试还没有记忆限制，所以我还记得几个VR世界。其中有一个，是在一个巨大的房间里出现了无数猫咪，总共有好几百只……"

"好几百只……"

诗乃瞬间想象起那样的猫咪天国而露出微笑，但她马上就把妄想从脑袋里赶走。少女用视线催促和人继续说下去后，他便用搜寻着记忆的表情继续表示：

"……现在回想起来，那个房间里有许多我根本不知道是什么品种的猫。而且不只是这样……甚至还有长了翅膀，在天空里飞的猫，还有整个圆滚滚的，像球一样不停弹跳的家伙在呢。我的记忆里面，绝对不可能有那种猫咪存在。"

"……而且那也不可能是其他人的记忆，对吧？因为，现实世界里绝对没有人看过长着翅膀的猫咪。"

明日奈继续说着：

"如果是这样……那只会飞的猫咪大概是工作人员制作出来给桐人看的……要不然，就是STL系统自己由零生成的。"

"是后者的话就太了不起了。如果能办到这种事，那系统能创造的就不只是单一的物件，最后或许可以制造出整个虚拟世界。"

桐人说完之后，三个人便暂时沉默了下来。

不经由人类之手生成的虚拟世界——

这个概念让诗乃的心跳开始不停加速。因为，这时诗乃正对GGO与ALO等VRMMO世界"过于蓄意的设计"感到有些不习惯。

当然了，现有的VR游戏世界从头到尾都是由开发公司的程序设计师架构的。

不论是建筑、森林还是河川，尽管看起来都像是很自然地存在于那个地方，不过实际上却是某人依照自己喜好所配置的物件与地形。

在玩游戏时，只要忽然想到这件事，诗乃心底便会顿时觉得大失所望。

她总有种意识，感觉包含自己在内的这些人，说穿了也不过是在名为"开发者"的神仙掌中东奔西跑罢了。

诗乃原本就不是单纯为享受游戏而进入 *Gun Gale Online* 的世界的，即使已经摆脱了过去的束缚，她依然会考虑在虚拟空间里的体验对现实世界而言究竟有着什么样的意义。

当然，她对于某些在现实生活中也会携带模型枪，或是在衣服上装饰同样徽章的军事狂没有什么认同感。

她有着自己的信念，认为游戏内的诗乃所获得的忍耐力、自制力等经验，也同样会让现实的朝田诗乃稍微变强一些；反过来说，如果不是这样，那么在虚拟世界里花费大量时间和金钱，又有什么意义呢？

诗乃认为，就是因为对VRMMO游戏有同样的看法，所以原本非常怕生的自己，才能跟认识短短几个月的明日奈变成这么好的朋友。

虽然眼前这名女孩总是带着柔和的笑容，但她一定和诗乃有着同样的价值观——玩VRMMO游戏不是为了逃避现实，而是为了将虚拟世界里获得的经验与情谊当成增进现实生活的动力，明日奈一定也是这样的人。和人就更不用说了。

就因为这样，诗乃一直不想承认VR世界只是程序设计师制造出来的产品，而内部所发生的事全都只是虚构。

虽然不愿意承认，但每个VR世界都一定有其制作者是一个毋庸置疑的事实。

上个月，诗乃住在明日奈家里的那个晚上，关上电灯后她

便对明日奈吐露了自己一直藏在心里的不协调感。结果，一起躺在大床上的明日奈稍微考虑了一下才说：

"小诗诗，其实现实世界不也是一样的吗？现在我们生活的环境，不论是房子、街道，甚至从学生这个身份到社会结构，全部都是由某些人设计出来的……我想所谓的变强，应该就是能在这样的环境中，朝着自己希望的方向前进吧。"

隔了一会儿，明日奈才用含着笑意的声音接下去：

"但是，我还真想亲眼看一看不经由人手设计的VR世界呢。如果真的能够实现，那在某种意义上，说不定会比这个现实世界还要像'真实世界'呢……"

"真实世界……"

诗乃下意识地呢喃着，似乎跟她有了相同想法的明日奈直接就在桌子另一边点了点头。

"桐人……那也就是说……只要使用STL，就可能创造出和这个真实世界完全相同甚至凌驾其上的世界了吗？能创造一个没有设计师存在的真正异世界？"

"嗯……"

和人考虑了一阵子，最后才缓缓摇了摇头。

"不……现在应该还相当困难吧。森林、草原等自然地形固然可以交给系统来制造，但要有规则性地建立起一个大城镇，还是需要人类的设计师才行。要说其他的可能性嘛……比如说聚集几百名测试玩家，然后在原野状态的区域上从零开始建设一个城镇，或者应该说一个文明社会，这样或许就能成为一个没有神明或造物主的世界了……"

"呜哇，这种做法得花上很长一段时间吧——"

“光是要完成地图就得花上好几个月了吧。”

认为和人是在开玩笑的明日奈和诗乃同时笑了起来。不过发言者本人却还是皱着眉头沉思，最后才自言自语般冒出这么一句话：

“就像是文明发展的模拟游戏吗？等等……这也不是不可能哟，只要STL的FLA功能进化……另外也得限制能带进内部的记忆吗……”

“STL的FL……那是什么？”

这一连串的简称让诗乃绷起了脸，而和人这才眨着眼睛抬起头来。

“啊啊……那是Soul Translator能做到的第二种魔法啦。刚才我不是说过，STL制造出来的虚拟世界就像在梦中一样吗？”

“嗯。”

“我们不是偶尔会有‘做了个很长的梦，结果起床时感到很累’的经验吗？尤其做恶梦时更容易这样子……”

“啊——确实如此。”

诗乃绷着脸点了点头。

“忙着逃离恐怖的事物时，虽然逃到一半就知道这应该是做梦了，却还是醒不过来。不停地逃了好一阵子后才终于清醒，结果没想到竟然还在梦里头……”

“在做这样的梦时，你觉得大概会经过多久？”

“咦？两小时……到三小时左右吧。”

“这就是重点了。如果从屏幕上观察脑波，在本人觉得做了一个很长的梦时，实际上他做梦的时间就只有醒过来前的几分钟而已哟。”

和人说到这里便停了下来，接着忽然伸手把并排放在桌上的两部手机盖了起来。他以恶作剧的视线看着诗乃说：

"我们刚开始谈到STL的话题时是4点半左右吧。诗乃，你认为现在几点了？"

"咦……"

忽然被这么一问，诗乃顿时答不出话来。夏至刚过，此刻天空依然相当明亮，无法依照由窗户射进来的光线强弱判断时刻。不得已，她只能按照自己的推测来说出答案。

"呃……4点50分左右？"

于是和人把手从手机上移开，并把画面给诗乃看。她定睛一看，发现电子数字显示目前时间已经超过5点了。

"哇，已经过这么久了吗。"

"所以说，时间是相当主观的东西。这不只是在梦里，连在现实世界当中也是一样的。忽然发生什么紧急事态导致肾上腺素分泌后，体感时间就会变慢；而相对地，如果在悠闲的状态下持续与人聊天，时间一下子就过去了。RATH在研究人的意识——也就是摇光时，对为什么会出现这样的情形做了一个粗略的解释。这好像是因为有一种名为'思考时脉控制信号'的脉冲波会流经意识中心部分，不过还不太清楚它的源头在哪里就是了。"

"时脉……"

"我们不是常说电脑的CPU有多少赫兹吗？就是那个啊。"

"就是一秒钟里计算的次数吗？"

明日奈的话让和人点了点头，接着用放在桌上的右手指尖敲出咚咚声。

"产品目录上往往会刊载最高数值，但它其实不是个固定的数字。为了抑制发热，电脑平常只会慢慢运转，等真正需要进行大量运算时……"

咚咚咚，手指敲着桌面的速度变快了。

"就会提升动作时脉来加快计算速度。而用摇光来制造物体的光量子电脑也是一样，发生紧急事态时，需要处理的资料一增加，思考时脉也同样会加速。诗乃在GGO的战斗当中非常专心时，也会有种看得见子弹的感觉吧？"

"啊——状态非常好的时候是可以啦，但还是没办法像你那样'闪避弹道预测线'就是了。"

她撅起嘴唇补上这么一句话之后，和人也只能苦笑着摇了摇头说：

"我现在也没办法了，在下届BoB前得重新锻炼才行……总之，那个思考时脉会对时间感觉产生影响。当时脉加速时，人类便会感觉时间流动变慢，睡眠中这种情况就更加明显了。摇光为了处理庞大的记忆资料而将速度提升许多，结果就是明明只过了几分钟，却像做了好几个小时的梦一样。"

"唔……"

诗乃把双手环抱在胸前发出低吟。自己的脑，或许应该说心灵是由光组成的电脑，单单这种说法就已经超出常识的范围之外了，现在竟然说"思考"也会让计算速度提升或降低，她实在无法想象那究竟是什么样的感觉，和人却像意犹未尽般继续笑着表示：

"——既然如此，如果能在梦里完成作业或工作，那不是一件很棒的事吗？在现实世界里不过几分钟的时间，但在梦里已经过了好几个小时啰。"

"那，那怎么可能……"

"就是啊——哪有那么刚好能做那种梦呢。"

诗乃和明日奈同时提出异议，但和人还是笑着继续解释：

"真正的梦境之所以会支离破碎，原因在于它只是记忆处理作业的剩余产物。但STL所制造出来的梦——应该说逻辑极为类似于梦境的VR世界——更为纯粹。在那个世界里，我们能干涉意识中决定思考时脉的脉冲波让其加速，接着我们也和它同步，让虚拟世界内的基准时间跟着加速。最后使用者就能够在虚拟世界里体验到比实际潜行时间多出好几倍的时间，而这就是STL最主要的机能'Fluctlight Acceleration'……简称FLA。"

"该怎么说，总觉得……"

这已经不像是现实世界里会发生的事了。想到这里，诗乃轻轻叹了口气，这和AmuSphere可不只有"些微"的不同而已。

光是潜行技术的实用化，就已经让社会生活产生了相当大的改变。听说竭尽所能想降低成本的一般企业，在虚拟世界里举行会议或简报已经是理所当然的事，而且每天都有好几部能直接进入场景中并自选角度观赏的3D电视剧与电影在播放，以高重现度为卖点的观光软件更是大受老年人们的欢迎，而就如刚才和人所说的，现在已经是会在虚拟世界里进行军事训练的时代了。

由于有太多的事能够不出门就完成，所以近来兴起了一股以自身双腿漫无目的在街上走路的"散步族"风潮，甚至还有脑筋动得快的厂商趁机发行了"虚拟散步软件"结果大获好评——就连这种本末倒置的事也随之而生。另外，大型汉堡店与牛肉盖饭连锁店的虚拟分店也已经出现了好一段时间。

就像这样，虚拟世界造成的大潮流，不知道会将现实世界带往什么方向——在如此的世道之下，如果又有能让意识加速的Soul Translator这种商品登场，世界真不知会变成什么样子。

当诗乃感到些微寒意时，似乎也有相同想法的明日奈已经皱眉低声说了这么一句话。

"漫长的梦……吗……"

她抬头看着对面的和人，微微笑了一下。

"幸好SAO事件在Soul Translator实用化之前就发生了……我是不是应该这么想呢？如果对应的机器不是NERvGear而是STL，艾恩葛朗特说不定会有一千层，要花上二十年左右的内部时间才能完全攻略呢。"

"千……千万不要啊。"

看见和人拼命摇头的模样，明日奈再次露出微笑，然后接着问道：

"那么，这个周末桐人一直在做梦吗？"

"嗯。因为有长时间的连续运转测试，所以我整整三天不吃不喝就只是潜行，结果真的因此变瘦了一点……"

"才不是一点而已呢。真是的，你每次都做这种不顾后果的事情……"

明日奈故意做出可爱的生气表情，然后把双臂交叉在胸前。

"明天我会去川越帮你做饭的！不过得先请直叶多买一些蔬菜才行……"

"拜，拜托你手下留情啊。"

微笑着看两人斗嘴的诗乃，因为忽然想起一个问题而开口：

"嗯……这也就是说，在你连续潜行的三天里面，那个思考加速装置一直在发挥作用对吧？那么，实际上你到底在里面过了多久啊？"

一问之下，和人像是在探索自己的记忆似的歪了歪头，然后以不确定的口气回答：

"嗯——正如我刚才所说明的，潜行过程的记忆受到了限制……不过，我听说目前FLA机能的最大倍率应该是在三倍左右……"

"就是说……九天？"

"或者十天左右吧。"

"这样啊……到底是在什么样的世界里做什么事呢？如果不能带出来的话，那现实世界里的记忆可以带进去吗？有没有其他测试者？"

"呃，这些事我真的完全不清楚。因为呢，他们说有太多相关知识会对测试结果产生影响。不过，就算能够封锁潜行中的记忆好了，依然不知道能否限制既存的记忆呢……我前去进行测试的六本木大楼里只有一台STL实验机，所以潜行的应该只有我一个吧。关于'里面'的事情他们也都没告诉我，身为封闭测试者的我可以说一点成就感都没有，他们只跟我提过实验用虚拟世界的代号而已。"

"哦？叫什么名字？"

"'Under World'。"

"Under……地底世界？是设计成那样的VR世界吗？"

"别说是整个世界的设计感了，就连那到底是现实、奇幻还是SF风格我都分不清楚。不过既然是这种名字，应该是像地底那样黑乎乎的吧。"

"嗯……总觉得没有什么实感啊。"

诗乃与和人一起歪头沉思了起来，而明日奈则把纤细的手指放在下巴上轻声说道：

"说不定……那也跟爱丽丝的故事有关哟。"

"你说的爱丽丝是……"

"和刚才RATH的名字一样，都源于《爱丽丝梦游仙境》。那本书一开始的原稿名称是《爱丽丝地底之旅》哟，而英文原名就是Alice's Adventure under Ground了。"

"哇，我还是第一次听说诶，这公司还真喜欢童话。"

诗乃笑着说下去：

"话说回来，这两本爱丽丝的故事，都与漫长的梦境有关对吧……这也就是说，说不定桐人在潜行当中还会跟兔子一起参加茶会，甚至跟女王下西洋棋呢。"

明日奈听到这里，便像是觉得很有趣似的窃笑了起来。然而不知为何，当事者和人只是面有难色地凝视着桌上的某一点。

"……怎么了吗？"

"没什么……"

他虽然因为诗乃的声音而扬起视线，却依然眉头深锁，还似乎相当焦躁地不停眨着眼。

"刚才听见"爱丽丝"这个名字……就有种快要想起什么的感觉……不是常常会这样吗？明明有什么让你非常在意的事情，但就是想不起来，最后只留下一股不安的感觉。"

"啊——确实是有。就像做了个恶梦而从床上弹起来，结果却忘记了梦里面的情节一样。"

"总有种……明明有件非做不可的事，却忘记是什么内容的感觉……"

明日奈看着不停搔头的和人，担心地问：

"你说的是实验里的记忆吗……"

"不过，你不是说虚拟世界的记忆全都被消除了吗？"

诗乃也接着问道。和人这时依然闭着眼睛低声沉吟，但他不久后便像放弃挣扎般放松了肩膀的力量。

"……算了，差不多十天前的记忆也不可能随便就想起来，可能只是没有完全隔绝的碎片还留在脑子里而已……"

"这样啊……这样一想，如果记忆确实残留在脑里，那从精神上来说，你就比我们老了一个星期左右了。总觉得……还真是有点恐怖。"

"我倒是有点高兴……感觉好像差距缩小了。"

比和人大一岁的明日奈一这么说，和人便轻笑着回答她：

"话说回来，从昨天潜行结束一直到今天上课时，我都有种奇怪的不协调感哦。就好像……过了好长一段时间才又见到自己熟悉的街道和电视节目一样。就连看到班上的同学……也会忽然想'怪了，这家伙是谁啊'……"

"才十天左右而已，哪有那么夸张啊。"

"就是说啊——这会让人很不安呢。"

和人这几句话让诗乃与明日奈同时皱起眉来。

"桐人，别再进行长时间的实验了，那一定会对身体造成负担的。"

"嗯，长时间连续运转试验获得了很大的成功，基础设计上的问题好像都解决了。接下来终于要准备进入实用化阶段，把体积缩小了，就是不知道要花多少年才能把那么庞大的机器缩小成能够贩卖的商品……这段时间我也不会去那里打工，何况下个月就要期末考了。"

"呜……"

听见和人的话，诗乃的脸色一下子变得相当难看。

"喂喂，别让人想起那么讨厌的事情啦。桐人和亚丝娜的学校真好，几乎不用写考卷，不像我们学校还要涂答题卡哩。真受不了，也不稍微改进一下。"

"呵呵，那我们之后来进行考前冲刺集训吧。"

明日奈边说边抬头看着诗乃背后的墙壁，然后发出了小小的叫声。

"已经快6点了啊，和朋友一起聊天时间果然过得很快呢。"

"我看也差不多该散会了，不过总觉得主题好像只讨论了五分钟左右。"

面对露出苦笑的和人，诗乃也笑着回答：

"反正距离第五届BoB还有很长一段时间，角色配点和详细战术这些你转移过来之后再决定就好。"

"说得也是，不过我还是只想用光剑。"

"那玩意儿其实叫光子剑。"

和人一边笑着说"是这样吗"一边拿起了桌上的账单，然后表示因为领了七十二小时的打工费用，所以今天他负责请客，接着便朝柜台走去。诗乃和明日奈一起说了声"谢谢"，然后便先行走向出口。

"艾基尔，我们下回见啰。"

"谢谢你的招待，炖豆子真的很好吃。"

向忙着准备夜间营业的店长打过招呼后，诗乃便从威士忌桶里拿出雨伞并把门推开。外头的喧嚣和雨声立刻随着"喀啷"的铃声传进耳里。

虽然距离太阳下山还有一些时间，然而天上那厚厚的云层作祟，让湿漉漉的路面附近早已飘荡着深夜的气息。诗乃打开雨伞，走下一格小小的阶梯后——她忽然停下脚步，迅速将视线在周围绕了一圈。

"小诗诗，怎么了吗？"

背后的明日奈发出充满疑惑的声音。诗乃这才回过神来，急忙走到路上并转头。

"没，没什么啦。"

她仿佛要掩饰害羞般轻笑。自己的后颈感觉到了类似于狙击手的气息——这种话她实在说不出口。待在开放式空间便会开始确认狙击地点的习惯，竟然也会出现在现实世界里。一想到这点，诗乃就忍不住感到有些愕然。

虽然明日奈依然有些纳闷，但这时背后再度响起一阵铃声，而她也就像受到铃声催促般走下了阶梯。

边走出门边把钱包收进包里的和人，踩到马路上后忽然冒出了这么一句话：

"爱丽丝……"

"你到底在说什么啊？"

"没啥……仔细一想，星期五，也就是在利用STL潜行之前，我好像稍微听见了工作人员之间的对话……A，L，I……Arti……Labile……Intelligen……嗯，到底是什么呢……"

看见和人依然在嘴里咕哝一些不明所以的单词，明日奈只好用自己的伞帮他遮雨，然后露出"真拿你没办法"的苦笑。

"每次你一想不起在意的事情就会变成这个样子。既然那么在意，那就下次去公司时跟他们问个明白不就好了？"

"嗯……说的也是哦。"

和人摇了两三下头，这才终于把雨伞撑开。

"那么诗乃，我们下次再讨论转移去GGO的事。"

"好的，下次在ALO里讨论也可以啦。谢谢你们今天专程跑过来一趟了。"

"再见啰，小诗诗。"

"再见，亚丝娜。"

朝准备搭电车回去的和人与明日奈挥了挥手后，诗乃便开始朝反方向的地铁车站走去。虽然她再次从雨伞下方静静地把周围扫视了一遍，但刚才感受到的执拗视线似乎真的只是错觉，现在已经消失得无影无踪了。

转章 I

人的体温，真的非常不可思议。

结城明日奈忽然有了这样的想法。

雨停后，两个人便牵着手缓缓走在边缘染上橙色的深蓝色天空下。旁边的桐谷和人打从几分钟前就是一副陷入沉思的表情，目光始终放在步道的瓷砖上一言不发。

明日奈住在世田谷，和人准备回川越，两人通常会在新宿车站告别后各自换乘不同的电车，今天和人却不知为何硬是要把她送到家附近。明日奈原本因为从涩谷到和人家还得花上将近一个小时而准备婉拒，但和人眼中似乎带有不寻常的神色，她也就答应了。

从最近的世田谷线宫之坂站下车后，两人便自然地牵起手走了起来。

像这种时候，明日奈总是会隐隐约约地想起某个情景。由于那段回忆不只有甜蜜，同时也伴随着痛苦与恐惧，所以平时几乎不会浮现在脑海里，但在握住桐人的手时又偶尔会复苏。

那不是在现实世界里的记忆，而是在目前已经消失的旧艾恩葛朗特第五十五层主要街道区——铁塔之街"格朗萨姆"里发生的事。

当时明日奈/亚丝娜依然担任公会血盟骑士团副团长，一名叫做克拉帝尔的巨剑士时常跟在她的身边充当护卫。克拉帝尔对亚丝娜有着异常的妄想与执著，于是打算用麻痹毒暗地里解决让亚丝娜决定退出公会的和人/桐人。

过程中，有两名公会成员惨遭杀害，正当桐人也濒临死亡时，及时赶到的亚丝娜便在激昂之中拔出了细剑。少女无情地削减克拉帝尔的HP，却在剩下一击便能了结对方生命时产生了犹豫。克拉帝尔抓住这个机会准备反击，然而从麻痹当中恢复过来的桐人已经先用手刀贯穿了他的身体。

事后两人回到第五十五层的血盟骑士团本部，报告了退出公会的决定，然后便牵着手漫无目地走在格朗萨姆的街道上。

当时的亚丝娜表面上看起来相当平静，内心却对自己无法下手解决克拉帝尔感到失望，更对把这份重担推到桐人身上怀有罪恶感。钻牛角尖的她自觉没有参加攻略组的资格，也没有站在桐人身边的权利。就在这时，亚丝娜忽然听见了一道声音，那道声音说"无论发生什么事，我都会让你回到那个世界"。

这个瞬间，亚丝娜了产生一种非常强烈的念头。少女心想，下次该换我守护身边的这个人了。不论是在哪个世界，只要桐人遇到了危险，我都会毫不犹豫地保护他。

亚丝娜清楚地记得，那只原先握在手中却只感到冰冷的右手，从那时起忽然就像靠在暖炉旁一样慢慢变暖了。即使浮游城早已崩塌，此刻的她已经穿过妖精国度回到现实世界，但只要像这样牵着手，与当时相同的温度便会重新在掌中苏醒。

人的体温实在是非常不可思议。明明只是肉体为了存活而消耗能量所产生的热度，但透过接触的手掌交换温度后，却能带给人包含着某种情报的真实感。最好的证据就是，明日奈知道一直默默无语的和人正考虑对自己说出某件重要的事。

和人说，人的灵魂是被封在脑细胞微小构造当中的光量子。而那种光说不定不只存在脑里，更是存在于全身所有细胞当中呢？由众多摇晃光粒所创造出来的人形量子场，现在正靠着彼此的手掌连接在一起。感受对方的体温，或许就是这么一回事。

明日奈静静闭起眼睛，在心中这样呢喃着。

——别担心哟，桐人。不论什么时候，我都会在背后守护着你。我们是世界上最棒的前锋和后卫啊。

此时和人忽然停下脚步，明日奈也同时驻足。可能是因为刚好7点吧，她一睁开眼睛，马上就看见两人头上那盏复古的铸铁制街灯亮起了橙色光芒。

雨停后的黄昏时刻，住宅区的人行道上除了明日奈与和人以外，看不见其他人影。这时和人缓缓转过头来，用他的深色眼珠笔直凝视着明日奈。

"亚丝娜……"

他像是要甩开犹豫般，往前跨出一步——

"……我还是决定要去。"

这时，知道和人最近在为将来的出路而烦恼的明日奈微笑着反问道：

"去美国吗？"

"嗯。花了一年查阅过许多资料后，我认为圣克拉拉的大学正在研究的'脑内植入式晶片'，应该就是次世代完全潜行技术的正常进化形态，脑机界面应该也会朝那个方向发展。无论如何，我都想亲眼目睹下一个世界的诞生。"

明日奈直直地凝视着和人的眼睛，用力点了点头。

"在那座城堡里，除了令人高兴的事情之外……也有许多痛苦、悲伤的事情发生。我想，你一定很希望能确认它会发展到什么地步吧。"

"……若真想看到最后的结果，可能活几百年都不够吧。"

和人轻轻一笑，然后再次吞吞吐吐了起来。

明日奈察觉到，他可能是无法说出"那我们就必须分隔两地了"这样的话吧。于是依然挂着笑容的明日奈打算说出心里早已经准备好的答案——但在她开口之前，和人已经露出一副与过去在艾恩葛朗特向她求婚时完全相同的表情，吞吞吐吐地说着：

"然后……我，我希望亚丝娜可以和我一起去美国。我发现自己已经不能没有你了。当然，我也知道这是一个很过分的要求，亚丝娜应该也有自己想走的路才对。不过，我还是……"

和人似乎相当犹豫，话说到这里就停了。而明日奈先是瞪大了眼睛，接着便噗嗤一声轻轻笑了出来。

"咦？"

"抱……抱歉，我不该笑的。不过……难道桐人最近一直在烦恼的就是这件事情吗？"

"那，那当然啦。"

"什么嘛，如果你说的是这个，那我的答案在很久之前就已经定下来啦。"

明日奈的右手依然与和人相握，此刻她又把左手也叠了上去。接着再度用力点点头，然后说出这么一句话：

"我当然会一起去。无论你要去哪里，我都会待在你身边。"

和人先是瞪大了双眼，接着又眨了好几下眼睛，最后脸上才露出鲜少展现的灿烂笑容。接着，他举起右手碰了碰明日奈的肩膀。

明日奈也将空下来的双手绕过和人的背部。

重叠在一起的嘴唇开始时还有些冰冷，但马上就变得温暖并融合在一起。明日奈再度感到，构成两人灵魂的光已经交换了无数情报。她更加确信，今后不论要在什么样的世界里旅行多久，两人的心依旧绝不会分离。

不对，应该说两个人的心早已合而为一了。在崩坏的艾恩
葛朗特上空，从被七彩极光包围并消失的那时候起——说不定
比那还要更早，远在两名孤独的独行玩家于黑暗迷宫深处相遇
的瞬间，就已经注定是这样的命运了。

"不过呢……"

几分钟后，当两人再度牵手走在人行道上时，明日奈提出
了忽然浮现的疑问。

"桐人是不觉得帮忙测试的Soul Translator是完全潜行技术的
正常进化吗？Brain Chip和NERvGear一样是脑细胞等级的连线，
但STL应该是领先这两者的量子层级界面吧？"

"嗯……"

和人用另一只手上的金属制伞尖敲着路砖，口中这么回答：

"……它的设计概念确实领先了Brain Chip不少。不过，该怎
么说呢……我总觉得太先进了一些。那个机器不花上十年二十
年是不可能成功小型化的，现在的STL，似乎并不只是让人类完
全潜行到虚拟世界里的机器……"

"咦咦？不然是做什么用的机器？"

"真要说起来的话，应该是要探求人类的意识……也就是摇
光究竟为何的机器吧……"

"这样啊……"

换言之STL不是目的，只是手段而已？当明日奈试着想象
了一下人类灵魂究竟有什么用时，和人便已继续说道：

"而且呢，我认为STL应该是那家伙……希兹克利夫思想延
长线上的机器。那个男人究竟为什么要创造出NERvGear与SAO

夺走数千人的生命，还把自己的脑也烧焦，最后甚至撒下'The Seed'这种东西……虽然我不知道这一切究竟有何目的，却感觉STL散发出了那家伙的气息。我当然也想知道希兹克利夫的目标，但不想把它当成自己未来前进的方向。我讨厌那种自己一直逃不出他手掌心的感觉。"

明日奈脑里瞬间闪过那个人的影像，然后点了点头。

"……这样啊……对了，团长的意识，或者应该说思考模拟程序，应该还存在于某个服务器里面吧？桐人不是也和它说过话吗？"

"嗯嗯，不过只有一次而已。那个男人用来自杀的机器，其实就是STL的原始模型。当时为了要读取摇光，必须用上足以烧焦所有脑细胞的高能量光束。我想，当时他应该长时间忍受着比NERvGear破坏脑干时还要强烈许多的痛苦吧……他宁愿付出这么大的牺牲也要留下自己意识备份的目的，和目前RATH打算借由STL做的事，我想两者并非全无关系。我之所以会接受菊冈的请求……可能是因为自己内心的某个角落一直想看看那个人究竟想做什么吧……"

说到这里，和人把视线移向暗红色逐渐淡去的天空。明日奈凝视了他的侧脸好一会儿之后，才在交握的手上多用了点力，对恋人低声说道：

"……希望你可以跟我做个约定，今后绝对不能再做危险的事情。"

和人看向明日奈，微笑着点头说：

"当然没问题，因为明年夏天就能和亚丝娜一起去美国啦。"

"在那之前，你还得努力用功，在升学考试里取得好成绩才行吧？"

"呜……"

和人顿时为之语塞，但他马上就轻咳了几声扯开话题。

"总而言之，得先和亚丝娜的双亲打声招呼才行。虽然我时常会用电子邮件和彰三先生联络，但伯母对我的印象似乎还不是很好……"

"别担心啦——妈妈最近已经变得很明事理了。啊，对了，既然这样，那干脆就今天来我家一趟吧？"

"咦！还、还是不了吧……我等期末考结束之后再登门拜访好了，嗯。"

"真拿你没办法……"

他们讲到这里时，已经来到离明日奈家不远的小公园前面了。每次和人送她回家，两人总会在这里分手。明日奈带着依依不舍的心情停下脚步，接着转过身子。和人也正对着她，笔直地看着眼前这个女孩。

当两人间的间隙缩小到仅余十五厘米时……从背后传来了沉重的脚步声，这也让明日奈反射性地将身体往后退。

两人转头一看，发现有一个人影小跑着从稍远处的T字路冲了出来。那是一名穿着黑色服装的矮小男子，他把视线停留在明日奈与桐人身上，边说着"打扰一下"边靠了过来。

"请问——车站在哪个方向？"

面对这名低着头询问的男人，明日奈用左手指向东边。

"呃，沿着这条路直走，到了第一个红绿灯时右转……咦？"

和人突然用力将明日奈的肩膀往后拉，接着侧身挡在前面，将少女往更后方推去。

"为，为什……"

"你……刚才也在Dicey Cafe旁边对吧，你到底是谁？"

和人用严厉的口气说出明日奈意想不到的一句话。她屏住呼吸，再次看了一下男人的脸。

他有着一头随处可见的挑染长发，脸颊瘦削的轮廓则全被厚厚的胡茬给盖住了。耳朵上戴着银色耳环，脖子上则挂着粗大的银链。此外，他上半身穿着褪色的黑色T恤，下半身是同样黑色系的皮裤，腰上还吊着一堆金属链子，双脚被一对不适合夏天的厚重长靴包裹住，整双鞋也给人满是灰尘的感觉。

从他凌乱的刘海缝隙里，可以看见仿佛在笑的细长眼睛。男人像是听不懂和人说的话般歪着头，然后皱起眉毛——突然，他小小的瞳孔里竟然浮现出令人感到厌恶的光芒。

"……果然没办法突袭吗？"

他的嘴角整个歪了起来，露出不知道是笑还是怒的表情。

"你到底是什么人？"

和人再次这么问道。男人耸了耸肩，摇了两三下头之后才做作地叹了一大口气。

"嘿嘿，太夸张了吧，桐人先生。你忘记我的脸了吗……啊，在那边好像一直戴着面具呢。不过我可没有忘记过你啊。"

"你……"

和人的背脊顿时因为紧张而绷了起来。他将右脚稍微往后拉，腰部也略微下沉。

"——'强尼·布莱克'！"

随着和人低沉的叫声，他的右手以电光火石般的速度往肩上没有任何东西的空间抓去。那正是过去"黑色剑士桐人"的爱剑"阐释者"剑柄所在之处。

"噗，咕，咕哈哈哈哈哈哈哈！没有啊，没有剑啊！"

名为强尼·布莱克的男人弯着上半身发出了尖锐的笑声。和

人全身散发出紧张的气息，缓缓将右手放了下来。

明日奈也知道这个名字。那是旧艾恩葛朗特的积极杀人者，一个就连在红色玩家里也广为人知的名字。对方隶属于"微笑棺木"这个PK公会，和"赤眼沙萨"组成搭档，是一名夺走了十几条人命的凶手。

……沙萨。明日奈在短短半年前也听过这个名字，那人正是恐怖的"死枪事件"的主谋。

事件过后，她听说主要犯人新川昌一和他的弟弟被捕，但余下的一名同伙仍在逃亡。原以为早已被逮捕的第三人记得叫金本……换言之，眼前这个男人就是——

"你这家伙……还在逃亡吗！"

和人用沙哑的声音这么说道。强尼·布莱克——金本笑了一下，便伸出双手的食指开口表示：

"Of course ——既然沙萨那家伙被抓住了，身为最后一名微笑棺木成员的我，当然得振作一点啰。我花了五个月才找到那家咖啡厅，然后在那附近监视了一个月……真的每天都过得相当辛苦哟。"

金本用喉咙发出低沉的声音，然后不停左右晃动着头部。

"不过桐人先生啊，想不到没了剑……你也不过是个瘦弱的小鬼而已。虽然长相一样，但根本看不出来是那个让我尝尽苦头的剑士啊。"

"少说大话了……没了惯用的带毒武器，你又能拿我们怎么样？"

"嘿，居然从外表来判断我没有带武器，这就代表你是个外行人啊。"

金本的右手像蛇一般迅速伸到背后，然后从T恤里抓出了某样东西。

那是一个奇妙的物体。从扁平的塑料制圆筒里，凸出了一块看似玩具的把手。明日奈瞬间还以为那是水枪，但看见和人背部整个紧绷起来的模样后，她也跟着屏住了呼吸。少女心中的疑惑，马上就随着桐人的声音变成了战栗。

"那是……'死枪'！"

和人往后伸出右手，作出要明日奈更加往后退的手势。同一时间，他的左手也把收起来的雨伞伞尖对准了金本。

即使下意识往后退了一两步，明日奈的眼睛还是紧盯着那把塑料制的"枪"。那根本不是水枪，而是用上了高压气体的注射器，里面还装填了足以让心脏停止跳动的恐怖药品。

"我准备了带毒武器啊，虽然不是小刀有点可惜就是了。"

金本左右摆动着注射器唯一装着金属零件的前端，同时发出刺耳的笑声。和人小心翼翼地将以双手持握的雨伞对准金本，然后低声叫道：

"亚丝娜，快逃！去找人过来！"

经过瞬间的犹豫后，明日奈点了点头，接着转身跑离现场。她可以听见金本在背后大叫着：

"喂，'闪光'！别忘了告诉大家……'黑色剑士'死在了我强尼·布莱克的手下啊！"

距离最近房子的对讲机大概还有三十米。

"来人啊……救命啊！"

明日奈边跑边用全身的力气大喊。扔下和人逃走会不会是一个错误的决定呢……如果两个人同时扑过去，是不是就能把那把武器抢下来了呢？就在她转着这些念头并跑过一半距离时，一道声音传进了她的耳中。

那是一道短而尖锐的挤压声，就像拧开碳酸饮料瓶盖或按下喷雾发胶的声音。但是，就在理解那代表什么意思时，明日奈的脚马上就因为过于恐惧而绊了一下，于是她急忙用一只手撑在潮湿的路砖上。

明日奈缓缓转过头去。

这时映入她眼帘的，是一副凄惨的光景。

和人握在手里的雨伞，伞尖已经整个刺进金本右大腿里面去了。

而金本握着的注射器，按在了和人的左肩上。

两个人上半身同时一个摇晃，然后直接倒在路上。

接下来的几分钟里，明日奈感觉自己就像在看黑白电影一般，没有任何的实感。

少女拼命移动僵硬的身体跑到和人旁边，把他拉离按着右腿不停挣扎的金本。她一边大叫着振作一点，一边从口袋里抓出手机。

尽管手指就像冻僵了一样没有任何感觉，但她还是死命用僵硬的指尖操作触控式面板，接着以急促的声音告知急救中心的接线员目前所在地。

到了这个时候，才有看热闹的人群围过来。可能是有人报警了吧，警察也推开人群出现。明日奈只是简短地回答了他的问题，接着就紧紧抱住和人的身体。

和人的呼吸又短又急促。在痛苦的喘息之中，他只简短地呢喃了两句话："亚丝娜，抱歉"。

经过宛如永恒的数分钟后，和人被搬上了赶到现场的两台救护车其中之一，当然明日奈也跟着坐了上去。

急救人员努力确保失去意识而躺在担架上的和人呼吸道顺畅，同时对着同辆车上的另一名成员大叫：

"病患出现呼吸不全的症状！快准备压式苏醒器！"

他们急忙准备呼吸器，和人的口鼻也立刻盖上了透明面罩。

明日奈极力将随时会迸出的惨叫声压抑在喉咙里，更奇迹般地想起了药名，并告诉急救人员。

"那个，他，他的左肩被注射了名为琥珀酰胆碱^{Succinylcholine}的药物。"

急救人员瞬间露出惊愕的表情，但马上就做出了新的指示。

"静脉注射肾上腺素……不对，应该用阿托品！确保静脉导管畅通！"

急救人员脱去和人的T恤，将点滴扎进他的左臂，并在他胸口贴上心电图的电极。在此起彼落的喊声当中，还夹杂着撕裂空气的救护车铃声。

"心跳开始下降！"

"准备心脏按摩器！"

和人双眼紧闭的脸庞在LED车内灯的照耀下显得惨白骇人。不，不要！桐人，我不要这样——有好一阵子，明日奈都没注意到自己的嘴正不停地如此呢喃。

"心跳停止！"

"继续按摩！"

这是骗人的吧，桐人。你是不会丢下我自己离开的吧？你说过……我们要一直在一起的对吧？

明日奈的视线，落到了自己一直紧握着的手机上。

显示在屏幕上的粉红色心脏轻轻震了一下，便不再跳动。

电子数字冷酷且明确地归零，就这样保持沉默。

第一章 Under World 人界历378年3月

▶1

空气里有种味道。

在清醒前的片段式思考当中，我忽然有了这样的感觉。

流入鼻腔里的空气带有大量的情报，包括甘甜的花香、清新的草香，大树那种让人一扫胸口郁闷的痛快气味，最后还有让人感到口渴的清泉气味。

将意识往听觉集中之后，马上就能感到声音的洪流正朝自己袭来。除了无数重叠在一起的树叶摩擦声、小鸟朗丽的鸣叫声，还有细微的小虫振翅声与远方小河传来的潺潺水声。

自己到底在哪里呢？可以确定的是，这里绝对不是自己的房间。平常醒过来时，除了会闻到从干燥床单上传来的太阳气味之外，还能听见转为除湿模式的空调运转声，以及从稍远处的川越支线传来的汽车声，但现在这些味道与声响全都消失了。而且——从刚才开始就不规则轻抚眼睑的绿光，绝不可能来自忘了关上的台灯。按照推测，这应该是从树叶间隙透下来的光芒才对。

我屏除想继续沉浸在睡眠中的欲望之后，勉强张开了双眼。

无数光线随即奔进眼帘，让我忍不住眨了好几下眼。我举起右手擦掉渗出来的眼泪，这才慢慢撑起身子。

"……这里是哪里？"

我不由得咕哝道。

首先看见的，是一片淡绿色的草丛。此外还有随处可见的白色与黄色小花，以及花丛间某种身上带着光泽的水蓝色蝴蝶。如绒毯般的草地在短短五米前便倏然中止，之后便是一片深邃的森林，林中满是树龄不知有几十年的参天巨木。

我定睛往树干之间微暗处看去，只能发现在光线所及范围里尽是林立的树木。凹凸不平的树皮与地面，全覆盖了一层厚厚的青苔，在阳光照耀下闪烁着金绿色光辉。

我把视线向右移并且将身体转了一圈，放眼所见就只有古木的树干而已。换言之，我似乎是躺在森林中的一小块空旷圆形草地上。最后我又抬头仰望了一下天空，终于从往四面八方伸展的树梢缝隙间，看见了飘浮着碎云的蓝天。

"这里是……什么地方？"

我再度低声咕哝，不过当然没有声音能回答我。

即使翻遍了脑里的所有记忆，我还是想不起来自己究竟是何时跑到这种地方来睡午觉的。难道是梦游症？或者失忆？怎么可能会有这种事啊！于是我急忙赶走在脑海中一闪而过的几个恐怖词汇。

我是——我的名字是桐谷和人，年龄十七岁又八个月。住在埼玉县川越市，家里有母亲与一个妹妹。

对于能够迅速想起自己的相关资料而稍微感到放心后，我便试着探索更多的记忆。

我目前是高中二年级的学生，但明年上学期就能修满毕业学分，所以准备秋天就继续升学。对了，我好像和某个人讨论过升学的事情。6月的最后一个星期一，当时还下着雨，放学后我前往艾基尔在御徒町开的咖啡厅"Dicey Cafe"，然后在那里和友人朝田诗乃讨论有关于*Gun Gale Online*的事情。

之后亚丝娜——结城明日奈也来到了咖啡厅，我们三个人在店内聊了一阵子才离开。

"亚丝娜……"

我静静念出这个女孩的名字，她不但是我的恋人，同时也是我能够完全信赖的搭档。

我回想着记忆当中亚丝娜鲜明的模样，同时重复打量了好几次周围环境，但这块小草地周围自然不用说，就连深邃的森林里头也见不到任何人影。

我努力对抗着袭上心头的恐惧感，并且重新回到探索记忆的工作上。

和亚丝娜离开店里之后，我们就与诗乃告别，搭上了电车。搭乘地铁银座线来到涩谷，然后转乘东横线，往亚丝娜家所在的世田谷区前进。

走出车站时，雨已经停了。我们一起走在人行道上，然后谈到了升学的问题。我对她表明想去美国读大学的意愿，接着提出希望她也能跟我一起去的无理要求；她对我露出了一如既往的，有如温暖阳光般的微笑，然后——

记忆就在这里中断了。

我什么都想不起来。亚丝娜她回答了什么，我们怎么分开，我怎么回到车站，而我又是几点到家，几点上床睡觉的呢？无论我再怎么努力，依旧找不出这些记忆。

尽管感到有些愕然，但我还是拼命试着回想这些事情。

但是，脑袋里浮现的就只有亚丝娜脸上笑容如水滴渗透般逐渐消失的景象，接下来的记忆已经不知道被我收到什么地方去了。我闭眼皱眉，死命地挖掘那片沉重的灰色回忆。

不断闪烁的红光。

足以令人疯狂的呼吸困难。

只有这两个印象，仿佛泡沫般浮现。我忍不住用力吸了口清静的空气，而刚才一直被我忽略的强烈口渴感也在这时候重新出现。

不会错的，我昨晚还在世田谷区的宫坂。那么，为什么现在会自己一个人睡在这种不知名的森林里头呢？

等等，真的是昨天吗？轻抚过肌肤的冰凉微风让人觉得相当舒适。这片森林里，感觉不到任何6月末的闷热。这下子才真有一股战栗感闪过我的背后。

"昨天的记忆"对我来说，就像是在惊涛骇浪当中紧紧抓住的救生圈一般。但这些记忆真的存在吗？我真的是原本的那个我吗？

我不断摸着自己的脸并拉了拉头发，然后又仔细瞧了瞧放下来的双手。正如记忆所示，我右手拇指底部有一颗小痣，而且小时候曾因为受伤而在左手中指的指背留下伤痕。发现这些记号之后，我才稍微放下心来。

到了这时，我才终于发现自己穿着相当奇妙的服装。

这不是我平常拿来充当睡衣的T恤，也不是学校的制服，更不是家里的衣服。甚至可以说，它看起来根本就不像市面上贩售的成衣。

我的上半身穿着一件由粗木棉或者麻布所制成的淡蓝色短袖衬衫。布料的织线相当不规则，质感也很粗糙，袖口缝线似乎也不是出自裁缝机，而是人手缝制的。衣服上没有领子，胸前切成V字形的开口则绑着茶色绳子。用指尖抓起绳子之后，可以确定它不是由纤维编成，而是一条切得相当细的皮绳。

裤子与上衣是相同的材质，至于颜色则是天然的乳黄色，上面没有任何口袋，而且绕在腰间的皮带用的也不是金属带扣，而是细长的木制纽扣。鞋子也同样由皮革缝制而成，单张厚皮革的鞋底上还打了好几颗防滑用的鞋钉。

真要说起来的话，自己根本没见过这样的服装与鞋子——至少在现实世界里是这样。

"……什么嘛。"

我放松了肩膀的力道，轻轻叹了口气并这么嘟囔。

这套服装相当古怪，却也相当眼熟。这是中世纪欧洲风格，换句话说就是奇幻风格作品中常见的束腰外衣、木棉裤再加上皮鞋。所以，这里根本不是现实而是奇幻世界，也就是我相当熟悉的虚拟世界。

"搞什么啊……"

我再度发出声音，然后重新考虑了起来。

也就是说，我在潜行时睡着了吗？不过，为什么我完全没有在什么时候潜行，或者潜行到什么游戏里的相关记忆呢？

总之先退出就能够知道了，这么想的我随即挥动着右手。

由于等了几秒钟还是没有视窗出现，所以我这次改为挥动左手，但结果还是一样。

我听着无数的树叶摩擦声与小鸟鸣叫声，拼命地想摆脱再度从腰部涌上来的不协调感。

这里应该是虚拟世界没错。但是——至少可以确定不是我所熟悉的阿尔普海姆，甚至不是由AmuSphere生成的The Seed规格VR世界。

至于我为什么会知道，是因为我刚刚才确认过手上跟真实世界一样有痣和伤痕。而我所知道的VR游戏里，没有一款能做到如此精密的重现。

"指令……退出。"

我带着些微希望喊道，但依然没有任何反应。我只好盘腿坐在地上，再度看着自己的手。

在上头可以清楚看到指腹那画着漩涡的指纹、刻画在关节上的皱纹、稀疏的细毛，以及不断渗出的冷汗。

我用上衣将汗水擦掉，顺便再次仔细地确认布料。那确实是用粗糙棉线与原始方法所织成的布，我甚至能够看见竖立在上面的极细纤维。

如果这里是虚拟世界，那么生成这个世界的机械一定拥有相当惊人的性能。

我把视线放在前方的树林上，接着用右手迅速把旁边的一根草扯成好几段并拿到眼前来。

如果是The Seed规格VR世界所使用的"Detail Focusing"技术，那么它将会无法追上我迅速的动作，在处理杂草的细部质感时将会产生些微时间差。但眼前的杂草除了细微的叶脉和不规则的切口之外，甚至连从切口滴下来的水滴都在我凝视的瞬间极为精细地呈现出来。

换言之，这台机器能以毫米为单位即时生成放眼所及的所有物体。单以容量来说，光是这根草就足足有数十MB了吧。但现行机器真的能做到这种事情吗？

我强行压下内心不想继续探求的声音，拨开脚边的草并且用右手代替铲子挖起一堆土。

潮湿的黑色土壤意外地柔软，而我也马上看见了里面那些纠缠在一起的草根。我从那堆网状物的缝隙里找出不停蠕动的

物体，然后用指尖将其抓了出来。

那是一条三厘米左右长的小蚯蚓。这只被人从安稳住所拖出来，现在只是拼命蠕动着的生物，身体竟呈有着光泽的绿色。当我思考是不是新品种时，这家伙马上就抬起像是头部的前端，发出"啾啾"的细微鸣叫声。

感到晕眩的我将那小东西放回去，然后把挖起来的土盖在它身上。我看了一下右手，发现手掌上确实沾着黑土，指甲缝里甚至也有细微的土粒跑了进去。

发了好几十秒钟的呆之后，我才心不甘情不愿地做出了足以说明眼前状况的三种假设。

第一种可能性，这里是完全潜行技术发展到极致之后的虚拟世界。因为一个人在森林里头醒过来的状况，可以说是奇幻风RPG最常见的开始场景。

但是，目前我记忆中的任何超级电脑都无法生成这种极度细微的3D对象群体。这也就表示，在我丧失记忆的这段时间里，现实世界已经过了几年，甚至是几十年了。

第二种可能性，这里就是现实世界。也就是说我碰上了某种犯罪行为、违法实验，又或者是极端过分的恶作剧，因而被换上这身衣服，然后丢到地球上某座——从气候来看像北海道，也可能是南半球——森林里了。但是，日本没有刚才那种会啾啾叫而且是金属绿的蚯蚓，印象中世界上也没有任何国家曾出现过这种动物。

最后一种可能性，这里是真正的异次元、异世界，甚至有可能是死后的世界。这是常在漫画或小说、动画里发生的情节。若按照这种经常会出现的情节发展下去，我之后可能会帮助被怪物袭击的少女或者接受村长的请求，以救世主的身份对抗魔王。只不过，我现在腰间连一把"铜剑"都没有啊。

我忽然有一股想要捧腹大笑的冲动，好不容易忍下来之后，我便无条件地排除了第三种可能性。要是分不清现实与非现实的界线，我大概马上就会发疯。

也就是说——这里是虚拟世界，或者是现实世界啰。

如果是前者，就算是再怎么写实的世界，应该也不难判定其真伪。只要爬到附近的大树顶端，然后从头部往下坠落就能知道了。如果这样就会退出，或者在某个寺院还是存档地点复活，那就是在虚拟世界当中了。

但是，如果这里是现实世界，这个实验将会招致最惨的结果。很久以前，我曾经看过这样的悬疑小说——某个犯罪组织为了拍摄逼真的死亡游戏影像而绑架了十几个人，并且把他们丢在荒野里让他们自相残杀。虽然我不认为现实世界真的会发生这种事情，但话又说回来了，SAO事件也同样荒诞无比。如果这是以现实世界作为舞台的游戏，一开始就自杀实在不是什么明智的选择。

"……就这方面来说，那个时候还好多了呢……"

我下意识地说。至少茅场晶彦在游戏开始时还对我们做了各种详尽的说明，说起来也算是尽了最低限度的义务。

抬头看了一下树梢上方的天空后，我再度开口说道：

"喂，GM啊！能听见的话就回答我！"

但是不论我等了多久，就是没有巨大的脸或者是披着斗篷的人影在我旁边出现。忽然想起某种可能性的我再次仔细调查周围的草丛，然后又摸遍了衣服的各个角落，不过还是找不到任何像是说明书的东西。

看来，把我丢到这个地方的人是不打算回应任何求救信号

了——如果眼前的状况真的不是某种偶发性事故的话。

我听着鸟儿们轻快的鸣叫声，同时拼命思考今后应该采取的行动方针。

如果这是现实世界里的事故，那么鲁莽地随便走动并不是明智的选择。因为前来救援的人手说不定正往这里接近。

但是，到底是发生什么样的事故，才能造成这种让人完全摸不着头绪的状况呢?

如果硬要想，可能就是在旅行或是移动的行程当中，交通工具——飞机或是车子发生故障，然后我掉到这座森林里昏了过去，并因为受到冲击而丧失了记忆吧。不过若真是这样，又无法说明这身奇妙的服装是怎么回事，而且我身上可以说连个擦伤也看不见。

也有可能是在虚拟世界潜行中发生了事故。

像是线路发生了某种故障，让我不小心登录了原本不该来的世界。但如果是这种情形，也没办法解释为何会出现如此精细的各种物件。

所以说，这应该是经过某人特别设计所造成的。

如果是这样的话，除非我采取行动，否则状况大概不会有任何改变。

"不论如何……"

还是得先想个办法，分辨出这里究竟是现实还是VR世界。

一定有什么办法才对。"接近完美的虚拟世界会让人无法分辨与现实有何不同"，虽然时常能听见这样的广告词，但我实在不认为VR世界能够以百分之百的精密度来重现真实世界的森罗万象。

我坐在短短的草地上，又沉思了将近五分钟，依旧想不出目前能够实行的点子。如果有显微镜，就能够调查地面上是否有微生物存在；如果有飞机，就可以试试看能否飞到世界的尽头了。但很可惜的是，我目前只有自己的四肢，最多也就只能挖挖土而已。

这种时候，亚丝娜一定能用我想不到的办法来辨别这个世界的真面目。一想到这里，我便短短地叹了口气。如果是她，应该不会像我这样犹豫不决地坐着，早就已经有所行动了吧。

再度袭上心头的恐惧感，让我轻轻咬住了自己的嘴唇。

光是无法和亚丝娜取得联系，就已经让我手无足措了。除了对这样的自己感到有些惊讶之外，心里却有一部分觉得这也是理所当然的事。在这两年中，我做出的所有决定几乎都曾经和她讨论过。没了亚丝娜的思考回路，我的脑子就会变得像一半核心失去了作用的CPU一样。

在我的主观里，昨天还在艾基尔的店里和她愉快地聊了好几个小时呢。早知道这样，就不该讲什么RATH和STL的事情，应该要讨论如何分辨现实世界与超精密的虚拟世界才对啊——

"啊……"

这时我忍不住站了起来，周围的声音也瞬间离我远去。

我到底是怎么搞的？刚才怎么都没想到这件事呢？

其实我应该知道，有一种性能远超过既存的完全潜行机器，能够生成可谓超现实VR世界的科技啊。不过这么说来，这个世界就是……

"Soul Translator里面？这里就是Under World吗？"

虽然没有人能够回应我的呢喃，但完全不在意这一点的我，只是茫然地看着周围环境：

看起来就跟真货没两样的参天古木森林、随风摆动的草丛、

飞舞的蝴蝶——

"这就是……写入我摇光里头的人工梦境吗……"

在新兴企业"RATH"打工的第一天，研究员兼操作员比嘉健先生就向我说明……或许应该说是向我炫耀了STL大致上的构造，以及它生成的世界究竟有多么真实。

虽然我在之后的测试潜行里，彻底了解到他所说的话一点都不夸张——但那时我所见到的也不过只是一个房间罢了。放在房间里头的桌椅、小东西等确实跟真的没有两样，但那个空间的大小，实在很难将其称为"世界"。

不过，现在包围着我的广大森林，换算成现实世界里的面积应该也有好几平方公里。不对，如果在树林彼端所浮现的确实是山脉的棱线，那么这个空间至少也有几十、几百平方公里那么宽广才对。

如果要用既存技术制作相同的空间，档案可能会大到就算清空所有网络硬盘也无法收纳吧。而这正是没有全新技术……比如说STL的"mnemonic visual"就无法实现的景象，但我实在没想到它竟然会如此惊人。

我推测这里是STL所创造出来的虚拟世界"Under World"，如果这个想法正确，那么就几乎不可能从内部采取行动来确认其真伪了。

因为存在的所有物件……不，应该说所有的一切，在我意识中都跟真实世界没有两样。无论我拔掉多少根周围的杂草，意识——摇光都会获得与我在现实世界里这么做时完全相同的情报，所以从理论上来说，我绝对无法判断出它们是不是虚拟的存在。

看来，STL实用化的时候，里头一定得准备能让人确认这里是虚拟世界的标志才行了……我脑中这么想着，站起身来。

虽然还没办法完全确定，不过这里应该就是Under World了。换言之，现实世界里的我，现在正躺在港区六本木RATH开发室当中的STL实验机里，打着时薪两千日元的工。

"不过，还是有点奇怪啊？"

才刚放下心来不久，我马上又产生了新的疑惑。

操作员比嘉先生确实说过，为了避免出现数据毁损的情况，在正式测试的潜行过程中会把现实世界的桐谷和人的记忆封锁起来。但现在我想不起来的，就只有昨天送亚丝娜回家到隔天在RATH进入STL为止的记忆而已，这样应该跟他所说的情况相差甚远。

而且——对了，我不是才为了准备即将到来的期末考而决定暂时不再到RATH打工了吗？虽然这里的高额时薪确实很容易让人动摇，但我应该不是那种才隔一天就立刻违反和亚丝娜之间的约定的人才对啊。

从以上的状况可以知道，就算我正在进行STL的测试潜行，机器也一定出现了某种问题。我抬头看着从树梢间露出来的蓝天，大声喊道：

"比嘉先生，如果你在看屏幕的话，请暂时中止我的潜行！机器好像有点问题啊！"

接着我便等了十秒钟以上。

但是，在温和的日照下，无数的树叶仍旧在摇晃，蝴蝶依然在慵懒地飞舞，景象没有任何变化。

"……呜……难道说，这是……"

忽然想起某种可能性的我，发出了低沉的呻吟。

难道说这种状况本身——也是在我同意下进行的实验吗？

换言之，为了获得"不确定自己所在处究竟是现实或虚拟世界的人，究竟会采取什么行动"的资料，于是隔离了我潜行之前的记忆，然后在没有任何道具的情况下，把我丢进STL创造出来的超真实异世界里。

如果真是这样，那我还真想用力敲一下自己的头。怎么会如此轻易就答应参加这么坏心眼的实验呢？如果是因为相信自己一定能正确并迅速地离开这里，那只能说我实在太天真了。

我弯起右手的手指，列举几个足以说明现状的可能性，而且还加上了自己随便判断的百分比数字。

"嗯……这里是现实世界的可能性有百分之三。一般型VR世界的可能性，百分之七。在我同意之下所进行的STL测试潜行的可能性，百分之二十。潜行中发生突发性事故的可能性，百分之六十九点九九九……大概是这样吧……"

然后在心里还加上了一句，闯进真实异世界的可能性，百分之零点零零零一。接下来，就算再怎么绞尽脑汁也想不出什么可能性了。为了得到一定程度的确信，只能冒着危险和其他人类或游戏玩家又或者是测试潜行者接触看看。

看来该是行动的时候了。

首先得滋润一下快渴得受不了的喉咙。依然站在草地中央的我，直接把身体转了一圈。依照太阳的位置来判断，那个略微传来潺潺流水声的方向应该是东边。

在开始移动之前，我稍微用右手摸了一下自己的背部，不过别说是剑了，上面就连一根木棒也没有。

为了抛开内心的恐惧，我大步跨出了右脚，走了不出十步便已离开草地。

经过两棵耸立在眼前，看上去像是自然门柱般的老树之后，我便继续朝着微暗的森林深处前进。

像是铺了一层厚厚青苔绒毯的森林底部，是个充满妖异且神秘气氛的空间。

高处茂盛的树叶几乎将阳光完全遮住，只有几条金色的细带能够到达地表。方才在草地上飞舞的小蝴蝶已经全部消失，取而代之的是像蜻蜓又像蛾的奇妙昆虫无声地滑过天空，此外还不时能听见某处传出来历不明的动物鸣叫声。看起来与现实世界的地球有相当大的差异。

我在心里默念着"拜托，千万不要出现什么有敌意的大型猛兽或怪物啊"，并走了大约十五分钟。前方出现一整排强烈的日光，而这也让我稍微松了一口气。从越来越清晰的水声来判断，前面应该有条河流才对。在渴望水分的焦躁感的催促下，我不由得加快了脚步。

冲出苍郁的森林后，在一排宽约三米的草丛后方，可以见到有着反射阳光后发出银色光芒的水面。

"水，水啊——"

我发出丢脸的呻吟并摇摇晃晃地走过最后一段距离，然后直接把身体趴在覆盖着柔软草皮的河川边缘。

"呜哦……"

肚子直接贴在地面上的我，立刻忍不住发出了惊呼声。

怎么会有如此美丽的河流呢？

虽然算不上是条大河，但缓缓蛇行的水流却有着惊人的透明度。透过就像在无色状态下滴进一滴蓝色颜料般的清澈溪水，可以清楚见到河底的白砂。

几秒钟之前，我还在想这里有极其微小的几率是现实世界，直接喝生水可能有些危险。但看见这种仿佛水晶融化之后的清

流后，在难以抵挡的诱惑之下也只能把右手直接伸进河里了。透骨的冰凉感让人不禁发出怪声，但我还是马上把捞起来的液体送进嘴里。

我想，这应该就是所谓的甘露了吧。河水让人感觉不到一丝不纯的物质，还带着点甘甜爽口的味道，美味程度足以让人再也不想付钱购买便利商店里面的矿泉水了。我又用双手捞了好几次河水，最后干脆直接把嘴凑到水面上，贪婪地畅饮着眼前的甘泉。

虽然这有如生命之水般的味道让我有些陶醉其中，但这也让我把最后一丝"这里可能是一般型完全潜行机器所造虚拟世界"的可能性从心里排除掉了。

因为过往的机器——比如说AmuSphere，始终无法完美地生成液体。

多边形是将有限个坐标平面连接起来的物体，原本就不适合表现不规则且频繁变换形状的液体。但目前在我两手中摇晃、溢出并且滴落的水，可说没有任何不自然的感觉。

由于还想顺便舍弃这里是真实世界的可能性——所以我撑起身体，再度看了一下周围。如此美丽的河川，以及在对岸也一直连绵不断的梦幻森林，还有色彩鲜艳的奇特小动物们，实在让人无法觉得此地存在于地球上的某个角落。说起来，愈是人迹罕至的自然环境，对人类来说应该是愈难以生存的才对吧？像我这样只穿着轻便服装的人，待在这里怎么可能会不被蚊虫叮咬呢？

—— 一想到这里，忽然就有种STL将会召唤大群毒虫过来的感觉，于是我急忙屏除这样的杂念，再度站起身来。将这里是现实世界的可能性下调到百分之一以下之后，我才又转头环顾了一下左右。

流水在划出一道和缓的弧线后便由北向南流去。但无论往哪个方向看去，它最终都消失在巨树群当中，让人无法看见其终点。不过，从河水清澈冰冷的程度以及河川的宽度来看，这里应该距离水源地相当近。如果是这样，应该是下游比较可能有人烟或是城镇。

如果有条小船就轻松多了……我一边这么想，一边准备朝下游方向跨出脚步。就在这个时候——

稍微改变了方向的微风，将一道奇妙的声音送进我的耳朵。

那是某种巨大、坚硬的物体，被比自己更加坚硬之物敲击时发出的声音。而且还不只是一声而已，大概每四秒钟就能听见一次这道声音规律地响起。

我不认为这是鸟兽或是某种自然物体发出的声音，应该有九成九是由人类造成的。不知道为什么，我就是觉得这是某人在砍树所发出来的声音。我瞬间考虑起贸然接近会不会有什么危险，但马上就苦笑了起来。这里并非鼓励互相残杀以抢夺物资的MMORPG世界，和他人接触并获得情报，应该就是目前我最应该做的事了。

我半转过身体，改为向传来清脆声音的河川上游走去。

忽然间，我感觉自己似乎看见了某种不可思议的景象。

右手边是发出流水声的河面，左手边是苍郁的森林，正面则是不断往前延伸的道路。

有三个打横排在一起的孩子正走在那条路上。在一名黑色头发的男孩与另一名亚麻色头发的男孩中间，有一个戴着草帽的女孩子晃着一头耀眼的金色长发。在盛夏阳光照射之下，她的头发毫不吝惜地散发出夺目的金色光芒。

这是——记忆？

感觉那似乎是很久很久以前的事，出自一段再也回不去的日子。

原本相信会永远持续下去，而且也发誓将竭尽所能来守护它，但最后还是像掉落在阳光下的冰块般消逝的——

那段令人怀念不已的日子。

t Online

Sword Art Online 刀剑神域
第四部
Alicization

12

不过一眨眼，这梦幻般的景象便已消失，就跟它出现时一样突然。

刚才那究竟是怎么回事？幻影虽然已消失，心中充斥的近似于乡愁的感觉却到现在还未散去，胸口更有种遭人用力拉扯般的疼痛。

那是儿时的记忆——看见孩子们走在河岸边的背影时，我忽然强烈地这么觉得。走在最右边的黑发少年，就是我本人。

但这是不可能的事。因为从我懂事开始就一直居住在埼玉县川越市，而那里并没有这样深邃的森林和清澈的小河，而且我从未见过那个金发女孩和亚麻色头发的男孩。更何况，那三个小孩子都跟现在的我一样穿着奇幻风格的衣服。

如果现在我身处STL创造出来的世界，那么刚才的幻觉会不会是我上周末进行连续潜行测试时的记忆？虽然有了这样的想法，但就算把STL的摇光加速功能考虑进去，我在里面应该也不过待了十天左右而已。然而刚才让我胸口发疼的乡愁，实在让人很难相信能在这么短的期间中制造出来。

看样子，事态正不断朝我无法理解的方向发展。再度被"我真的是我吗"这种疑问缠上的我畏畏缩缩地往河面看去，但映照在蜿蜒河水上的脸，却因为水面不停摇晃而根本看不清楚。

我告诉自己暂时别去管刺痛的余韵，只是竖起耳朵聆听依然不停传来的敲击声。再次倾听之下，竟然连这种声音也让我有了怀念的感觉，不过还无法确定是否真如刚才的直觉般来自

于伐木声。我轻轻摇头，再度朝着河川上游走去。

我不停重复活动着自己的双腿，好不容易才有了一点欣赏美丽风景的闲情逸致，却发现自己前进的方向正不断偏左。看来声源不在这条小河边，而是在稍微深入左侧森林的地方。

我试着屈指一算才发现，这道不可思议的声响并不是接连不断的。响过五十声后便会中断三分钟左右，然后才会再响五十声，这也让我更加确定它出自人类之手。

在三分钟的无声时间里，我只能够朝大概的位置行走，等声音又响起时才重新修正方向，就这么持续前进。这时我已经离开河岸边，重新回到森林中了。接着，我便于再次见到的奇妙蜻蜓、蓝色蜥蜴与巨大香菇之间默默往前走。

"……四十九……五十……"

就在不知不觉间小声数着的声音第五十次响起并倏然停止时，前方树木间隙透出的光线也已变得较为明亮。可能是森林的出口到了，甚至可能有个村子就坐落在那里。这个念头让我加快脚步朝着光线来处走去。

我先攀爬上如阶梯般隆起的树根，再从古树树干阴影里探出头来，接着看见了一种只能说是"不合常理"的景象。

虽然走出了森林，却看不见村庄的踪迹。不过我根本没有时间感到失望，只能张大嘴巴呆呆望着眼前那个东西。

森林里出现了一块圆形空地，但比我刚才醒过来的那块还要大上许多，直径大概有三十米吧。地面一样被金绿色苔藓覆盖，但和我之前所在的森林不同，已经看不见羊齿草、蔓草或其他低矮的灌木丛了。

至于空地的正中央，则耸立着紧紧吸引我视线的物体。

怎么会有这么巨大的树啊！

　光是目测就能知道树干的直径绝对不下于四米。之前在这座森林看见的树木全都是树干凹凸不平的阔叶树，眼前这棵巨树却是垂直往上生长的针叶树。它的深色树皮已经趋近黑色，抬头往上看就能发现它在上空拓展出了好几层枝叶。在照片和影片里看过的屋久岛绳文杉与美国的加州红木已经相当巨大，但眼前这棵树所拥有的压倒性存在感，足以让人觉得它根本不属于自然界，甚至可以说有帝王般的风格。

　我把目光从看不见顶端的树梢移回巨树根部。如果将焦点放在如大蛇般盘踞地面的树根上，就能发现它像一张网似的往四面八方扩散，范围一直来到我所站立的森林交界处为止。我想，应该是这棵树把地面所有的养分都吸光了，所以这里除了苔藓之外就长不出其他植物，森林里才会出现这样巨大的圆形空间。

　我因为入侵了帝王的庭院而多少感到有些心虚，但最后还是抵挡不住想要碰一下树干的诱惑，踏出了脚步。虽然脚被苔藓底下的树根绊了几回，但我还是无法抑止仰望的冲动，就这样抬着头往前走去。

　一边发出赞叹声，一边靠近巨树树干的我，在不知不觉间就忘了对周围保持警戒，也因此很晚才注意到某件事。

　"——？"

　忽然将视线移回正面的我，直接和从树干后面探出头来的某人四目相交，而这也让我不禁屏住了呼吸。我的身体为之一震然后退半步，接着立刻沉下腰。我的右手差点就往背后伸去，但那里当然无剑可拔。

　不过幸运的是，在这个世界里初次遇见的人类对我根本没有敌意或戒心，只是一脸不可思议地歪头看着我。

对方是一名似乎跟我同龄——大概十七八岁的少年，看起来相当柔软的深棕色头发正微微飘动着。这人服装跟我一样，是粗布织成的短袖衬衫和长裤。目前正坐在巨树树根上的他，右手还拿着某种圆形物体。

最让人感到不可思议的，是他的容貌——虽然皮肤是乳白色的，看起来却不像西洋人；话虽如此，脸长得也不像东洋人。他有着纤细的眼睛与鼻子，眼珠则是深绿色的。

我一看见他的脸，脑袋……或者是说灵魂深处就感到一阵刺痛。当我想要确认那种感觉时，它却立刻消失不见了。我强行压下心里的焦躁，准备开口表示自己也没有敌意。但是——一时之间却不知道该说些什么，再说我根本不知道他们使用什么语言。就在我一脸痴呆地不停开合着嘴巴时，少年反而先对着我说：

"你是谁？从哪里来的？"

虽然声调有那么一丝丝的奇怪——但无疑是标准的日语。

我受到了与看见漆黑巨树时相当的冲击，一时茫然无言。不知为何，我就是没想过会在这个看起来完全不像日本的异世界听见自己的母语。从这个穿着中世纪西欧风服装的异国少年口中听见自己熟悉的语言，令人内心涌起一股非现实感，就好像自己突然跑进了日语配音的西洋电影里头一样。

但现在不是发呆的时候了，必须赶快想想该怎么回应才行。于是我便开始拼命搅动最近有点像摊死水的脑汁。

假设这个世界是STL创造出来的虚拟世界"Under World"，便可以推测出眼前的少年可能是：①潜行中的测试玩家，而且也和我同样持有现实世界里的记忆；②虽然是测试玩家但记忆受到限制，完全以为自己是这个世界的居民；③由程序驱动的

NPC。

如果是第一种就太好了。只要跟他说明我目前处于异常状况，然后请他告诉我退出的方法就可以了。

如果是第二、第三种状况的话，事情可就没有那么简单了。忽然抓住一个只会做出符合Under World居民行动的人，嚷嚷什么Soul Translator的异常啦，退出啦这种对他来说完全没有意义的词，很可能只会让他产生强烈的戒心，对之后的情报收集行动造成阻碍。

因此，我必须选择较为安全的词语来和他对话，然后从中判断少年究竟是什么样的人。我悄悄把手心的冷汗擦在裤子上，然后硬是装出微笑的模样开口表示：

"那个……我的名字是……"

说到这里，我迟疑了一下。在这个世界里头，到底是东洋风还是西洋风的名字比较普遍呢？我心里祈祷着两种风格的名字都有人用，然后报上了自己的名字。

"——桐人。是从那边来的，因为对这边的路不熟……"

我一指着背后应该是南边的方向这么说，少年马上就像有些惊讶似的瞪大了双眼。他把右手上的圆形物体放到旁边，然后轻快地站起身来，和我指着相同的方向。

"你说的那边……是指森林的南边？你是从萨卡利亚那里来的吗？"

"不，不是啦……"

马上被逼入困境的我表情差点僵住，但还是忍了下来并继续说道：

"那，那个……我也不太清楚自己是从哪里来的……醒过来时，我就发现自己倒在森林里了……"

哎呀，难道是STL出问题了？稍等一下哦，我马上跟操作员联络——虽然心底期待着能得到这样的回答，少年却再度露出惊讶的表情，然后一脸严肃地看着我的脸说：

"呃……你说不知道自己是从哪里来的……那连以前住在哪里也忘记了？"

"嗯，嗯嗯……不记得了。只记得自己的名字而已……"

"……太不可思议了……难道你是'贝库达的迷失者'？虽然听说过这种事……不过这还是第一次见到呢。"

"贝，贝库达的迷失者？"

"咦，你的故乡不是这样讲的吗？对于某天突然失踪后又突然在森林或原野出现的人，我们村子里都是这么称呼的。通常暗神贝库达会因为想做恶作剧而把人掳走，然后把那个人出生以来的记忆消除并丢到遥远的地方去哟。我们村子在很久以前也有个老婆婆消失了。"

"这，这样啊……那我可能也遇到那种情形了……"

好像有点不对劲哦，心里这么想的我边点头边这么回答，因为我认为眼前的少年实在不像个进行角色扮演的测试玩家。有些不知所措的我，终于忍不住说出了有些危险的话。

"然后……我觉得很困惑，就想要离开这里，但是又不知道方法……"

虽然我拼命祈祷对方这样就能理解我的状况，但少年却用带着同情眼神的绿眼珠看着我，然后点头表示：

"嗯，这座森林这么宽广，不认识路的你当然走不出去了。不过别担心，从这里往北边走就有路能出去了。"

"不，不是啦，那个……"

我下定决心，试着说出某个关键的词语。

“……我是想要退出啦……”

赌上最后一丝希望的我这么说完后，感到非常疑惑的少年便反问我：

“退……退什么？你刚才说什么？”

看来已经可以确定了。

他是测试玩家也好，NPC也罢，总之完全就是这个世界的居民，根本没有“虚拟世界”这样的观念。我留心着不要露出失望的神色，同时为了把事情蒙混过去而加了一句：

“抱，抱歉，一不小心就讲出我们那边的俗语了。嗯……我的意思是，想要在村子或是城镇找个能够住宿的地方啦。”

虽然连自己都觉得这个借口相当蹩脚，但少年却露出完全能够理解的表情点了点头。

“原来如此……我还是第一次听到这种讲法。不过这边黑头发的人本来就少见……说不定你真是从南方来的呢。”

“或，或许吧……”

勉强挤出一个笑容之后，少年也对我露出天真无邪的微笑，然后才皱眉做出很遗憾的表情。

“嗯——住的地方吗？我们村子就在这里的北边而已，不过因为根本没有旅客会来，所以村里没有旅馆。但是……如果跟教会的阿萨莉亚修女说明详情，她可能会伸出援手哦。”

“这……这样啊，那太好了。”

其实我是真的松了一口气。因为如果有村庄的话，就可能有RATH的工作人员在其中潜行，或者是会有人从外部屏幕观察那个地方。

“那我就到你们村子去看看吧。从这里一直往北走就可以了是吗？”

我移动了一下视线，果然发现有一条细长的道路从我走来的相反方向往前延伸。但就在我准备迈出脚步时，少年便抢先伸出左手制止了我。

"啊，等一下。村里有侍卫，你要是自己一个人突然要进村子可能很难向他们解释清楚。我看还是我和你一起去跟他们说明吧。"

"那真是太好了，谢谢你。"

我笑着向他道谢，同时也在内心呢喃着"看来你不是NPC啊"。以只能做出预设反应的模拟人格程序来说，他的应答实在太过自然了，而且这种积极帮助我的行为，也不像是NPC会做的。

虽然不知道他是在六本木的RATH开发室还是港区某处的总公司那里潜行，但驱动眼前这名少年的摇光拥有者应该是一个相当亲切的人。等我平安脱离这里之后，应该要好好跟他道个谢才行。

当我考虑到这里时，少年的脸色忽然又为之一沉。

"嗯……但是，我没办法马上就带你过去……因为我还有工作……"

"工作？"

"嗯，现在是我的午休时间。"

我顺着少年微动的眼珠看过去，随即从他脚边的布包里看见了两个像是圆面包一般的东西。他一开始手里拿着的应该就是这个吧？至于其他的物品，则只有一个水壶而已，如果这就是午餐，那实在是有点寒酸。

"啊，打扰你用餐了吗……"

我缩了缩脖子，结果少年只是咧嘴笑着说：

"如果你愿意等到工作结束，我就陪你一起去教会，请阿萨莉亚修女让你借住……不过还得等我四个小时左右。"

虽然很想早点到少年的村子里寻找能说明这种状况的人物，但我实在不想再次尝试这种如履薄冰的对话了。尽管四个小时并不算短，但考虑到STL的加速功能，现实世界里应该也不过是一个小时又几十分钟而已。

而且不知道为什么，我还想和这名亲切的少年多说一点话。于是我点头回答：

"没问题，我等你。不好意思，等一下要麻烦你了。"

少年脸上浮现出比刚才还要灿烂的笑容，接着也对我点了点头并回答：

"这样啊，那你就先在那里坐一会儿好了。啊……还没跟你说我的名字对吧？"

他伸出右手，然后这么说道：

"我叫尤吉欧。请多指教啊，桐人先生。"

回握了一下看起来纤细却相当有力的手之后，我便在嘴里复诵了好几次少年的名字。这不曾听过，也无法分辨是来自何种语言的姓名，不知为何让我在发音时有种怀念的感觉。

这名自称尤吉欧的少年放开了手，随即再次坐在巨树的树根上。然后他从布包里拿出另一个圆面包递给了我。

"这，这怎么好意思呢！"

我急忙挥手打算婉拒他的好意，但他并没有把面包收回去的意思。

"桐人先生的肚子不也饿了吗？你应该还没吃东西吧？"

听见他这么说，我马上就因为强烈的饥饿感而不由得按住了胃部。河川的水固然相当美味，但依然没办法填饱肚子。

"但是……"

我还想继续婉拒时，他便强行把面包塞进我手里，而我也只好接受他的好意了。少年——尤吉欧这才微笑着耸了耸肩说：

"没关系啦。虽然在塞给你之后才这么说实在有些不好意思，不过呢，老实说我并不喜欢吃这种面包。"

"……那我就不客气啰。其实我已经饿得快昏倒了。"

尤吉欧听见后便笑着说"我就知道"。于是我在他正面的树根上坐了下来，并且加了一句：

"还有，叫我桐人就好。"

"真的吗？那你也叫我尤吉欧就可以了……啊，等一下哦。"

尤吉欧举起左手，制止了马上准备把面包放进嘴里的我。

"？"

"没事，虽然这种面包唯一的优点就是能保存很久，不过为了安全起见……"

说完，尤吉欧便对准自己右手上的面包扬起了左手。他将食指与中指伸直并拢，其他手指则握了起来。然后直接用这样的手势在空中画出由英文字母S与C组合起来的轨迹。

接着，他便在哑然凝视这一切的我面前，用那两根手指轻轻敲了一下面包，随即有一面发出淡紫色光芒的半透明矩形窗口随着金属震动般不可思议的声音出现。那玩意儿宽约十五厘米，高约八厘米吧。即使隔得有点远，还是能够看见四边形里有着相当熟悉的字样——以简单字形表示的英文字母与阿拉伯数字。这无疑就是所谓的"状态视窗"了。

这时我只能张大嘴巴，在脑袋里这么呢喃着。

——不会错的。这里不是现实，也不是什么异世界，而是

虚拟世界。

这种认知在心里成型之后，我也因为放下心中一块大石而觉得身体轻松了不少。虽说本来就确定了百分之九十九，但没有明确证据的不安还是一直缠绕在心头。

虽然还不清楚潜行的过程，不过至少已经证明自己身处于相当熟悉的虚拟世界里，所以我也稍微有点心情去享受目前这种情况了。总之我决定也试着叫出视窗，于是伸直了左手的两根手指。

我现学现卖地画出S与C的形状，接着畏畏缩缩地敲了一下面包后，真的有类似铃声的效果音响起，然后紫色视窗便浮了出来。我把脸靠过去，死命地盯着屏幕看。

表示在上面的，就只有"Durability:7"这样简单的文字而已，很容易就能推测出这是面包被设定的耐久值。当我凝视着数字猜测"若是归零，面包会变成什么样子"时，坐在我正面的尤吉欧便有些讶异地说道：

"我说啊，桐人，你该不会说自己还是第一次看见叫出'史提西亚之窗'的神圣术吧？"

我抬起头，发现尤吉欧已经消除视窗，同时单手拿着面包露出怀疑的表情。于是我急忙露出一个"那怎么可能"的笑容，并在情急之下用左手碰了碰视窗表面。看见它变成光粒散去后，我的内心也稍微松了一口气。

幸亏尤吉欧没有继续怀疑我，只是点了点头说：

"'天命'还很充足，不用急着把它吃完。如果现在是夏天，可就不会剩下这么多了。"

他所说的"天命"应该就是以数值表示的道具耐久力，而状态视窗应该就是"史提西亚之窗"了。尤吉欧以"神圣术"

一词称呼叫出视窗的行动指令，从这点看来，他似乎不认为这是系统上的功能，而是某种宗教仪式或者魔法现象。

虽然还有很多事情要想，但我决定先不去管它们，满足了自己的食欲再说。

"那我就不客气了。"

说完，我便张开大嘴往面包咬了下去，然后马上被它的硬度给吓了一大跳。不过事到如今也不可能直接吐出来，只好使劲把它咬下一大块。接着，我又立刻因为那硬到让人不敢相信这里是虚拟世界的真实度而感叹不已。

虽然这玩意儿有点像妹妹直叶常买的全麦面包，但更为坚硬扎实。由于它相当有嚼劲，在咀嚼当中也能尝到一种简单朴实的味道，所以饥肠辘辘的我便拼命动着下颚。如果能涂上奶油或是夹片起司……不，至少稍微烤一下，应该会更加美味吧。当我兴起这种不知感恩的念头时，同样绷着脸啃面包的尤吉欧便带着苦笑表示：

"一点都不好吃对吧？"

我急忙摇着头回答：

"没，没这回事。"

"不用勉强啦。这是我离开村子之前在面包店里买的，不过因为时间还早，所以只能买到前一天剩下来的面包。毕竟我白天根本没时间从这里回村……"

"这样啊……那从家里带便当来不就好了吗……"

我不经意的发言，让拿着面包的尤吉欧垂了下视线。幸好当我发现自己可能太过口无遮拦而缩起脖子时，他马上就又抬起头来，轻轻笑着说：

"很久以前呢……有人会在午休时间给我送来便当。不过现在已经……"

他的绿色眼睛里晃着充满深沉失落感的光芒，使得我瞬间忘记这里只是个虚拟世界而探出身子询问：

"那个人出了什么事吗？"

我这么一问，尤吉欧便抬头看着遥远的树梢并沉默了一阵子，不久后，他缓缓动起嘴唇：

"……那人是我的发小，一个跟我同龄的女孩子……小时候，我们几乎从早到晚都玩在一起。即使我被赋予了天职，她依然每天都帮我送便当来……不过，六年前……我十一岁那年的夏天，整合骑士来到村子里……把她带到央都去了……"

整合骑士。央都。

虽然是意义不明的词，不过大概能猜到一个是某种秩序维护者，而另一个则是这个世界里的都市。于是我默默地等待他继续说下去。

"说起来……都是我害的。安息日那天，我和她两个人到北方洞窟去冒险……结果弄错了回来的路，跑到尽头山脉的另一边去了。你也知道的吧？那里就是禁忌目录规定绝对不准踏入的黑暗国度啊。虽然我没有离开洞窟，她却跌了一跤，手掌不小心碰到外头的地面……只不过是这点小事，整合骑士就来到村子里，在众人面前把她绑了起来……"

尤吉欧右手里尚未吃完的面包，被他整个捏扁了。

"……我想救她。我原本还想，就算被一起抓走也没关系，就准备拿斧头攻击骑士……然而手脚却根本动弹不得，只能默默地看着她被带走……"

尤吉欧无精打采地抬头看了天空好一阵子之后，嘴上才终于浮现出自嘲的笑容。他接着又把捏扁的面包丢进嘴里，低下头来不停地咀嚼。

我不知该怎么安慰他才好，只能有样学样地咬了一口面包，在拼命咀嚼的同时思考。

既然有状态视窗存在，那么这里一定是由现实科技制造出来的虚拟世界，而且还有人在这里进行着某种实验。既然如此，为什么会举办那样的"活动"呢？我把面包吞下去后，有些犹豫地问道：

"……你知道那个女孩后来怎么样了吗？"

尤吉欧只是看着地面轻轻摇了摇头。

"整合骑士说会在审问后对她处以极刑……不过，我真的不知道她受到了什么样的刑罚。我曾经问过她的父亲——卡斯弗特村长一次……但他要我当她已经死了……不过呢，桐人，我相信她一定还活着。"

尤吉欧隔了一会儿，尤吉欧继续说：

"爱丽丝一定还活在央都的某个地方……"

一听见这个名字，我立刻用力吸了一口气。

脑袋深处再度闪过不可思议的感觉。除了焦躁、寂寥感之外，最强烈的还是足以撼动灵魂的怀念——

我告诉自己这只是错觉，并等待冲击淡去。我不可能和尤吉欧的发小，也就是这个世界的居民"爱丽丝"有过任何交集，想必我只是对广为人知的"爱丽丝"这个名词产生了反应而已。没错——昨天在Dicey Cafe时，亚丝娜不是说过了吗？开发STL的企业"RATH"以及虚拟世界"Under World"，都是在《爱丽丝梦游仙境》里出现过的名词。

虽然两者名字相同确实是让人相当惊讶的偶然，但应该没有什么特别的意义才对。跟这个比起来，尤吉欧所说的话里面

倒还包含着一个更值得我注意的情报。

刚才他说了"六年前十一岁时"这种话。也就是说他现在已经十七岁，而且从他说话的口气来看，他似乎拥有一段相当漫长——可以说几乎和我年纪差不多的记忆。

然而不可能有这种事。即使把摇光加速功能所能办到的三倍加速考虑进去，要在这个世界里模拟十七年的生活，也得在现实世界里花上长达六年的时间。然而STL实验机正式生产到现在也不过三个月左右。

这究竟是怎么一回事呢？

这里不是我所知道的STL，而在某个未知的完全潜行机器当中，而且它至少从十七年前就已经开始运作了。或者，他们告诉我FLA功能最多加速三倍是个错误情报，实际上最少能够加速三十倍以上。但这两种解释都很难让我信服。

心底的不安感与好奇心开始急速膨胀。虽然我很想立刻退出好询问外部人员究竟是怎么回事，但另一方面也想继续留在内部尽可能地追求疑问的解答。

吞下最后一块面包之后，我才吞吞吐吐地对尤吉欧问道：

"那么……你怎么不试着去央都找她呢？"

话才刚说完，我便惊觉自己失言了。因为这句话让尤吉欧产生了出乎意料的反应。

有着亚麻色头发的少年呆呆地凝视了我的脸好几秒钟，最后才用难以置信的表情低声说道：

"……我们卢利特村在北帝国的最北端。如果要去南端的央都，就算乘坐快马也得花上一个星期。若是走路，光是到最近的城镇萨卡利亚就要两天了。即使安息日当天的一大早出发也到不了啊。"

"那么……只要做好旅行的准备……"

"我说桐人啊，我看你的年纪和我差不多，在居住的村子里应该也被赋予了天职吧？那你也该知道，我们是不可能丢下天职去旅行的才对啊。"

"……说，说得也是哦。"

我挠着头表示同意，然后仔细注意着尤吉欧的模样。

可以确定这个少年绝对不是行为模式单纯的NPC。他脸上丰富的表情以及极为自然的对话方式，都让人认为他应该是真正的人类。

但另一方面，他的行为似乎也被某种比现实世界的法律更加有效的绝对规范给限制住了。没错，简直就像VRMMORPG里头的NPC一样，他们绝对无法脱离系统规定的活动范围。

尤吉欧说由于他没有入侵《禁忌目录》所禁止的范围，所以没有被逮捕。看来那个叫做什么目录的东西就是限制住他的绝对规范，我想应该是对他的摇光直接施加的禁令吧。虽然不知道尤吉欧的天职……不，应该说职业是什么，但我实在无法想象有什么工作比从小一起长大的女孩子的生死还重要。

为了确定这件事情，我谨慎地思考着遣词用句，向正拿起水壶喝水的尤吉欧问道：

"呃，你们村子里，除了爱丽丝小姐之外，还有人因为违反禁忌……目录而被抓走了吗？"

尤吉欧再度瞪大了双眼，一面擦拭嘴角一面用力摇了摇头。

"怎么可能。卡利塔爷爷说，在卢利特村三百年的历史当中，整合骑士也就是在六年前来过那么一次而已。"

他说完时，还顺便把水壶抛给了我。我接过水壶并道了声谢，然后拔起似乎是由软木塞所制成的盖子。里面的液体虽然不甚冰凉，却有种混合了柠檬与香草后的柔和芳香。我喝了三口便把它还给尤吉欧了。

尽管我脸上装得若无其事，心里却受到了已经不知道是第几次的冲击。

——他说三百年的历史?!

如果这不是"背景设定"，而是实际模拟了如此漫长的一段岁月，那么FLA功能应该能够实现数百倍……甚至是一千倍的加速才对。这么一来，要是上周末进行的连续潜行测试里也使用了这样的倍率，那我究竟在内部过了多久呢？事到如今才涌起一鼓寒意的我，上臂也同时起了鸡皮疙瘩，但这时我根本无心感叹生理反应的真实度。

获得的情报越多，谜团反倒变得越深了。尤吉欧究竟是人类还是程序？而这个世界又是在什么目的下制造出来的呢——

看来这些事情都得去到尤吉欧口中那个叫卢利特的村子，和其他人接触后才能弄清楚了。如果能在那里遇见了解详情的RATH员工就好了……虽然心里这么想，但我还是硬装出微笑的表情对尤吉欧说：

"谢谢你的招待。抱歉啦，我把你一半的午餐吃掉了。"

"别在意，那面包我早就吃腻了。"

他用极为自然的笑容回应我，然后迅速收好便当布包。

"得请你在这里等一下了，我先把下午的工作结束掉吧。"

尤吉欧说着就以轻快的动作站起身来，而我则对着他问道：

"对了，尤吉欧的工作……天职是什么？"

"啊啊……从这边看不到哦。"

尤吉欧又笑了一下，然后对我招手。我好奇地站起身，跟着他绕过巨树的树干。

接下来，我便被与刚才完全不同的冲击吓得张大了嘴巴。

巨大杉树那宛若暗夜的黑色树干上，有一道深及直径的百分之二十——大约一米的砍凿痕迹。它内部的木质跟石炭一样黑，还能看见紧密的年轮周围散发出金属光泽。

我移动了一下视线，随即发现砍凿痕迹正下方立着一把斧头。这把斧头只有形状相当简单的刃面，可以看出来不是战斗用的，不过略大的斧刃与略长的斧柄是由同样材质制成，这一点倒是颇有特色。而且，这斧头还有着不可思议的光泽，看起来就像经过雾面处理的不锈钢一样。定睛一看，随即能发现它似乎是将某种东西削下一大块后制成的，柄刃一体成形。

整把斧头只有斧柄部分卷着发出黑色光泽的皮革。尤吉欧用右手轻松地将那玩意儿举了起来并扛在肩上，接着移动到树干上那长约一米半的切痕左端。他随即张腿沉身，并且用双手紧握住斧头。

那副看起来瘦削的身体这时绷得紧紧的，往后拉的斧头在空中瞬间停顿了一下子，接着便发出尖锐的破空声。似乎相当重的斧刃漂亮地命中切痕中央，发出"锵"一声清澈的金属撞击音。毫无疑问，这就是刚才引领我到这里来的那道奇异声音。当时我毫无根据地猜测这是伐木声，竟然被我猜中了。

看着尤吉欧伐木的我，忍不住就对他那种具有美感的流畅动作发出赞叹声，而他也就这样保持着比机械更加准确的轨道，持续在我面前砍着大树。斧头往后拉的动作大概花费两秒钟，接着停顿一秒钟，挥出斧头再用一秒钟。这一连串行云流水般的动作，甚至让我以为这个世界里头也有剑技。

尤吉欧以四秒钟挥动一次的速度整整砍了五十下。在这两百秒钟之间不停地砍伐的他，缓缓拔出深入树干的斧头，接着便呼一声吐出长长一口气。他把道具靠在树干上，然后用力往旁边的树根上坐了下去。看他额头流下的发亮汗水以及那不停急促呼吸的模样，便能知道这份工作远比我想象中来得辛苦。

我等待尤吉欧调整好呼吸之后，随即简短地对他说道：

"尤吉欧的工作……不对，应该说'天职'是'樵夫'吗？你负责在这个森林里砍树？"

他从短袖衬衫的口袋里拿出手帕来擦脸，接着微微歪着头考虑了一下才回答我：

"嗯——或许也可以这么说吧。不过，自从我接下这个天职之后，七年来从未砍倒过任何一棵树就是了。"

"咦咦？"

"这棵巨大的树在神圣语中叫做'基家斯西达'，不过村里的人大多叫它恶魔之树。"

……神圣语？基家……斯西达？

看见我满脸狐疑的模样后，尤吉欧便对我露出了某种"真拿你没办法"的微笑，然后笔直地指着头上的树梢说：

"之所以会有这种称呼，是因为这棵树把周围土地的提拉利亚恩惠都吸光了。所以这棵树的树底只能长出这样子的苔藓，在它影子笼罩范围里的树也都长不高。"

虽然不清楚什么是"提拉利亚"，但看来我发现这棵巨树与空地时所产生的第一印象跟事实没有太大的差别。我立刻像是要催促他继续说下去似的点了点头。

"村里的大人们想开发这片森林来拓展麦田的面积，但只要有这棵树在，就不可能种出好的小麦，所以我们便想要砍倒它。不过所谓的恶魔之树也不是省油的灯，它的木质真的非常坚硬，普通铁斧大概砍一下就会因为刀面破损而寿终正寝。因此我们才会花上一大笔钱，从央都买来这把从古代龙的骨头里削出来的'龙骨斧'，然后让专任的'伐木工'每天砍伐这棵树。我呢，就是那个伐木工。"

尤吉欧以一副稀松平常的表情这么说道，而我只能茫然地反复看着他的脸与巨树上只有四分之一左右的断面。

"……那么，尤吉欧是七年来每天都在砍这棵树吗？花了七年的时间，才砍了这么一点点？"

这次换成尤吉欧瞪大了眼睛，他无奈地摇了摇头。

"怎么可能。如果七年就能有这种成果，我也会稍微有些成就感了。你听好了，我是第七代的伐木工。卢利特村建村三百年来，每一代的伐木工每天都在砍伐，好不容易才有了这样的成果。我想，当我变成老爷爷，把斧头传给第八代伐木工时，大概能够砍出……"

尤吉欧用双手比出了约二十厘米左右的空隙。

"这样的深度吧。"

这时我仅能呼一声吐出细长的一口气。

奇幻系的MMO里，工匠或者矿工等生产职业原本就得一直持续着单调的作业，但花上一辈子也无法砍倒一棵树实在是太夸张了。既然这里是设计出来的世界，那么这棵树一定也是某人出于某种意图配置在这里的，但我实在搞不懂那人这么做的企图究竟是什么。

——不过，那件事暂且不论，我只知道自己内心忽然产生了一股难以压抑的感觉。

看着休息三分钟后便起身准备再次拿起斧头的尤吉欧，我半出于冲动地开口向他问道：

"我说啊，尤吉欧……可不可以让我试试看？"

"咦咦？"

"哎呀，我吃了你一半的便当嘛，也该帮忙你解决一半的工作才说得过去吧？"

就像是有生以来第一次听见别人主动要求帮忙他的工作一般——或许也真是如此——尤吉欧呆呆地张大了嘴巴，但不久后他便有些犹豫地回答：

"嗯……是没有天职不能让其他人帮忙的规定啦……不过，这其实还蛮难的哟。我刚开始的时候，根本没办法准确地砍中切面哦。"

"不试试看怎么会知道呢？"

我对他露出笑容并伸出右手，接着便用力握住依然一脸不安的尤吉欧手上那把"龙骨斧"。

斧头根本不像是由骨头所制成，一股沉甸甸的感觉传到我右手上。我急忙用双手握住卷着皮革的斧柄，轻轻挥了一下来确认重心。

虽然在SAO以及ALO这两个世界里，我都不曾把斧头当成主装备，但砍中不会动的目标应该还不成问题才对。抱持这种想法的我直接站到砍凿痕迹的左边，学着尤吉欧的姿势张腿沉腰。

尤吉欧的表情依然有些不安，却也看得出他觉得颇为有趣。我确认他已经拉开充分的距离之后，便把斧头举到与肩同高，接着咬紧牙根，把所有力量灌注在两条手臂上，然后对准叫什么基家斯西达的大树树干切面中心挥去。

"喀叽"，斧刃发出钝重的声响，命中距离切面中心还有五厘米左右的地方。一阵橙色火花爆开，而我的手也遭到猛烈的后坐力袭击，手中斧头掉了下去，我立刻用腿夹住连骨头都感到麻痹的手腕，发出呻吟。

"好，好痛啊——"

看见我这只能用狼狈来形容的一击，尤吉欧便愉快地发出了"啊哈哈哈"的笑声。这时我只能用满怀怨恨的眼神瞪过去，而他虽然竖起右手说了声抱歉，脸上却还是挂着笑容。

"也不用笑得那么夸张吧……"

"哈哈哈……哎呀，抱歉抱歉。你的肩膀和腰都太用力啰，桐人。全身都要再放松一点……嗯，该怎么说呢……"

我看着急忙用双手不断比划挥斧动作的尤吉欧，这才注意到自己犯了一个错误。这个世界似乎没有模拟出严密的物理法则与肌肉收缩，既然STL制造出来的是拟真梦境，那么最重要的应该是想象力才对。

双手好不容易从麻痹当中恢复后，我捡起了脚边的斧头。

"好好看着吧，我这次一定会砍中……"

我抱怨了一番后，以尽可能放松的状态摆出架势。我将意识停留在整个身体的动作上，同时用缓慢且夸张的动作将斧头往后拉。接着在脑海里描绘出SAO时代不知道使用过多少次的水平挥砍系剑技"平面斩"，然后在腰部与肩膀转动的瞬间用上体重移动时产生的动能，将其从手腕传送到斧头，最后再轰到树上——

这次却砍到了离切面相当远的树皮，在发出"喀叽"的刺耳声音后，斧头还反弹了回来。虽然手不像第一次那样麻痹，不过似乎是因为只注意动作却疏忽了瞄准才会造成这种结果。我心想"这下又要被尤吉欧取笑了"而回过头，想不到他竟然一脸认真地做出评论：

"哦……桐人，刚才那下很不错哟。不过坏就坏在你途中看了一下斧头，把视线集中在切面中央了。先不要动，趁还没忘记刚才的动作，赶紧再来一次！"

"嗯，嗯……"

结果接下来的一击也失败了。但在这之后我依旧在尤吉欧的指导下不断挥动斧头，而不知道在第几十下时，斧头终于随着清澈的金属声砍进切面中央，让树木飞散出非常微小的黑色碎片。

到此我便跟尤吉欧交换，站在旁边看着他干净利落地挥动了五十下斧头。然后我又从他手上接过斧头，气喘吁吁地砍了五十下。

也不知重复了多少次这样的过程，回过神来才发现太阳已经开始下山，照射在空地上的光线也微微带着橙色。当我喝下大水壶里的最后一口水时，尤吉欧也刚好挥完斧头对着我说：

"好……这样就一千下了。"

"咦，已经砍了这么多下了吗！"

"嗯。我五百下，桐人也五百下，加上上午的一千下总共是两千下，而每天砍两千下基家斯西达就是我的天职了。"

"两千下……"

我再次看着刻画在漆黑巨树上的长长切面。无论怎么看，仍旧看不出比一开始时深了多少。当我因为竟然有如此缺乏成就感的工作而愕然时，背后的尤吉欧突然说道：

"桐人你还蛮有天分的啊。到了最后，五十下里面已经有两三下能发出清脆的声音了。托你的福，我今天也轻松多了。"

"是吗……不过，尤吉欧自己来应该能更早结束吧。真抱歉，想帮忙反而拖累了你……"

觉得很不好意思的我一这么道歉，尤吉欧马上就笑着摇了摇头。

"我不是说过我一生也砍不倒这棵树吗？毕竟花费一整天才砍出来的深度，这家伙在夜里就能够恢复一半……对了，我让你看一样惊人的东西好了，其实本来是不能常这么做的……"

他说着就靠近巨树并举起左手，用两根手指画出刚才的符号后轻轻敲了一下黑色树皮。

原来如此，这棵树也设定了耐久值吗？明白是怎么回事的我马上跑了过去，然后和尤吉欧一起看向随着铃声浮现出来的状态视窗……错了，应该是"史提西亚之窗"才对。

"呜哇……"

我立刻忍不住发出了呻吟。因为视窗上所显示的，竟然是二十三万二千这种离谱的数字。

"嗯——跟上个月看时相比，只减少了五十左右吗……"

尤吉欧这时也忍不住用沮丧的声音这么说道。

"也就是说呢，桐人……就算我挥一整年的斧头，也只能让基家斯西达的天命减少六百左右。在我退休之前能不能砍到二十万都还是个问题呢。这样你应该知道了吧……只是半天工作没有什么进展，根本就不是什么大不了的事情。因为我们的对手不是一般的树，而是'巨神杉树'啊。"

一听见他这么说，我马上就领悟了基家斯西达这个名称的由来。它是由拉丁语和英语合成之后的结果，不是在"基家"这个地方断句，应该是Gigas Ceder……巨人之杉。

也就是说，眼前的少年除了操着一口母语等级的流利日文之外，还把英文等其他语言归类到所谓的"神圣语"这样的咒文当中。看样子，他大概也不知道自己所使用的语言叫做日语吧。难道日语在这里被称为地底世界语……不，是诺兰卡鲁斯

帝国语吗？不过……等一下，他刚才也说了"面包"，面包应该不是英语……是葡萄牙语或西班牙语吧？（注：日文'面包'这个外来语是由葡萄牙语而来。）

当我因为自己脱序的思考陷入沉思时，不知道在什么时候已经整理好所有东西的尤吉欧对着我说：

"桐人，让你久等了，我们回村子去吧。"

之后他便把龙骨斧扛在肩上，拿起空水壶，带我往村子走去。而在到达村庄之前，个性开朗大方的尤吉欧也告诉了我许多事情。像是尤吉欧的前任是一位叫做卡利塔的老人，他是一个用斧头的专家；还有村子里年纪相近的少年们都觉得尤吉欧的天职相当轻松，所以他对此感到有些不满等等。我对他所说的话——做出反应的同时，全力思考着一件事情。

我在想，这个世界究竟是出于什么目的而被创造和加以运用的呢？

如果是为了检验STL所使用的"mnemonic visual"技术，那我只能说他们已经完全达到目的了。因为这个世界真实得难以和现实区分，我对此已经有了深切的体会。

但是，这个世界的内部时间竟然长达三百年以上。而更惊人的是，从那棵巨大的树——从基家斯西达的耐久值与尤吉欧的工作上来判断，其模拟的时间甚至可能长达千年。

虽然我不知道摇光加速功能的倍率上限到底是多少，但被封印住记忆而潜行到这里的人类，极有可能直接会在这里过上一辈子。虽然这对现实世界的肉体没有任何危害，而且只要在潜行结束时封印记忆，对本人来说不过就是做了一个朦胧而漫长的"梦"而已——但是，对于经历过这个梦的灵魂——摇光来说，又是如何呢？形成人类意识的光量子集合体，难道没有寿命吗？

无论我怎么想，在这个世界进行的都是一些相当"胡闹、胡来、胡搞"的实验。

这也就表示——存在着让他们甘冒这种危险也要达成的目的。而那个目的，应该不是诗乃在Dicey Cafe所说的，只是要"产生最真实的虚拟空间"这种连AmuSphere都有可能实现的事情吧。在这个足以媲美现实世界的虚拟世界里，花上可能接近无限的时间后才能达成的"目的"，究竟是什么呢——

想到这里我抬起头来，看见小路前方已是森林的终点，一道橙色光芒正在那里扩散开来。

在靠近出口的路旁，可以见到一栋像是仓库的建筑。尤吉欧走到那里，随手把门打开。我从他背后探头往里面一看，能发现里面放着几把普通铁斧还有开山刀形状的小型刃器，以及绳子、水桶等道具和里头不知道是什么的细长皮革包等各式各样的东西。

尤吉欧把龙骨斧挂在墙上，然后"啪"的一声把门关了起来。看见他已经转头准备走回小路上，我才急忙问道：

"呃，不用上锁吗？那把斧头很重要吧？"

尤吉欧却像是很吃惊似的瞪大了眼睛。

"上锁？为什么？"

"还问为什么……当然是因为怕被偷……"

话说到这里我才明白，这里根本没有小偷。在那个叫什么"禁忌目录"的东西里，一定有写"禁止偷盗"这几个字吧。

尤吉欧看着话说到一半的我，用认真的表情道出了不出我所料的答案。

"怎么可能会有人来偷？只有我才能打开这间小屋啊。"

就在我准备点头回答"说得也是"时，心里忽然又浮现一个新的疑问。

"咦，但是……你不是说过村子里还有侍卫吗？如果没有盗贼，那为什么还有那种职业呢？"

"那还用说吗？当然是为了保护村子不受到暗之军队的攻击啊。"

"暗之……军队……"

"来，你应该看得见那边吧。"

当尤吉欧举起右手的同时，我们也正好通过最后一棵树的下方。

眼前有一大片麦田，才刚开始结穗的绿色小麦前端正随风摇曳。逐渐西倾的太阳照耀着小麦田，让它看起来就像一片海洋。道路在麦田当中蜿蜒着向前延伸，前方远处还可以看见有一座小山丘。凝眼往四周全被树木围起的山丘看去，就能发现上面聚集着好几间沙粒般大小的建筑物，而中央则有一座最为显眼的高塔。看来那里就是尤吉欧生活的卢利特村了。

而尤吉欧所指的是村子后方——也就是遥远彼方稍为能够看见相连在一起的白色山脉。它那像锯齿般险峻的棱线由左至右一直延伸到视线所及的尽头。

"那就是'尽头山脉'，而山脉后面就是连索鲁斯之光都无法到达的暗之国了。那里连白天也乌云密布，天上的光就如同血一般鲜红，而且地面、树木都像木炭一样漆黑……"

可能是回想起儿时的记忆了吧，可以听出尤吉欧的声音变得有些颤抖。

"……暗之国里有哥布林、半兽人等亚人类和各种怪物，还有骑着黑龙的黑暗骑士。当然防守山脉的整合骑士会阻止他们入侵，不过听说偶尔还是会有怪物偷偷穿越地下洞窟跑到这边来，虽然我没有看过就是了。此外，根据公理教会的传说，索鲁斯的光芒每一千年会变弱一次，到那个时候，黑暗骑士便会率领暗之军队越过山脉发动总攻击。而村子里的侍卫和较大城镇里的卫兵队，甚至是央都的帝国军都会在整合骑士率领下参加这场战争，同心协力来对抗那些怪物。"

说到这里，尤吉欧一脸讶异地问：

"……这些事情连村子里的小孩都知道，你已经连这种事情都忘记了吗？"

"嗯……觉得好像听说过……不过细节好像有点不一样。"

内心直冒冷汗的我将话题含糊带过，接着尤吉欧便像完全不会对人产生怀疑般看着我微微一笑并点了点头。

"这样啊……那说不定桐人真的是来自诺兰卡鲁斯以外的三个帝国之一的人呢。"

"可，可能吧……"

在敷衍的同时，我认为必须赶快结束这个危险话题，于是便指着已经相当近的山丘说：

"那里就是卢利特村了吧，尤吉欧家在哪个方向？"

"在我们正面的是南门，而我家在西门附近，所以从这里看不见哟。"

"这样啊。那最高处的塔就是阿萨莉亚修女的教会了吗？"

"嗯，没错。"

凝神细看之下，还能看见细长的塔尖端有着十字与圆形组合起来的标志。

"比我想象中的来得宏伟啊……真的能让我这样的人住进

去吗？"

"别担心，阿萨莉亚修女人很好的。"

虽然我还是有些不安，但如果那个阿萨莉亚修女像尤吉欧一样是个人性本善的活范本的话，那只要说出符合一般常识的答案应该就没有问题了。虽然……我完全没有这个世界的常识。

如果那个修女就是RATH的常驻观测员的话就再好不过了。然而，如果是负责观察这个世界的工作人员，恐怕不会担任像村长或是修女这种重要的职位吧。虽然工作人员很有可能只是扮成普通村民，不过我还是得把他找出来才行。

不过，那也得要这个小村子里真的有观测员才行……有些担心的我，在和尤吉欧一起走过架在狭窄河流上的斑驳石桥后，正式踏入了"卢利特村"。

13

"来，这是枕头和毛毯。如果觉得冷，里面的柜子里还有好几条毯子。晨祷的时间是6点，7点开始吃早餐。虽然我会过来看一下，不过还是希望你能尽量自己起床。还有，熄灯之后就禁止外出了，你留意一下。"

我伸出双手，接下随着一大串话递来的朴素枕头与毛毯。

坐在床上的我，眼前站着一名看起来年约十二岁的少女。她身穿有着白色衣领的黑色修道服，亮茶色长发整个垂在背后。那双同色系的眼珠滴溜溜地不停打转，跟在修女眼前时表现出来的老实态度完全不同。

这位名叫赛鲁卡的少女，好像是住在教会里学习神圣术的见习修女。可能是也得监督同样住在教会里的数名少男少女的缘故吧，她就连对我这个年长者也是用姐姐……或者说母亲般的语气说话。虽然这很好笑，但我最后还是强行忍了下来。

"嗯，你还有什么不清楚的吗？"

"没有了，真的很谢谢你。"

道完谢之后，赛鲁卡的表情瞬间稍微放松了一下，但她马上又恢复成严肃的模样点了点头。

"那么，晚安了——知道怎么熄灯吧？"

"……知道。晚安，赛鲁卡。"

我再度点了点头后，赛鲁卡便摇曳着略嫌宽大的修道服走出了房间。待她细微的脚步声走远，我才深深叹了口气。

我被分配到教会二楼一个平常没怎么使用的房间。大约三

坪大小的空间里放着一张铸铁制的床、同样材质的桌椅、小小的书架以及柜子。我将放在膝上的毛毯和枕头放到床单上，然后躺到床上并把手枕在脑后。头上油灯里的火焰持续地摇晃，发出滋滋的声音。

"这到底……"

是怎么回事啊？我把原本要说出口的话吞了回去，接着在脑内逐一回忆进入村子后到现在所发生的事情。

带我进村子后，尤吉欧马上朝着门旁边的侍卫执勤室走去。里头是一名和尤吉欧同年纪的年轻人，叫做吉克。他一开始虽然用怀疑的眼神打量我，但一听到是"贝库达的迷失者"之后，竟然马上就允许我进村了。

其实在尤吉欧说明事情经过时，我的目光一直盯着侍卫吉克腰间那把朴素的长剑，根本没有认真听他们在说些什么。虽然很想向他借用那把看起来有些老旧的剑，试试看在这个世界里我——准确来说应该是虚拟剑士桐人身上的绝技是否有用，但最后还是压下了这股冲动。

我和尤吉欧离开值勤室之后，便在众人有些偷偷摸摸的好奇视线之下走在大街上。途中也有不少人询问"这人是谁"，而尤吉欧每一次都会停下来向他们说明，所以我们花了将近三十分钟才走到小村的中央广场。其间还碰上一名提着大篮子的老婆婆，她用泛泪的眼睛看着我说"真是可怜"，然后从篮子里拿出一颗苹果（或者说很接近的水果）给我，而这也让我内心产生了一点罪恶感。

村子建在一座平缓的山丘上，教会则位于其顶端。当我们终于到达时，太阳已经快完全下山了。敲门后，出现一名容貌马上会让人联想到"严格"一词的修女，而她便是尤吉欧口中的阿萨莉亚修女了。我一看见她就想起《小公主》里面的敏钦校长，所以也马上在内心发出"看来没希望了"的呻吟。然而，修女同样出乎意料地一口答应了我的借宿，甚至还吩咐其他人帮我准备晚餐。

我和尤吉欧约定明早再会后，就被直接带进教会里了。修女把最年长的赛鲁卡以及其他六个小孩介绍给我认识，然后我便和他们共进了安静祥和的晚餐（供应的料理是炸鱼、水煮马铃薯以及蔬菜汤）。饭后，正如事前所害怕的一般，我受到了孩子们一连串的质问。好不容易在不露出马脚的情况下躲过这场灾难后，又被叫去和三个男孩子一起洗澡。经历各式各样的试炼之后，总算能一个人躺在客房的床上——事情经过大概就是这样了。

一整天的疲劳狠狠地压在身上，让我感觉只要一闭上眼睛就会马上睡着，然而随之袭来的困惑并不允许我这么做。

这到底是怎么回事呢？我无声地这么呢喃。

先说结论，这个村子里真的没有任何一个所谓的NPC。

从我最初遇见的侍卫吉克到路上与我擦身而过的村民们、给我苹果的老婆婆，还有表面看来严肃但相当亲切的阿萨莉亚修女、见习生赛鲁卡与失去父母亲的六个小孩子，他们所有人都和尤吉欧一样有真实的感情，能进行自然的对话并做出精妙的身体动作。简单来说，就是每个人都像真人一样，至少绝对不像一般VRMMO里的自动应答角色。

——但是，这种事情绝对不可能发生。

我记得开发者比嘉先生确实说过，目前Soul Translator就只有RATH六本木分公司里的一台，以及总公司里即将组装完成的三台，共计四台。就算之后又增加了一两台，数量也绝对不够让那么多人潜行到虚拟世界里建构这等规模的村庄。根据我边走边观察的结果，卢利特村村民少说也有三百人左右，而且那台巨大的STL实验机绝对不是什么容易增产的机器。更何况，这个世界里似乎还有好几个村庄与城镇，甚至有所谓的"央都"，只要考虑到住在这些地方的人民，就知道即使RATH投入大量资金生产出足够的机器，也绝对不可能在暗地里招募到数万名的测试玩家。

"还是说……"

尤吉欧他们不是真正的人类——他们并非记忆遭到封锁的玩家？他们全都是超乎常识且几乎接近完美的自动应答程序？

想到这里，我的脑海里瞬间浮现"人工智能"这个词。

近年来，所谓的AI在电脑、导航系统、家电等机械的操纵辅助用途上已有了长足的进步。只要用声音对有着人类或动物外型的角色下令或提问，它们便能进行相当准确的操作或者告知发问者需要的情报。其他像我颇为熟悉的VR游戏NPC，其实也算是AI的一种。虽然它们主要的工作是提供任务或者活动的情报，但就算漫无目的向它们搭话也能够得到某种程度的流畅回答，所以有一派以"NPC最萌"为信条的人马每天都缠着美少女类型的AI，一整天光顾着和它们对话。

但这些AI当然不算拥有真正的智慧。其实它们也不过是"对方那么问就这么回答"的命令集合体，所以无法对不存在于资料库里的问题提出准确的回答。像这种时候，一般NPC便会露出平稳的笑容，歪着头说出"无法理解您的问题"之类的台词。

但是，今天一整天里，尤吉欧曾经说过类似的台词吗？

他对我所提出的无数疑问，全都带着"惊讶""疑惑""愉快"等自然的感情做出了非常合适的回答。而且不只是尤吉欧，就连阿萨莉亚修女、赛鲁卡以及小孩子们，脸上都从来没有出现过"没有相关资料"的表情。

就我所知，从古至今的所有人工智能里，完成度最高的应该就是旧SAO里头为了管理玩家精神状况用的程序，也就是目前以我和亚丝娜的"女儿"这个身份存在的AI——结衣了。她在那两年里观察了无数玩家的对话，建构了庞大且精密的资料库。现在的她可以说已经到了"自动应答程序"与"真正的智能"之间的境界线。

但是，就算是结衣也不是完美无缺的。她除了偶尔会出现"资料库里没这个词"的表情外，有时也会无法分辨"假装生气"和"为了掩饰害羞的生气"这些人类的微妙感情差异。她在对话时，依然会在极少数状况下表露出些微"AI应有的表情"。

但是，尤吉欧和赛鲁卡身上没有这种情形。如果卢利特村所有村民都是由程序设计师所写出来的少年型、少女型、老人型、壮年型等AI，那么在某种意义上来说，这甚至是种远远凌驾于STL之上的超科技呢。不过，我实在不认为目前的科技水准能做到这种事……

想到这里，我便撑起躺平的身体下床。

床头墙壁上挂着老旧的铁铸油灯，晃动的橙色光芒散发出了些许烧焦味。我在现实世界里当然没有摸过真正的油灯，不过我和亚丝娜在阿尔普海姆的家里也有一盏类似的灯，因此以为它们都一样的我，这时候用手指碰了一下表面。

发现没有操纵视窗弹出来，我才想到这根本行不通，于是直接用两根手指画出行动指令，也就是所谓的"史提西亚之印"。我画完印记后碰了一下油灯，这回终于浮出一个紫色视窗，但上面只显示了油灯的耐久值，并没有开、关灯的按键存在。

糟糕，随便答应赛鲁卡结果却不知道怎么关灯啊……当我正因此而感到心慌时，终于在油灯底下发现了一个小小的圆形物体。我将它依顺时钟方向转了一圈，结果灯芯马上随着啾啾的金属声扭紧，火焰也在留下一丝黑烟后消失了。室内顿时陷入黑暗，只剩下从窗帘缝隙透过来的一道细长月光。

好不容易克服这个突发性难关的我，走回床边后就把枕头放到正确位置上并再次躺了下来。由于感觉有些冷，于是我把赛鲁卡给的厚毛毯拉到肩膀处，很快地就有一阵浓厚的睡意朝我袭来。

——他们不是人类，也不是AI。那究竟是什么？

其实在我思绪的角落里，早已经有一个答案逐渐浮现，但我实在很害怕直接将它说出口。如果我所想的事情真有可能办到——RATH这个企业可说是已经把手伸进神之领域的深处了。跟那个答案相比，用STL来解读人类灵魂这种事，只不过是用手指捏起打开潘多拉之箱的钥匙。

渐渐入眠的我，侧耳倾听起自己在意识深处的呼叫声。

现在不是到处找寻退出方法的时候了。快到央都去，去那里搞清楚这个世界存在的理由……

喀啷——

好像有钟声从远方传了过来。

在半梦半醒之间有了这样的感觉后，有人轻戳我的肩膀，但我只是整个人钻进毛毯里并低声咕哝：

"呜，再十分……不，再五分钟就好……"

"不行，已经是起床时间啰。"

"那三分……三分钟就可以了……"

就在肩膀不断被人戳着的情况下，一道小小的生疏感逐渐推开朦胧的意识浮现。如果来人是妹妹直叶，不可能只用这种客气的方式叫我起床。她一定会大叫着拉扯我的头发，不然就是粗鲁地捏住我的鼻子，最后甚至会把棉被整个拉走，十分地心狠手辣。

这时，我才终于想起自己不是待在现实世界和阿尔普海姆，于是从毛毯中探出头来。我微微睁开眼睛，立刻就和已经穿好修道服的赛鲁卡四目相交。这名见习修女随即用有些无奈的表情说：

"已经5点半啰。小孩子们也都起来洗完脸了。你动作再不快一点，就来不及参加礼拜了。"

"……好，我起来了……"

虽然还是很舍不得离开温暖的毛毯与平静的梦乡，但我依然撑起了上半身。看了一下周围，这里果然跟我昨晚睡前的记忆一样，是卢利特教会二楼的客房，或许应该说是Soul Translator所制造出来的Under World内部吧。看样子，我的奇妙体验并不是睡一个晚上就能够醒过来的短暂梦境。

"似梦非梦吗……"

"咦，你说什么？"

我不禁低声嘟囔，但在看见赛鲁卡疑惑的表情后便急忙摇了摇头。

"没，没什么啦。我换好衣服就过去，到一楼的礼拜堂就可以了吧？"

"对。虽然你是客人，还是遭到贝库达绑架的受害者，但只要在教会里生活，就一定得向史提西亚神祈祷才行。修女经常告诫我们，就算只是一杯水，我们也得经常怀着对神明的感

谢之心……"

要是继续待在这里，不知道还得听她说多久的大道理。于是我急忙从床上走了下来。我正准备脱下他们借给我当睡衣的薄T恤而拉起衣角时，换成赛鲁卡慌张地说：

"剩，剩下不到二十分钟了，绝对不能迟到哟！还有，你一定要先到外面的水井那边洗完脸才能过来！"

她快步穿过房间，迅速打开又关上房门后便消失在外头。刚才那果然不是会出现在NPC身上的反应……我边想边脱掉T恤，接着伸手拿起挂在椅子上的"初期装备"蓝色束腰外衣。忽然感到有些在意的我把衣服拿近自己的鼻子，上头果然没有汗臭味。就算再怎么厉害，应该也没办法重现产生味道的那些细菌吧。说不定脏污和损毁等劣化也都统一由唤做"天命"的耐久度数值来决定。

一想到这里，为了保险起见，我便把束腰外衣的"窗口"叫出来，耐久值显示为"44/45"，看来暂时不会有问题。可是，只要继续待在这个世界里，我就需要几套替换的服装，到那个时候，就得想办法取得这个世界的货币了。

在思考这些事的同时，我换好了全身的衣服，打开门离开了房间。

接着我走下楼梯，从厨房旁边的后门来到外面，发现头上已经出现了漂亮的朝阳。刚才赛鲁卡说现在还不到6点，不过这个世界的居民到底是怎么计算时间的呢？餐厅和客房里都没有类似时钟的东西。

我疑惑地踏上古老的石头地板，很快就看见了同样是由石头砌成的井口。由于刚才小孩们已经用过水井，所以周围的草地仍相当潮湿。我掀开井上的盖子，将绑在绳子上的木制水桶

丢了下去，马上就听见"喀啦喀啦碰"的巨大声音。接着我拉起绳子，把木桶里装满的水倒进旁边的脸盆里。

用刺骨的冰水洗完脸后，我顺便也捞了一杯水喝进肚子里去，这时残留在脑袋里的睡意才总算完全消失。昨天晚上大概不到9点就睡着了，所以即使这么早起，我也已经睡了八个小时以上……一想到这里，我便因为感到有些纳闷而歪头思索。

如果这里是Under World，那么FLA应该仍然在运作当中才对。假如倍率是三倍，那么我实际的睡眠时间便不到三小时。但如果真是我昨天隐约猜想到的一千倍加速，那么这八小时在现实中也不过是短短的三十秒。才睡那么一点时间，头脑真的能感觉如此清醒吗？

真是的，这里让人摸不着头脑的事情实在太多了。虽然想要赶紧脱离这个世界好确认目前的状况……但昨天晚上沉睡前响起的耳语声却始终挥之不去。

我，桐人——桐谷和人在保有意识与记忆的情况下，直接在这个世界里醒了过来。无论这是突发状况或者是某人在某种企图下造成的情形，我都应该有自己得完成的使命吧？虽然我不是什么命运论者，但是相对地，我也无法否定自己确实有任何事物都有其意义的想法。否则在SAO事件里消失的大量生命，将会变得毫无意义……

我又往脸上泼了一次冷水，让思绪暂时中断。当前的行动方针有两大要点：首先是要调查这个村庄，确认是否有知道退出方法的RATH工作人员存在；再来就是为了得知这个世界存在的理由，我得想办法到那个叫什么央都的地方去。

第一项应该不难才对。虽然在无法确定FLA倍率的状态下不能百分之百地肯定，但如果真的有RATH的技术人员乔装成村民在这里生活，想必不会持续在此潜行数年甚至数十年。也就是说，时常利用行商或者旅行等理由离开村子的居民，就很有可能是观测人员了。

至于第二项嘛——老实说我现在还没有任何点子。尤吉欧说过，要去央都的话就算骑马也得花上一周。所以若是走路，至少也得花上三倍的时间吧。如果可以我当然还是想骑马，但除了不知道该怎么弄来一匹马之外，我也没有任何可供旅行的装备与资金，更何况目前的我可以说根本没有任何关于这个世界的基本知识。所以说，一定得有人帮我带路，尽管尤吉欧应该是最适合的人选，但我已经听说他有一份一辈子都无法完成的"天职"了。

干脆我也触犯那个禁忌目录，然后让那个什么骑士逮捕起来好了。但是，就算用这个方法到达央都，多半也会马上被关进大牢，此外我也没有可以持续从事搬石头这种苦差事的耐性。更何况还有可能马上被执行死刑呢。

之后还是得向尤吉欧询问一下神圣术里有没有开锁和复活的咒文才行。想到这里时，教会后门忽然打开，赛鲁卡跟着探出脸来。当我们眼神交错时，她马上破口大骂：

"桐人，你洗脸要洗多久啊！礼拜要开始啰！"

"啊，嗯嗯……抱歉，我马上过去。"

我举起一只手，接着迅速把水井盖子、木桶以及脸盆放回原处并快步走回建筑物里。

庄严的礼拜与热闹的早餐结束后，小孩子们便开始处理打扫与洗衣等杂务，赛鲁卡则表示要跟修女学习神圣术便窝进书房里了。虽然吃饱没事干叫人内心实在有些罪恶感，但我还是穿过了教会大门外出，走到前面的中央广场中间等待尤吉欧。

没几分钟，熟悉的亚麻色头发便出现在逐渐消失的晨霭后方，接着教会钟楼随即响起单调却悦耳的旋律。

"啊啊……原来如此……"

由于我一见面就说出这种话，让尤吉欧因为惊讶而不停眨着眼睛。

"早啊，桐人。你刚才说什么原来如此啊？"

"早啊，尤吉欧。没什么，只是……我现在才发现，在整点时响起的钟声旋律每次都不一样。也就是说，村子里的人都是靠钟声得知时间的。"

"那还用说吗？我们把'在索鲁斯的光芒下'这首赞美诗分成十二节轮流鸣放，每半个时辰就会发出一声钟响。不过很可惜的是，钟声无法传到基家斯西达那里，所以我只能用索鲁斯的高度来判断时间。"

"这样啊……也就是说，这个世界里没有时钟吗……"

听见我脱口而出的一句话，尤吉欧马上微微歪着头问：

"时钟……那是什么？"

糟糕，竟然连这个名词都没有啊，内心冷汗直流的我开始试着向他解释：

"呃，时钟就是……在圆形的板子上写上数字，由指针不停绕圈告知目前时间的道具……"

结果尤吉欧竟然露出了灿烂的笑容并点了点头。

"啊啊……如果是那个的话，小时候我曾经在图画书上看过哦。据说很久很久以前，在央都正中央有这种'指示时间的神器'。不过，因为人们老是抬头看着神器而不工作，于是发怒的神明便用落雷将它击坏了。之后就只有不知何时会响的钟声才能告诉人们目前的时间。"

"这，这样啊……不过，每当快要下课时，总会特别在意时间……"

我又不小心冒出来这么一句话，幸好这次尤吉欧能听得懂我的意思。

"啊哈哈，就是说啊。我还在教会里上课的时候，也总是竖起耳朵等待午餐钟声响起呢。"

尤吉欧笑着移开了目光，所以我也和他一样抬头看向教会的钟塔。从四面塔壁上挖开的圆形窗口里，可以见到大大小小的钟在太阳照射下闪闪发亮。但是钟声明明才刚响过，钟塔里怎么看不见任何人影呢？

"那些钟……是怎么发出声音的啊？"

"……桐人你啊，还真是什么都忘了呢。"

尤吉欧用有些傻眼却又像是在打趣的声音说完后，干咳了几声才说下去：

"钟根本不用人去敲啊。因为那是村子里唯一的神器，每天在固定时刻，一定会准时演奏出赞美诗来。当然不只是卢利特村而已，包括萨卡利亚在内的其他村落、城镇，也都有这样的钟塔……不过，现在神器已经不只有钟而已了……"

开朗的尤吉欧难得会出现这种把话吞回嘴里的情形，于是我忍不住扬起了眉毛。但是尤吉欧似乎没打算继续谈论这个话题，只是"啪"一声轻拍了一下手说：

"那我差不多该去工作了，桐人今天有什么打算？"

"呃……"

我稍微考虑了一下。虽然很想在村子里到处打探消息，但自己一个人到处晃难保不会碰上什么麻烦。按照刚才的想法，若想要知道究竟有没有观察员，只要询问尤吉欧是否有经常外游的村民即可，而为了实现怂恿尤吉欧前往央都的阴险计划，我必须更加详细地调查他的天职才行。

"……如果你不嫌弃的话，能不能再让我多帮你工作个一天呢？"

我考虑完后如此说道，尤吉欧则是咧嘴一笑并点头回答：

"当然，我高兴都来不及了。不过我本来就有预感桐人会这么说了，你看，我今天带了两人份的面包钱哦。"

他从裤子口袋里掏出两枚小铜币，然后在手掌上弹出清脆的声音来。

"咦咦，这样太不好意思了。"

我急忙左右摇着手臂与头婉拒，而尤吉欧则是耸了耸肩，笑着回答：

"别在意。反正我每个月从村公所领的薪水也没地方可花，只能存起来而已。"

哦，那真是太好了，看来到央都的盘缠有着落了——我心里有了这种龌龊的想法。接下来就只要想办法把那棵夸张的大树砍倒，让尤吉欧完成天职就可以了。

尤吉欧脸上依旧挂着开朗的笑容，让心怀不轨的我有些羞愧。他说了声"那我们出发吧"，接着便朝着南方前进。我从后追了上去，同时再次抬头看向每个小时都会自动演奏的钟楼。

这里真是一个奇妙的世界。除了相当写实的农村生活之外，还有着浓厚的VRMMO味道。以前待过的浮游城艾恩葛朗特各主城镇区里，也是每到整点就会有告知时间的钟声响起。

神圣术——还有公理教会，是不是可以把它们当成这里的咒文与控制整个世界的系统呢？如果是这样，世界外侧的"暗之国"又是怎样的存在呢？与系统敌对的另一个系统吗……

就在我陷入沉思时，我们已经来到一家像是面包店的房子前面。尤吉欧和穿着围裙站在店前的老板娘打了声招呼，并且买了昨天那种面包。仔细一看，店里有一名像是店长般的男性正用力捏着面团，此外大型炉灶当中还飘出芳香的味道。

虽然我认为再过一个小时……不，应该只要再过三十分钟就能买到刚出炉的面包了，但不能迟到应该也是"天职"制度的一部分吧。尤吉欧一定得在固定的时间到森林挥动斧头，而且绝对无法改变。从这一点来看，就能推测出"让他违反这种制度和我一起出远门旅行"是一件相当不容易的事了。

然而，无论什么样的制度都会有例外。就像我这个来历不明的人，不也能够以助手的身份和他一起去工作了吗？

穿越南门之后，我和尤吉欧走在贯穿麦田的道路上，朝着横跨在远方的深邃森林前进。从这里就已经能清楚看见基家斯西达那鹤立鸡群的模样了。

在我和尤吉欧轮流奋力挥动龙骨斧时，名为索鲁斯的太阳不知不觉已升上了天空中央。

我死命挥动重如铅块的手臂，把第五百下斧头横向砍进怪物杉树的树干。咚——细微木屑随着一阵刺入心扉的声音进出，让我知道巨树庞大的耐久值已经有了极细微的减少。

"呜哇——我不行了，再也挥不动了。"

我放声哀号并把斧头抛了出去，然后像摊烂泥般倒在苔藓上。我一把接过尤吉欧从旁递来的水壶，大口喝下名为"西拉鲁水"——不知是从哪种语言而来——的酸甜液体。

尤吉欧露出游刃有余的笑容低下头看着我，接着用老师般

的口气对我说：

"不过，桐人真的很有天分。才不过两天，就能够相当准确地砍中断面了。"

"但还是完全比不上尤吉欧啊……"

我叹了口气后坐起身来，把背靠在基家斯西达上。

托上午拼命挥动沉重斧头的福，我对于自己在这个世界里的能力值似乎已经有了相当程度的了解。

我很快就知道，自己根本没有旧SAO世界的剑士桐人那种超人等级的力量与敏捷度。话虽如此，倒也不至于跟现实世界里头那个虚弱的桐谷和人一样。如果是现实世界里的我，像这样整整一个小时都在挥动大斧头，隔天一定会因为肌肉酸痛而爬不起来吧。

也就是说，我现在的体力应该是这个世界十七八岁年轻人的平均值。而尤吉欧毕竟已经从事这份工作长达七年，可以感觉到他的能力值比我高出许多。

幸运的是，运作虚拟身体所需的感觉与想象力，和我之前玩过的VRMMO游戏相去不远……不对，甚至可以说更为方便。在注意重量与轨道的情况下挥动几百次手臂之后，我已经多少有些自信能控制这把力量值需求颇高的斧头了。

而且我过去在艾恩葛朗特里，也曾经不惜牺牲睡眠时间反复练习同样的动作，说起来这也算是我的拿手好戏。至少在毅力这点上，我是不会输给尤吉欧的——

等等……我刚才好像想起了什么重要的事情……

"来，桐人。"

尤吉欧轻轻抛过来两个圆面包，打断了我的思绪。我急忙伸出双手接下。

"……看你一脸奇怪的表情，怎么了吗？"

"啊……没什么……"

我虽然拼命想抓住即将从脑袋里溜走的思绪尾巴，但最后还是只有"好像想到什么要紧事"的焦躁感像雾一般飘荡在心头。算了，如果它很重要的话迟早会想起来的吧，于是我耸了耸肩，再次向尤吉欧道谢。

"谢谢，那我就不客气了。"

"抱歉啦，只能让你吃跟昨天一样的面包。"

"千万别这么说。"

我大口往面包咬了下去。味道虽然不错——但还是太硬了，而尤吉欧似乎也有跟我同样的感想，只是绷着一张脸，拼命地动着下巴。

我们俩花了几分钟的时间默默啃完第一个面包，然后看着对方的脸露出微妙的笑容。尤吉欧喝了一口西拉鲁水，忽然把视线移向远方。

"……真想让桐人也尝尝爱丽丝做的派啊……不但派皮相当酥脆，里面还塞了一大堆有汤汁的内馅……如果再加上刚挤好的牛奶，真会让人觉得那是世界上最美味的食物了……"

听他这么说的时候，我的舌头竟然也很不可思议地浮现了那种派的味道，不由得口水直流。我急忙往第二个面包咬了一口，然后有些顾虑地问：

"尤吉欧啊。那个人……爱丽丝她以前为了继承阿萨莉亚修女的工作，曾经在教会里学习神圣术对吧？"

"嗯，是啊。大家都说她是村子里有史以来第一个天才，十岁左右就能使用很多种神圣术了。"

尤吉欧以有些自傲的表情这么回答。

"那……目前在教会学习的那个女孩赛鲁卡是？"

"嗯嗯……在爱丽丝被整合骑士带走之后，阿萨莉亚修女也很难过，还说再也不收弟子了。不过赛鲁卡去年终于以新见习生的身份进入教会。她啊，是爱丽丝的妹妹哟。"

"妹妹……这样啊……"

真要说的话，赛鲁卡给人的印象应该比较像个严格的大姐姐才对。我回想着赛鲁卡的脸，口中低声嘟囔。既然是那孩子的姐姐，那么叫做爱丽丝的少女一定也很爱照顾人而且很好管闲事吧。我想她和尤吉欧一定是很好的搭档。

想到这里，我便朝尤吉欧瞄了一眼，而当事人不知为何像是有些不安地皱起眉头说：

"……因为年纪差了五岁，所以我几乎没和赛鲁卡一起玩过。偶尔去爱丽丝家时，赛鲁卡也老是害羞地躲在妈妈或奶奶后面……无论是她父亲卡斯弗特村长、其他大人还是阿萨莉亚修女，都认为她既然是爱丽丝的妹妹，那么一定也有神圣术的天分，所以对她的期望也相当高……但是……"

"你是说，赛鲁卡不像她姐姐那么有天分吗？"

听见我直截了当的问题后，尤吉欧微微露出苦笑并摇了摇头说：

"不是这个意思。每个人刚被赋予天职时，总会有些不习惯，我也是花了三年才能完全控制这把斧头。不论是什么样的天职，只要认真努力，总有一天能像大人那样熟练。只不过……赛鲁卡才十二岁而已，我总觉得她好像有点努力过头了……"

"努力过头？"

"……爱丽丝即使开始学习神圣术也没有住在教会里头。她的学习时间只有上午而已，中午她会替我送便当来，下午就回家帮忙去了。但是赛鲁卡说这样学习时间根本就不够，所以就离家到教会住宿了。虽然这和珍娜与阿鲁古刚好也开始在教会里生活，阿萨莉亚修女一个人可能忙不过来也有一点关系就是了……"

我想起赛鲁卡勤劳地帮忙照顾其他小孩的模样。虽然外表看起来不怎么辛苦，但一整天除了用功外还得照顾六个小孩，对一个也才十二岁的少女来说确实不简单。

"原来如此……然后忽然又加上我这个'贝库达的迷失者'是吧。看来，我得注意别给赛鲁卡添麻烦才行。"

我下定决心明天要5点半起床，接着追问下去：

"话说回来，在教会里生活的小孩子，除了赛鲁卡之外都有至亲过世了对吧？是双亲都去世了吗？这么和平的村子里怎么会有这么多的孤儿呢？"

尤吉欧听到这里，便以忧郁的表情看着脚底下的苔藓。

"……三年前村里发生了传染病，据说前一百年里都没发生过这种事。村里因此而死的大人加小孩，总共有二十个以上。阿萨莉亚修女和草药师伊贝达大婶用尽了所有方法，依然救不回那些发高烧的人。住在教会里的孩子们，就是在那时候失去了双亲。"

我因为尤吉欧出乎意料的发言而说不出半句话来。

——他说有传染病？但这里可是虚拟世界，不可能有细菌或是病毒存在。也就是说，应该是管理这个世界的人类或系统出于某种企图让居民病死。但到底是为了什么？或许是想以天灾的形式给予居民压力，不过这样又能够模拟出一个什么样的结果呢？

到头来，所有问题全都指往同一个方向——这个世界存在的理由。

可能是发现我脸上布满了忧郁吧，尤吉欧这时也用相当沉重的表情再度开口：

"不只是传染病而已。我觉得最近发生了很多怪事，像是落单的长爪熊或黑毛狼袭击人类，还有小麦没结穗等等……有几个月就连从萨卡利亚来的定期马车都看不见踪影，据说是因为……街道南方出现了哥布林集团。"

"什，什么！"

我连续眨了两三下眼睛。

"你说哥布林……但你之前不是才说过，有骑士在守护国境吗……"

"当然有啊。如果暗之种族敢靠近尽头山脉，应该一下子就会被整合骑士扫荡干净了。那些家伙比只是碰到暗之国土地的爱丽丝要坏多了，怎么能让他们活下来呢？"

"尤吉欧……"

尤吉欧平时相当安稳的声音，忽然带上了某种深沉的不耐感，让我吓了一大跳。但这种感觉一眨眼就消失了，少年的嘴角再度露出一丝笑容。

"……所以，我认为那应该只是谣言而已。不过，这两三年来教会后面确实多了不少新的坟墓，但我祖父说难免会有这种时期出现……"

这么说来，也该趁现在提出一直悬在心上的问题了。于是我便装出若无其事的模样询问：

"……我说啊，尤吉欧。神圣术里头，那个……有没有让人死而复生的法术？"

就在我觉得又会被对方以"怎么这么没有常识"的眼神盯

着看而做好心理准备时，尤吉欧却一脸严肃地轻轻咬着嘴唇，然后以几乎看不出来的细微动作点了点头。

"……虽然村里的人几乎都不知道，不过爱丽丝确实说过，高级神圣术里有增加天命的法术。"

"增加……天命？"

"嗯。各种人与物的天命……都无法用人为的手段来增加，当然我和桐人的也是一样。比如说人的天命，从婴儿、小孩一直到长大成人为止都会不断增加，大约二十五岁时会到最大值。此后就会开始慢慢地减少，到了七十岁与八十岁之间便会归零，蒙史提西亚宠召。这些事桐人应该还记得吧？"

"嗯嗯……"

这话当然是第一次听说，但我却一脸认真地点了点头。尤吉欧的意思，也就是HP的最大值会随着年龄增减吧。

"但是，一旦生病或受伤，就会让天命大大地减少，还有可能就此死亡，所以才会用神圣术与药物来治疗。经过治疗之后天命通常就会恢复，但绝不可能超过生病或受伤前的量。不论让老年人喝下多少药，也不可能让他的天命恢复到年轻时期。要是伤势过于严重，也有可能无法治愈……"

"你的意思是说，有法术能办到这些事情啰？"

"爱丽丝说她看到教会里的古书上这样写着时也吓了一跳。虽然她向阿萨莉亚修女询问了那种法术，但修女竟然露出相当恐怖的表情，不但把书拿走，还要她忘了这件事……所以我也不是很清楚。不过，那种法术好像只有公理教会非常高阶的祭司才能使用。不像受伤或生病那样，而是直接对人的天命造成影响……当然我也不知道具体来说究竟是什么。"

"这样啊……高阶祭司啊。那么所谓的神圣术，是每一名教会的僧侣都懂得使用吗？"

"那当然啰。神圣术的力量源自索鲁斯神与提拉利亚神散布在空气与大地里的'神圣力'，越大的法术就需要越多的神圣力。如果是操纵人类天命的超级法术，说不定就算聚集这整座森林里的神圣力都不够呢。不过，我看就连萨卡利亚都没有术师能操纵如此庞大的力量吧。"

尤吉欧说到这里便停顿了一下，接着才又用低沉的声音表继续说道：

"而且……如果阿萨莉亚修女能使用那种法术，她一定不会眼睁睁看着小孩子们的父母亲或者村民的小孩病死。"

"原来如此……"

——这也就是说，如果我突然死在这里，似乎并不会在教会祭坛上随着管风琴的声音复活。要是真的死掉，应该会在现实世界的STL里醒过来吧？不，如果不是那样的话我可就头痛了，STL和NERvGear不同——它应该没有破坏摇光的功能才对。

但是，我还是希望把死亡当成最后的退出手段。因为我还不能完全证实这是Under World的猜测，而且就算能确信，在尚未得知这个世界的存在目的之前便离开，这样真的好吗——我的灵魂深处一直有道声音这么对我呢喃着。

虽然我很想立刻瞬间转移到央都，直接冲入那个什么公理教会的总部质问那些"高级祭司"，但我根本无计可施。竟然无法进行城镇之间的传送，这个游戏的平衡度实在太差劲了。就连SAO里，也是几乎每个城镇都设有传送门的啊！

如果这是一般的VRMMO，我一定马上就会思考寄给营运公司的抱怨信里该写些什么内容才好。既然没办法抱怨，也只能在系统所容许的范围内尽最大的努力了。没错，就像过去在艾恩葛朗特里绞尽脑汁攻略魔王时那样。

我吃完第二个面包后，便把嘴凑到尤吉欧递来的水壶上，同时抬头看着异常高大的树干。

为了前往央都，我无论如何都需要尤吉欧的帮忙。但个性认真的他绝不可能抛下天职不管，而且禁忌目录应该也禁止这么做吧。既然如此，我就只剩下一个选择——想办法把这棵巨大的杉树解决掉。

我把目光移了回来，发现尤吉欧正拍着裤子起身。

"那我们差不多该开始下午的工作了。由我先开始吧，可以帮忙拿一下斧头吗？"

"嗯。"

为了把靠在旁边的龙骨斧递给伸出手的尤吉欧，我用右手握住了斧柄中间。

这个瞬间，忽然有道灵光如电击般闪过我的脑袋。为了抓住刚才从手掌中溜走的某项重要情报，我这次相当慎重地准备牢牢抓住它的尾巴。

尤吉欧确实这么说过——普通斧头的刃面马上就会破损，所以才会花大钱从央都买来这把龙骨斧。

如果使用更强力的斧头呢？用攻击力与耐久力更大，需求力量值也更高的斧头就行了吧？

"我，我说尤吉欧啊……"

我屏住呼吸这么问道。

"村子里就没有比这更好的斧头了吗？就算村里没有，像是萨卡利亚之类的地方呢……只要能买到更好的斧头，应该就不用花上三百年了吧？"

尤吉欧却不假思索地摇了摇头。

"怎么可能会有。龙骨已经是最棒的武器素材了，它甚至比南方的达马斯克钢与东方的玉钢还要硬啊。如果还要更强，也只有整合骑士所持的……神器才有可能……"

由于他说到后面声音越来越小，还变得断断续续的，所以我只能歪着头等他继续说下去。尤吉欧沉默了整整五秒钟左右，才像是怕周围有人听见一般悄声说道：

"……斧头没有，但是……有一把剑。"

"剑？"

"你还记得我在教会前面说过，除了'宣告时刻之钟'外，村子里还有另外一件神器吗？"

"嗯……记得。"

"其实，就在附近而已……村子里只有我知道这件事。这六年来，我一直藏着它……你想看看吗，桐人？"

"当，当然了！请务必让我看一下！"

我兴致勃勃地这么说道，结果尤吉欧又考虑了一下，最后才终于点了点头，把手上的斧头又交还给我。

"那么，麻烦你先开始工作吧。我去把它拿过来，不过可能得花上一点时间。"

"在很远的地方吗？"

"不，就在那边的置物小屋里。只不过……它非常地重。"

正如尤吉欧所言，当我挥完五十下斧头时才终于回来的他，正用一副疲劳万分的表情擦着额上的汗水。

"喂，喂，你不要紧吧？"

我一问之下，他便像根本没有余力回答般点了点头，接着把扛在肩头上的东西扔到地面上。一阵沉重的声响过后，苔藓绒毯整个凹了下去。我把装有西拉鲁水的容器交给不停喘气并瘫坐到地上的尤吉欧后，转头注视躺在地面上的物体。

我曾经见过这个东西。那是一个长约一百二十厘米的细长皮制袋子，昨天尤吉欧放龙骨斧那间小屋里有个随便扔在地上的袋子，显然就是眼前这玩意儿了。

"我可以打开吗？"

"嗯……嗯嗯。不过……要小心点，要是掉在脚上，可不是擦伤……就能了事的哟。"

尤吉欧扯着干枯的喉咙这么说道，我对着他点了点头，然后畏畏缩缩地把手伸了出去。

下一刻，我整个人就吓得脚都软了。应该说，如果这里是现实世界，我的腰椎可能会因此而移位吧。这个袋子就是如此地沉重，即使我已经用双手使劲握住，它却还是像生了根一样躺在地上一动也不动。

妹妹直叶除了参加剑道部辛苦的练习外还经常自己锻炼身体，所以实际上比外表看起来还重了一些——当然我不曾对她本人说过这种感想——说真的，眼前这个袋子的重量就快要跟她一样了。我再次站稳了双脚并沉下腰，像举杠铃般挤出全身的力量。

"呼……"

我感觉浑身关节都已经嘎吱作响，但这时袋子终于开始移动了。为了让绑绳子的袋口朝向上方，我将它转了九十度，然后再次把下端靠在地上。接着又为了不让它倒下而用左手撑住，最后再用右手把绕在上面的绳子解开并将皮革袋子褪下来。

出现在我眼前的，是一把让人忍不住发出赞叹的美丽长剑。

它有着加上精致刻工的白银剑柄，而且把手部分还用白色皮革层层裹住。护手部分做得像是植物的树叶和藤蔓，而我也立刻看出它是哪一种植物——因为把手上端与白色皮革剑鞘上也嵌了由闪亮的蓝宝石制成的蔷薇。

虽然长剑散发出一种古物的氛围，上头却没有任何的脏点与污垢，甚至能说飘散着一股——"长年找不到主人的我，只能一直沉睡下去"的气质与风格。

"这是……"

我抬头这么问道。尤吉欧好不容易调匀了呼吸，这才用有些怀念又有些不舍的表情凝视着剑回答：

"'蓝蔷薇之剑'。我不清楚它真正的名字是什么，不过童话故事里是这么称呼它的。"

"童话故事？"

"卢利特村里的小孩……不，其实大人也都知道这个故事。三百年前——在这块土地上建立村庄的初代开拓者里，有一位叫做贝尔库利的剑士。与他相关的冒险故事可以说是讲都讲不完，但其中最有名的就是那个名为'贝尔库利和北方白龙'的故事……"

尤吉欧忽然望向远方，然后以带着些微感伤的声音继续这么说：

"……简单地说，就是到尽头山脉探险的贝鲁库利，因为迷路而闯进了洞窟深处的白龙巢穴。幸好这时身为人界守护者的白龙正在午睡，因此贝尔库利马上就准备逃走，但他却无意中在散布于巢穴各处的宝藏里发现了一把白色的剑。他非常想将这把剑占为己有，于是小心翼翼地拿起了剑并准备逃走，然而贝尔库利脚底忽然长出了许多蓝色蔷薇，把他整个人给卷了起来。贝尔库利跌倒所发出的声音也吵醒了白龙……大概就是这样的故事……"

"那，那接下来呢？"

被故事吸引的我忍不住这么问道，但尤吉欧笑着说"接下来的故事还长得很"，随即简短地交代了故事的结局。

"总之呢，后来又发生了许多事情，最后贝尔库利总算得到白龙的原谅，放下剑之后便夹着尾巴逃回村子里来了，而故事就这样可喜可贺地结束……很普通的童话故事对吧？如果不是有些小孩想去确认故事的真实性……"

听见那带着深沉后悔的声音，我马上就理解了。尤吉欧口里的小孩，其实说的就是他自己和他一齐长大的朋友——那个名叫爱丽丝的女孩子。我想，村子里也没有其他如此有行动力的小孩子吧。

短暂沉默之后，尤吉欧才接着说：

"六年前，我和爱丽丝一起去尽头山脉寻找白龙。但龙已经不在了，取而代之的是一堆满是刀伤的骨头。"

"咦……难道是有屠龙的家伙出现了吗？到底是谁……"

"我也不知道。只不过……不可能会有人对宝藏没兴趣吧？在骨头底下，满满的金币和宝物堆积如山，而这把'蓝蔷薇之剑'也在里面。当然，当时的我根本没办法把那么重的剑拿回来……之后我和爱丽丝在踏上归途时搞错了洞窟入口，穿越山脉跑到暗之国那边去了。再来就是我昨天跟你说过的那些。"

"这样啊……"

我把视线从尤吉欧身上移开，再次看着这把用我双手支撑住的剑。

"但是……那把剑为什么现在会在这里？"

"……前年夏天，我又去了一次北方洞窟，把它给拿回来了。每逢安息日，我就会去搬个几基洛尔，然后藏在森林里面……

整整花了三个月的时间才把它放进置物小屋里头。至于为什么要这么做嘛……说起来其实连我自己也不是很清楚……"

难道是因为不想忘记爱丽丝吗？还是今后想要带这把剑去解救爱丽丝呢？

虽然脑里闪过种种可能性，但对尤吉欧这名少年的敬意让我无法随口将自己的想法说出来，只好打起精神再次举起剑身，用右手握住剑柄准备将剑拔出。

虽然一开始就像在拔一根深入地面的木桩似的遭到顽强的抵抗，但是一旦拨动之后，剑身便像是被推出来般离开了剑鞘。"锵"一声清脆的声音过后，剑身便完全被拔出，同时右臂也有种要从右肩上脱落的感觉，于是我急忙丢掉左手的剑鞘，用双手握住剑柄。

看起来像皮革制的剑鞘似乎也具有异常的重量，在被我扔掉之后马上随着沉重的声音刺入地面。虽然左脚差点就要被压碎，但我根本没有余力往后退，只能拼命支撑着手里的剑。

幸好出鞘后的剑轻了大约三成左右，所以我使尽全力后勉强能暂时保持平衡。而我的眼睛也像被吸引过去般，紧盯着眼前的剑身不放。

打造剑身的素材实在是太不可思议了。宽大约有三厘米半的细长金属，在穿过树叶间隙的阳光照耀下发出了淡蓝色光芒。细看之下，能够发现日光不只是被表面反射出来而已，有几道光线甚至在剑身中产生了漫射现象。换言之，剑身看起来几乎是透明的。

"这不是普通的钢铁，也不是银或者龙骨，当然更不可能是玻璃……"

尤吉欧以带着些许敬畏的口气低语。

"——也就是说，我认为这不是人类打造出来的……也不是实力高强的神圣术师借由神力炼成的，就是神亲自动手创造的……而这种器具就被称为'神器'了。我想这把蓝蔷薇之剑一定也是神器之一。"

——神。

尤吉欧和赛鲁卡话里及修女的祈祷文中，时常出现"索鲁斯"和"史提西亚"这样的名字。虽然我早就注意到这点，但一直认为只是奇幻世界常会出现的设定而没有多加留意。

既然有神亲自创造的道具登场，那么我是不是得改变一下自己的想法呢？虚拟世界里的神——是否就等于现实世界里的管理者？还是服务器里的主要应用程序呢？

总之，看样子这也不是个能光靠思考就能得到答案的问题。现在只能先把它和什么公理教会云云归类在一起，将它们都定位成这里的"中枢系统"。

总而言之，可以确定这把剑在系统里应该是拥有高优先权的物件。再来，就是它和同属高阶物件的基家斯西达之间，究竟是谁的优先度比较高了——而这个结果也将影响到我能不能和尤吉欧一起出发去央都。

"尤吉欧，你可以查一下现在基家斯西达还有多少天命吗？"

举着剑的我一这么说，尤吉欧便露出怀疑的眼神。

"桐人……你该不会打算用那把剑来砍基家斯西达吧？"

"不然我干吗要你拿这把剑过来？"

"咦咦……但是……"

为了不让歪头考虑的尤吉欧有任何犹豫空间，我马上又加了一句：

"难道说禁忌目录里明文禁止用剑砍基家斯西达？"

"呃……倒是没有这样的条文……"

"还是说村长或者前任的……卡利塔爷爷有说过不能用龙骨斧之外的器具？"

"呃……这也没有……不过……总觉得……之前好像也发生过这种事……"

尤吉欧嘴上咕哝着，但还是站起身来靠近基家斯西达。他用左手画完印记并敲了一下树干，然后看着浮现的视窗。

"嗯……有二十三万两千三百一十五。"

"好，记住这个数字哦。"

"不过啊，桐人，我觉得你挥不动那把剑哦。看你光是把剑举起来整个人就摇摇晃晃的了。"

"你看着吧。沉重的剑不是光靠力量就能挥动的，重心移动才是关键。"

虽然这已经是遥远的记忆，不过在旧SAO世界里，我一直根据自己的喜好寻找着沉重的剑。因为跟以出手次数来决定胜负的速度重视型武器相比，我更喜欢以全力一击来粉碎敌人的手感。随着等级上升与力量值增加，剑的体感重量也逐渐变轻，让我只能不断地更换更重的剑——而成为我最后搭档的一对爱剑，在入手时重量就跟这把蓝蔷薇剑差不了多少，更何况过去的我还能够办到左右手各拿一把重剑的惊人之举呢。

当然每个虚拟世界的系统根基有所不同，所以不能够把它们混为一谈，但至少运作身体的想象力应该是共通的才对。等尤吉欧离开树边，我便移动到深刻断面的左边并沉下腰，用光是拿着就让两条手臂快断掉的剑摆出下段架势。

我准备使出的当然不是什么连续技，只是相当简单的右中段水平斩而已。以SAO剑技名称来说就是"平面斩"，一招游戏开始时就能使用的超级基本技。

调整好呼吸后，我便把重心移往右脚并开始把剑往后拉，我的左脚立刻被剑的重量拉得浮了起来。虽然整个人好像要跌个四脚朝天，但我还是硬撑着把剑尖举到最高点，接着在右脚用力往地面一踢后将重心移往左半身，同时把脚、腰的旋转力从手臂传送到剑上，开始挥砍。

剑当然没有发光，而我的动作也没有自动加速，但我的身体已经完美地重现剑技的轨迹了。着地的左脚让地面微微震动，产生移动的巨大质量顺着惯性沿理想的轨道往前奔去——

但完美的剑技表演也就到此为止了。无法撑住重量的双腿从膝盖开始产生摇晃，让剑完全偏离目标砍倒了树皮上。

叽——！一阵直刺耳膜的声音响起，让头上各个树枝的小鸟飞起来往四面八方逃亡，但我根本看不见这些景象。因为我无法承受反作用力的手已经完全离开剑柄，整张脸也狼狈地扑进了苔藓里面。

"哇，所以我不是说了吗！"

尤吉欧急忙跑来帮助我站起身，而我只能拼命吐出塞在嘴里的绿苔。最先着地的脸部就不用说了，就连两手手腕、腰部以及两腿膝盖都痛得让人想要哇哇大叫。我跪在现场呻吟了一会儿之后，好不容易才挤出声音说：

"……这下不行了……状态一定是全红……"

尤吉欧当然听不懂旧SAO装备上要求力量值未满的武器时视窗所显示出来的状态，只是用更加担心的表情看着我。我只能急忙补上一句话：

"没有啦，那个……体力好像不太够。应该说，真的有人能装备这把重死人的剑吗……"

"所以我不是说过我们办不到了吗？一定要是获得剑士的天职……或是入选城镇卫兵队的人才有那种能力啦。"

我垂下肩膀，摸着右手腕回头看去。尤吉欧这时也随我一起往后看。

然后我们两个人便同时僵住了。

蓝色蔷薇剑那美丽的剑身，有一半已经砍进基家斯西达的树皮里，就这样停留在半空中。

"……不会吧……才一击就……"

尤吉欧摇摇晃晃地站起身来，沉默了好一阵子之后才以沙哑的声音低语。

他畏畏缩缩地伸出右手指尖，轻轻划过剑与树的接合部位。

"剑刃真的没有受损……而且还砍入基家斯西达深达两限左右……"

我忍受着全身的疼痛站起身子，一边拍着衣服上的脏污一边这么说：

"所以我说值得一试嘛。那把蓝蔷薇之剑比龙骨斧还……呃，攻击力比龙骨斧还要高。你再看一下基家斯西达的天命吧。"

"嗯嗯……"

尤吉欧点点头，再次画出印记并敲了一下树皮，接着便紧紧盯着弹出来的视窗看。

"……二十三万两千三百一十四。"

"什，什么！"

这次换成我吓了一大跳。

"才减少一而已吗？这一剑明明砍得那么深了……到底是怎么回事……果然还是得用斧头才行吗？"

"不对，不是那样。"

尤吉欧把双手环抱在胸前并摇了摇头。

"是砍的地方不对。如果不是砍中树皮而是砍中断面中心，天命应该会减少更多……的确，只要使用这把剑，或许能比使用龙骨斧还要快上许多……说不定能在我这一代就结束这份天职……不过——"

尤吉欧转过头来，面露难色的他轻轻咬着嘴唇。

"也得能熟练使用这把剑才行。才挥动一次就让身体痛成这样，而且还砍不中瞄准的地方，结果完成工作的速度反而会比用斧头还要慢吧。"

"虽然我不行，但尤吉欧说不定没问题啊？你的力气应该比我大，试着挥一下那把剑嘛。"

我毫不放弃地继续游说，尤吉欧虽然露出犹豫的表情，最后还是低声说了句"那就一次哦"并将身体转向大树。

他用两手握住砍入树干的蓝蔷薇剑剑柄，像在撬东西般移动着剑身。当剑刃好不容易才离开树干时，尤吉欧的上半身立刻开始摇晃起来，剑尖也随着沉重的声音插进地面。

"哇！果，果然还是太重了。我看真的没办法啦，桐人。"

"我都可以了，尤吉欧一定也没问题啦。要领和挥动斧头没什么两样，不过得比挥动斧头时多利用一些身体的重量，不能只靠臂力，要让全身的力量取得平衡。"

虽然不知道这样子说能不能准确地传达出窍门，但是尤吉欧毕竟拥有长年挥动斧头的经验，似乎马上就理解我无法完全表达的部分了。他纯朴的脸变得严肃，接着轻轻点了点头，然后沉下腰部举起沉重的剑。

他缓缓把剑向后拉，短暂蓄力之后便随着猛烈的呼气开始了极为快速的挥砍。他右脚脚尖直线往前跑，展现出的重心移

动技巧完美得让我大吃一惊。蓝色光芒在空中留下轨迹，剑尖也朝着深入的断面中心冲去。

——但是，最后一刻撑住全部质量的左脚还是稍微滑动了。往上挑的剑砍进V字形断面的上端，发出厚重的声音后停了下来。接着尤吉欧便和我相反地往后弹去，腰部撞上粗大的树根，发出了低沉的呻吟。

"呜咕……"

"喂喂，你不要紧吧？"

我急忙跑过去对他伸出右手，但身上的痛楚还是让我皱起了眉头。事到如今，我才意识到这个世界存在着痛觉。

在SAO或ALO等既存的VRMMO游戏里，角色受伤时脑部所产生的疼痛感全都被名为"疼痛缓和装置"的系统给拦截下来了。如果不这样做，就不可能进行血肉横飞的肉搏战直到HP只剩个位数了。

但是，这个世界似乎没有丝毫的娱乐性存在。虽然痛楚已经逐渐缓和下来，但我的手腕与肩膀到现在还是能感受到阵阵刺痛。光是扭伤与撞伤就已经这样了，要是被武器给砍成重伤，究竟会产生多么恐怖的痛苦呢？

看来今后若要在Under World里拿剑战斗，必须做好之前从来没有被要求过的觉悟。毕竟至今为止，我从未想象过被有重量的刀刃砍中肉体时会有什么样的痛楚。

尤吉欧只皱眉了三十秒钟便以轻快的动作站了起来，看来他应该比我还要耐痛才对。

"嗯——这办法行不通的，桐人。在击中目标之前，我的天命可就先耗掉不少啰。"

我们俩把视线移回树上，发现蓝蔷薇之剑以浅浅的角度命中断面上缘后就被弹了开来，现在已经深深插入树根附近的地面中了。

"我倒是觉得颇有发展性呢……"

虽然我依然不肯死心的这么表示，但尤吉欧脸上已经出现告诫小孩子般的表情，我也只好放弃挣扎并从苔藓上捡起白色皮革剑鞘。尤吉欧慎重地把拔出的蓝蔷薇之剑收回我支撑的剑鞘里，然后罩上皮革袋并重新绑好绳子，最后小心翼翼地将剑放在稍远处。

"呼"的一声喘了口气之后，尤吉欧才拿起靠在基家斯西达树干上的龙骨斧，然后叫道：

"呜哇，现在感觉这把斧头就跟羽毛一样轻呢——我们已经浪费了不少时间，看来下午得努力工作才行了。"

"嗯嗯……抱歉啰尤吉欧，要你配合我的突发奇想……"

我出声道歉，少年则露出只能用纯真一词来形容的笑容。

"没关系啦桐人，我也觉得很有趣啊。那么……换我先砍五十下啰。"

尤吉欧说完便很有节奏地挥起了斧头。我把视线从他背上移开，直接走到躺在地上的长剑旁，隔着皮袋用指尖轻抚剑鞘。

我的想法应该没有问题才对。只要使用这把剑，一定能砍倒基家斯西达。但尤吉欧说得也没错，它并不是随便乱挥就能够产生效果的东西。

既然有这样一把剑存在，那么这个世界里一定有人能够装备并自由地挥动它才对。我和尤吉欧只是还没达到能使用它的条件而已。

那么，那个条件究竟是什么呢？职业？等级？属性？到底要怎么做才能查出来呢……

"……"

想到这里时，我忍不住微微张开了嘴。因为自己的迟钝实在太令我惊讶了。

只要看看状态视窗不就知道了？昨天尤吉欧打开圆形面包的"窗口"时……还有我在教会房间里准备熄灭油灯时，都已经叫出过状态视窗了，而我竟然还会想不到这一点，脑袋真的是有点问题啊。

我急忙伸出左手，用指尖画出那个符号，稍微考虑了一下之后才敲了敲右手手背。结果正如我所期待的，有一个紫色矩形随着铃声浮现，我当然马上紧盯着画面看。

和面包的视窗有些不同，上面显示着好几排文字。我反射性地寻找退出键，但很可惜的是上面并没有这种东西。

首先，最上排写着"UNIT ID：NND7-6355"。虽然Unit ID这种称呼多少让人觉得毛骨悚然，但我只能让自己别去多想。接下来的英文和数字应该是存在于这个世界里的人类编号吧。

下面一排，则显示着基家斯西达也有的Durability，也就是尤吉欧所说的"天命"。上面的数值是"3280/3289"，一般来说左边的应该是现在值，右边的则是最大值。之所以会略微减少，可能是刚才随便乱挥重剑而跌倒造成的吧。我继续把视线往下方移动。

第二行上面显示着"Object Control Authority：38"，下面则是"System Control Authority：1"这样的文字。

而这就是上面所显示的所有资讯了，根本看不见任何RPG游戏所必需的经验值、等级与状态等数值。我咬紧嘴唇，沉吟了一会儿。

"嗯——物件控制权限……应该是这个吧……"

从字面意义上看，它的确像是与使用道具有所关联的数值，但38这个数字究竟算何种程度则是无从判断起。

我叹了口气并抬起头来，结果尤吉欧专心挥动斧头的背影马上出现在我面前。在看着他那不停跃动的身体时，我忽然想到某件事，于是我立刻消除自己的视窗，准备唤出躺在面前的蓝蔷薇之剑的情报。我松开皮革袋子的袋口，让剑柄稍微露出来，然后急忙画出印记并轻敲了它一下。

浮现出来的视窗上，除了有耐久值197700这种直逼基家斯西达的天命数值之外，也有我想知道的情报。耐久值下方所浮现的"Class 45 Object"，很有可能是跟刚才的控制权限相对应的数字。我的权限是38，确实尚未达到45。

消去剑的视窗后，我便把袋子绑了回去，接着当场躺了下来。我瞪着从基家斯西达的树枝缝隙间能看到的一小片蓝天，叹了口气。虽然得到了一些情报，不过也只是从数字上确认了我无法操控这把蓝蔷薇之剑的事实而已。虽说只要让权限上升到45应该就能解决问题，但我完全想不出升级的办法。

如果这个世界基本上是按照一般VRMMO的准则来运作的，倘若想要提升某种数值，就只能通过长时间的反复训练或者打倒怪物来赚取经验值，但我完全没有尝试前一种选项的时间与心情，至于后者……我根本还没在森林或原野里看过任何的怪物。这种"虽然得到了相当稀有的道具，但等级不够，无法装备"的状况，通常会增进玩家赚取经验值的动力，然而不知道提升等级的方法时便只会造成玩家的心理压力。

MMO游戏处于尚未有攻略网站存在的摸索状态时，才是最有意思的一段时间——我发誓，等我回到现实世界之后，再也不说这种自认为帅气的沉迷玩家发言了。就在我做出这种无谓的决定时，砍完五十下的尤吉欧已经擦着汗水朝我走了过来。

"怎么样啊，桐人？还挥得动斧头吗？"

"嗯嗯……已经不痛了。"

我举起双脚，利用往下压的反作用力站起身并伸出了右手。接过龙骨斧后，我发现它的重量跟蓝蔷薇之剑比起来确实只能说小巫见大巫。

只有祈祷挥动斧头的行为多少能让关键数值上升了。我一边这么想，一边用力将双手握住的斧头往后拉。

"呜啊啊……真舒服……"

当不习惯重劳动而疲惫不堪的身体整个浸到热水里时，我便忍不住说出这么一句话来。

卢利特教会的浴室，是在铺了素烧瓷砖的地板上埋进特大的铜制浴缸，然后在外壁的炉灶里燃烧木材让洗澡水变热。虽然中世纪欧洲应该不会有这样的浴室，但不管这是世界创造者的设计，还是内部时间经过几百年模拟后独自进化的结果，它都是个让我感谢万分的设施。

吃完晚餐后，首先是阿萨莉亚修女、赛鲁卡以及另外两名女孩子使用浴室，接着才轮到我和四名男孩子入浴。那几个吵死人的小鬼头一直到刚刚才终于离开浴室，但是装满巨大浴缸的洗澡水却没有半点污浊。我用双手捞起透明液体淋在自己脸上，然后再度发出"呼"的松弛声音。

目前，我被丢进这个世界已经差不多三十三个小时了。

由于不清楚我开始潜行之后的FLA倍率究竟为何，所以也无从判断现实世界里究竟过了多久。如果是等速——也就是完全和现实同步，而我又行踪不明，那么现在家人和亚丝娜应该十分担心吧。

一想到这里，便有一股"根本没时间悠闲地在这里泡澡，还不赶快寻找退出方法"的焦虑感涌上喉头。但另一方面，我也无法否认内心存在着一种欲望，让我想要继续探求这个世界的秘密。

我在保有桐谷和人的意识和记忆的状态下存在于这个世界，这应该只是一种突发状况才对。因为在这种状况下，我的任何行动都可能让模拟方向产生很大的偏差。而对于在这个世界进行模拟的人来说，绝对不会乐见这最少有三百年以上的壮大实验受到任何污染。

这也就表示，目前状况对我来说除了是个惊天动地的大危机之外，同时也是个千载难逢的好机会。RATH——这个规模不大、知名度也不高却拥有庞大资金的谜之新兴企业，究竟有何企图呢？若要查明真相，这是我最初也是最后的机会。

"等等……这会不会也是借口呢……"

我把嘴巴也浸到热水里，吐着泡泡咕哝道。

231

或许，我纯粹只是在被作为一名VRMMO玩家想要"攻略"这个"世界"的单纯欲望驱使罢了——只靠自己的知识与第六感行走于这个没有任何说明的世界，并且在此锻炼自己的剑术来打倒众多勇士，最后取得最强者的称号。就是这么愚蠢且幼稚的欲望。

虚拟世界里的实力，不过就是各项参数所显示出来的幻象，这点我在过去已经有了许多次的体验。像是二刀流最高级剑技被希兹克利夫破解时、在精灵王奥伯龙面前狼狈地倒在地上时、在死枪追击下只能到处逃窜时，我都曾经带着无限悔恨的心情告诉自己绝对不能犯下同样的错误。

尽管如此，内心深处依然有一把炙热的火焰不停煽动着我。这个世界究竟有多少个人能轻易拿起我无法自由挥舞的蓝蔷薇之剑呢？守护法律的整合骑士到底有多强？暗之国的黑暗骑士又如何？支配整个世界的公理教会又是由什么人来领导呢？

下意识挥动的右手指尖划过水面，飞起来的水滴碰到正面墙壁后发出细微的声音。

同一时间，通往脱衣处的门后方也有声音响起，这才让我从沉思当中回过神来。

"咦，还有人在里面吗？"

我发现是赛鲁卡之后急忙撑起身体。

"那，那个，是我——桐人。抱歉，我马上就起来。"

"不……不用了，你慢慢洗也没关系，只是离开的时候一定要把浴槽的栓子拔起来，然后把灯关掉。那么……我回房去了，晚安。"

她似乎打算马上离开，但我忽然想起一件事，因此隔着门叫住了她。

"啊……赛鲁卡。我有些事情想问你，晚上可以耽误你一点时间吗？"

候然停下脚步的女孩像是有些犹豫般沉默了一阵子，但她最后还是用几乎难以辨认的声音回答我：

"……如果只有一下下就可以。房里的孩子们都已经睡了，我会到你房间等。"

接着她便不等我回答，直接发出细微的脚步声离开了。我急忙站起身子，把浴缸底下的木栓拔开，关上灯，走到更衣处。由于不用毛巾水滴也会自动消失，所以我赶紧穿上居家服，穿过一片寂静的走廊爬上楼梯。

当我打开客房的门时，坐在床上晃着脚的赛鲁卡随即抬起了头。她的穿着和昨天晚上不同，一身朴素的木棉睡衣，棕色头发也绑成了辫子。

赛鲁卡面不改色地从旁边桌上拿起一个大玻璃杯，朝我递了过来。

"哦，谢谢你。"

我边道谢边接过杯子，然后在赛鲁卡旁边坐下，一口气喝光了冰凉的井水。水分直接流入干渴身体的爽快感，让我不由得低声叫了起来。

"啊——简直是天降甘霖。"

"甘霖？那是什么？"

感到惊讶的赛鲁卡微微歪着头这么问道。发现自己又讲出这个世界没有的名词后，我只能急忙解释：

"嗯……就是非常美味，喝下去就能让人觉得精神百倍的水……差不多是这样吧。"

"原来如此……就是像万灵药那样的水啰……"

"那，那是什么？"

"就是受到过教会修士大人祝福的圣水啦。虽然我没有见过，但听说只要喝下一小瓶就能够治愈伤口与疾病，甚至还能恢复减少的天命呢。"

"哦……"

既然有那种药，为什么还有那么多人因为传染病而丧生呢？我内心虽然这么想，但总觉得不应该直接问出口，于是保持沉默。不过至少可以知道，即使在公理教会这种有着神圣名字的组织统治下，这个世界也不像我当初所想的那么美好。

接下我喝完的空杯子后，赛鲁卡便马上催促我。

"如果有别的事要问就快一点。虽然洗完澡后就禁止前往男生房间的规定并不包括客房在内，不过要是让阿萨莉亚修女知道了，一定还是会被告诫一番的。"

"真……真是不好意思。那我简单问一下就好，嗯……我想问关于你姐姐的事。"

这时，白色睡衣底下的纤细肩膀立刻晃动了一下。

"……我才没有什么姐姐呢。"

"那是现在吧？尤吉欧都告诉我了。他说你有一个叫做爱丽丝的姐姐……"

我话还没说完，赛鲁卡便忽然抬起头来，而这也让我吓了一跳。

"尤吉欧他跟你说了爱丽丝姐姐的事情？说了多少？"

"啊……嗯嗯……像是爱丽丝也在这间教会里学过神圣术，还有她六年前被整合骑士带到央都去的事……"

"这样啊……"

赛鲁卡轻叹了口气并低下头来，接着小声地说：

"……原来尤吉欧并没有忘记爱丽丝姐姐的事情啊……"

"咦……"

"村子里的人……就连爸爸、妈妈和修女都绝对不会提起和爱丽丝姐姐有关的事情。她的房间也在好几年前就被彻底打扫干净了……就像爱丽丝姐姐打从一开始就不曾存在过一样……所以我才在想，大家是不是都忘记姐姐的事了呢……尤吉欧应该也……"

"尤吉欧不但没有忘，还很在意爱丽丝的事呢。如果……不是有天职，他可能马上就到央都去找寻爱丽丝了。"

听见我这么说，赛鲁卡又沉默了一会儿，最后才低声说出这么一句话来。

"是这样吗……那……尤吉欧脸上失去笑容，也都是因为爱丽丝姐姐啰？"

"尤吉欧……失去笑容？"

"嗯。姐姐还在村子里的时候，尤吉欧脸上总是挂着笑容，甚至可以说很难看到他不笑。不过当时我年纪还小，所以记得不是很清楚……但自从姐姐不在了之后，我似乎就再也没看见尤吉欧笑过了。而且不只是这样……安息日他不是窝在家里，就是一个人跑到森林里去……"

我边听边感到纳闷。尤吉欧的言行举止确实相当沉稳，但我并不认为他有压抑自己的感情。在往返森林的路上与休息时，他就经常笑着和我说话啊。

若他真的在赛鲁卡和其他村人面前不露出笑容，理由大概是——罪恶感吧？是因为害得人见人爱且备受期待将接下修女职位的爱丽丝被整合骑士抓走，而自己又没办法救她，因而导致的罪恶感？因为我不知道当时的事，也不是村子里的人，所以他在我面前才能够不再自责，是这样吗？

如果事情真是如此，那么尤吉欧的灵魂绝对不可能只是电脑程序，他一定和我一样有着真正的意识与灵魂……也就是摇光。而这整整六年的漫长时光里，他一定为了这件事深感苦恼，也因此而不断受到折磨。

一定得去央都才行，我再次有了强烈的念头。这不单只是为了我的目的，要是不把尤吉欧带出村子并找到爱丽丝让他们两人碰面，总觉得像有根刺卡在喉咙里一样。所以，无论如何都得先把那棵基家斯西达给砍倒才行……

"……喂，你在想什么？"

我被赛鲁卡的声音从沉思中拉了回来，于是抬头对她说：

"没什么……我只是在想，尤吉欧想必跟你所说的一样，直到现在还是很重视爱丽丝。"

我一说出内心的想法，赛鲁卡的脸似乎便有了些微的扭曲。她浓厚的眉毛与大眼睛都渗出了一抹寂寥感。

"说的……也对，果然没错……"

看见她垂下肩膀低语的模样，就连我这个异常迟钝的人也察觉到某种可能性。

"赛鲁卡你……喜欢尤吉欧吗？"

"什……才不是你想的那样呢！"

我原本以为对方会龇牙咧嘴地抗议，结果她只是羞红了脸并把头别到一边去而已。她就这样低下头去，随即用有些紧张的声音说道：

"……只是觉得很受不了而已……爸爸和妈妈虽然嘴上不说，但总是拿我和姐姐比较然后在那里叹气。其他大人也是一样，所以我才会离开家里住进教会来。但是……就连阿萨莉亚修女在教导我神圣术时，也会表现出'姐姐只要教一次就会'的态度。尤吉欧他虽然不是这种人……可是他在躲我，因为他只要一看见我就会想起姐姐。那根本……根本不是我的错啊！我明明连姐姐的脸都记不清楚了……"

看见单薄睡衣下的娇小背脊开始颤抖，老实说我心底也产生了动摇。这可能是因为，至今我脑袋里一直有某个部分认为这里只是虚拟世界，而赛鲁卡与其他居民就算不是程序，也只是类似的存在罢了。当我因为不知如何应对"有个十二岁的女孩在身边哭泣"这种事而整个人僵住时，赛鲁卡已经先用右手拭去眼角的泪并将水滴甩开了。

"……对不起，我一时失态了。"

"没……没关系，那个……想哭的时候还是哭出来比较好哟。"

虽然这句话连我自己都有点听不下去，但未受到二十一世纪日本各种媒体荼毒的赛鲁卡只是微微笑了一下，老实地点头回答：

"……嗯，你说的没错，我觉得舒服多了。不过我真的好久没在别人面前哭了。"

"这样啊，赛鲁卡真是坚强，我到了这种年纪还是常在别人面前哭得一把鼻涕一把眼泪的。"

我回想着自己在亚丝娜和直叶面前哭泣的各种情景并这么说，结果赛鲁卡马上瞪大了眼睛，看着我的脸说：

"咦……桐人的记忆已经恢复了吗？"

"啊……没，没有啦。没有恢复……只是有这种感觉……总，总之我的意思是，你就是你。绝对没办法成为另一个人……所以你只要做自己能力范围内的事就好了。"

虽然这也是从某处借来的台词，但赛鲁卡考虑了一阵子之后便再度点了点头。

"……你说得没错，或许……我一直没有胆子面对自己与姐姐的差距……"

看见她坚强地这么说，我一想到自己打算把尤吉欧带离这孩子身边，心里便涌起一股罪恶感。

当我正在烦恼时，从钟楼传出来的沉稳和弦就此降临在我俩的耳边。

"哎呀……都已经9点了，我也该回去了。对了……到头来桐人想问的究竟是什么？"

我回答歪着头的赛鲁卡说"不用了，这样就可以了"。

赛鲁卡"砰"的一声从床上跳下来，但她只朝着门口走上了几步便回过头看着我说：

"那个……桐人也听说整合骑士带走姐姐的理由了吗？"

"咦……嗯嗯。怎么了吗？"

"我不知道姐姐究竟为什么会被带走啊，爸爸他们又不肯告诉我……很久以前我问过尤吉欧，但他不愿意说。所以究竟是为什么呢？"

我虽然稍微犹豫了一下，不过一想起那个理由后便马上开口说道：

"嗯……好像是因为沿着河川往上游走并进到一个洞窟里，然后从那边穿越了尽头山脉，结果爱丽丝的手不小心碰到了暗之国的土地……"

"……这样啊……穿越了尽头山脉吗……"

赛鲁卡就像是在考虑什么事情一般，但她很快就轻轻点了点头。

"虽然明天是安息日，不过祈祷的时间还是跟平常一样，所以你一定要记得起床哟。我可不会再来叫你了。"

"我，我会努力的……"

赛鲁卡对我微微一笑，然后打开门走了出去。

我听着她逐渐远去的轻盈脚步声，同时把上半身倒向床上。原本是想多了解一下爱丽丝这个充满谜团的少女，但当时还只有五六岁的赛鲁卡果然没有什么相关记忆。

可以说，唯一的收获就是明白尤吉欧究竟有多么重视爱丽丝这名发小。

我闭上眼睛，试着想象出名叫爱丽丝的少女究竟长得是什

么模样。

　　脑海里当然无法浮现任何脸孔，不过眼睛深处似乎有一道金色光芒闪过。

　　隔天早上，我才知道自己究竟有多么粗心大意。

14

喀啷——我随着5点半的钟声睁开眼睛，想着"只要有决心，还是能办到的嘛"并干脆地下了床。

我打开东侧的窗户，伸个大大的懒腰，吸进一大口染上东方鱼肚白的冰冷空气。残留于后脑勺的睡意残渣，就在不断的深呼吸当中完全消失了。

竖起耳朵倾听，能发现走廊对面房里的孩子们似乎也开始起床了。决定先一步去洗脸的我随即迅速换起了衣服。

我的"初期装备"束腰短衣与木棉长裤，目前看起来没有明显的脏污，不过据尤吉欧所说，如果不时常清洗，衣服的天命减少速度便会加快。若是这样，那么我可能该想个办法弄些换洗的衣物了。今天就跟尤吉欧谈谈这些事情吧——我一边这么想一边从后门来到屋外，然后往水井走去。

我在木桶里装了一些水并倒进脸盆里，接着开始啪嚓啪嚓地将它们泼到脸上。这时，忽然有人从后方快速朝这里接近。认为可能是赛鲁卡的我挺起上半身，甩干手上的水并回过头去。

"啊……早安，修女。"

站在那里的，是已经穿着整齐修道服的阿萨莉亚修女。我急忙低下头之后，对方也向我点头示意并答了声"早安"。见她原本就相当严肃的嘴角闭得比平时还要紧，令我的内心感到有些恐慌。

"那个……修女，发生什么事了吗？"

我畏畏缩缩地问道。修女在稍微犹豫了一下之后，简短地回答道：

"——赛鲁卡不见了。"

"咦……"

"桐人先生，你有没有听说些什么呢？我看她似乎跟你颇为亲近……"

这难道是在怀疑我对赛鲁卡做了什么吗？一想到这里，我顿时有些不知所措，但马上又觉得应该不是这样的。这个世界有绝对无法违反的规范——禁忌目录，所以修女也不可能会想到诱拐少女这种大罪吧。也就是说，她认为赛鲁卡是凭自己的意志去了某处，而她纯粹就是想要问我知不知道赛鲁卡的去向而已。

"呃……她没有跟我提过什么呢……今天是安息日对吧？会不会是回家去了？"

我拼命运转刚刚清醒的脑袋这么说道，但修女马上就摇头否定了这种可能性。

"赛鲁卡来到教会的这两年里从没有回过家。就算真是这样，我也不相信她会一声不吭地抛下晨祷离开。即使——并没有禁止这么做的规则……"

"那……会不会是去买什么东西了？早餐的材料通常是怎么处理的呢？"

"昨天傍晚已经买好两天份的菜了。因为今天所有商店都休息。"

"哦哦……原来如此。"

这下子我贫乏的想象力再也挤不出任何点子来了。

"……想必有什么要紧的事吧？我想她马上就会回来了。"

"如果是这样就好……"

阿萨莉亚修女似乎还是很担心地皱着眉头，但她不久后就叹了口气说：

"那么，我就等到午餐时间为止吧，如果那时候她还没回来，我就去跟村政府的人商量看看该怎么办。抱歉打扰你了，我还得去准备晨祷。"

"别客气……我也帮忙在附近找找看好了。"

修女点了点头便转身走向教会。我目送她的身影离去，并且将脸盆里的水倒掉，胸口却有了些许不安。昨天晚上和赛鲁卡的对话中，似乎有件事情让我有点牵挂。但我无论如何就是想不起来到底是什么。难道赛鲁卡失踪跟我说的话有关？

于是，我便在不祥的预感下完成了晨祷。接下来的早餐时间也在小孩子不断询问赛鲁卡下落的情况下结束了，然而少女依旧没有回来。我帮忙整理完餐桌后，朝着教会门口走去。

虽然没和尤吉欧约好，但8点的钟声一响，我便看见了一头从北边街道进入广场的亚麻色头发，于是放下心来跑了过去。

"嗨，桐人，早啊。"

"早安，尤吉欧。"

尤吉欧用跟昨天没有两样的表情对我微微一笑，而我也简短地跟他打了声招呼，然后马上接着说道：

"尤吉欧，你今天一整天都是休假对吧？"

"嗯，对啊。所以我才想来带桐人到村子里四处走走。"

"虽然我也想到处逛逛，不过在那之前有件事想请你帮忙。赛鲁卡一大早就不见了……所以我想去找找看……"

"咦咦？"

尤吉欧瞪大了绿色眼睛，然后担心地皱起眉头。

"她没跟阿萨莉亚修女说一声就离开了教会？"

"好像是这样，修女也说还是第一次发生这种事。我说啊，你知不知道她可能去了哪里呢？"

"你忽然这么问，我也……"

"我昨天晚上和赛鲁卡谈了一些爱丽丝的事情。所以，我在想她会不会去了和爱丽丝有共同回忆的地方……"

当我说到这里时，除了终于发现到自己为什么会如此不安外，同时也为自己的迟钝感到懊恼不已。

"啊……"

"桐人，你怎么了？"

"难道说……尤吉欧，以前赛鲁卡问你爱丽丝被整合骑士带走的理由的时候，你没告诉她对吧？为什么？"

尤吉欧眨了几下眼睛，这才缓缓点了点头。

"嗯……确实有过这么回事。至于为什么不告诉她嘛……其实也没有什么特别的理由……可能只是多少有些不安吧。因为，赛鲁卡很可能会追随爱丽丝的脚步跑到那里去……"

"没错！"

我低头发出呻吟。

"我昨天把爱丽丝碰到暗之国土地的事情告诉赛鲁卡了……我想她一定是跑到尽头山脉去了！"

"咦咦！"

尤吉欧的脸色瞬间变得十分苍白。

"这下糟了，我们得在村里的人发现之前追上去，把她带回来！赛鲁卡大概是几点出发的？"

"不晓得，我5点半起床时好像就已经不在了……"

"现在这个季节，大概要5点左右才会开始天亮，再早一点根本没办法在森林里行走。这样看来，她应该是在三个小时前出发的……"

尤吉欧往天空瞄了一眼后又继续说：

"我和爱丽丝到洞窟去的时候，以小孩子的脚程也只花了大约五个小时。我想赛鲁卡已经走了一半以上，就算我们马上追过去，也不知道能不能赶上她……"

"那我们快点走吧。"

我一这么催促，尤吉欧立刻点了点头。

"没时间做什么准备了。幸好我们会一直沿着河川走，所以水分补充绝对没有问题。好……往这边走。"

于是，我和尤吉欧便在不引起村民们怀疑的最快速度下朝着北方前进。

当商店越来越少，周围也没有其他人时，我们俩便飞快地冲过石板下坡。大概五分钟后，我们已来到横跨水渠的桥边，趁着值勤室里的侍卫不注意时赶紧来到村外。

和到处都是宽广麦田的南侧不同，村北是一片深邃的森林。灌溉水渠在构成卢利特村的山丘外绕了一圈，之后便连接到我们眼前这条南北贯穿森林的河川，而它的岸边已经成了一条长满短草的小路。

尤吉欧踏上这条沿着河流前进的小路，往前走了十步左右后停了下来。他用左手制止我往前走并蹲下，接着用右手碰了一下稍长的一团杂草。

"这里……有被踏过的痕迹。"

他低声说完，随即画出印记叫出草的"窗口"。

"天命稍微减少了一些。要是大人踩上去应该会减少更多，所以不久前一定有小孩经过这里。我们快点赶路吧。"

"嗯嗯……走吧。"

我点了点头，追随快步向前走的尤吉欧而去。

不管前进了多久，右河川左森林这样的景色还是完全没有改变，顶多就是途中经过一个大池子和有些崎岖的路段而已。这让我不禁怀疑是不是踏进了RPG里常会出现的"回圈地带"陷阱里了。由于早已听不见村子钟楼传出来的报时声，得知时间的手段只剩观察慢慢往上升的太阳而已。

我和尤吉欧以半走半跑的速度不断往上游前进。如果是在现实世界里，我只要像这样运动个三十分钟左右就会气喘吁吁了。幸好这个世界的男性平均体力似乎相当不错，所以目前我不但不会感到疲惫，反而还因为适度的运动而感觉相当舒服。虽然我向尤吉欧提议是否要稍微加快速度，但他表示再走快一点的话会让天命不断减少，到时候若不经过长时间休息将无法继续往前进。

即使我们已经在这种接近极限的速度下走了两个小时，还是没办法在前方道路上看见少女的踪影。其实从时间上来看，赛鲁卡差不多已经要到达洞窟了。不安与焦躁伴随着一股汗味在我嘴里扩散开来。

"尤吉欧啊……"

我在调整呼吸的同时对着尤吉欧搭话，走在右前方的尤吉欧便回过头来瞄了我一眼。

"什么事？"

"为了保险起见，我还是想先问你一下……如果赛鲁卡真的进入了暗之国，会当场被整合骑士抓走吗？"

尤吉欧的目光不断游移，似乎是在搜寻自己的记忆，但他马上就说出否定的答案。

"不……整合骑士应该明天早上才会飞到村子来。六年前就是那样。"

"这样啊……那么，即使真的发生最糟糕的情况，我们也还有解救赛鲁卡的机会。"

"……你在想什么啊，桐人？"

"很简单啊。只要在今天之内带着赛鲁卡离开村子，说不定就能逃离整合骑士的追捕了。"

"……"

尤吉欧把脸转了回去，沉默一会儿之后才低声说着：

"这种事情……根本不可能办到，何况还有天职……"

"我可没说要尤吉欧和我一起逃走哟。"

我故意用挑衅的语气说道。

"我会带着赛鲁卡逃走。因为是我不小心说漏嘴的，所以必须负起责任。"

"桐人……"

看见尤吉欧侧脸浮现受伤的表情，我的内心也感觉到了一阵刺痛。然而，我这么做只是为了让他那顽固的"守法精神"产生动摇。虽然这么做好像是在利用赛鲁卡的危机，让我感到不太舒服，但也该弄清楚一件重要的事了——对生活在这个世界里的人来说，禁忌目录究竟只是单纯的伦理规范，还是绝对无法违反的强制规则。

几秒钟之后，尤吉欧便缓缓摇了摇头。

"不行啦……那行不通的，桐人。赛鲁卡她也有自己的天职啊，就算知道骑士会来逮捕她，她也绝不可能和你一起离开。而且，我想事情应该不会这么糟糕才对，因为赛鲁卡她绝对不敢犯下'踏入暗之国'这么重大的禁忌。"

"但是，爱丽丝就那么做了。"

我简短地提出反证后，尤吉欧咬紧嘴唇，再度表现出更加强烈的否定态度。

"爱丽丝她……她是特别的存在啊。她和村里的每个人都不一样，当然也和我……以及赛鲁卡不同。"

说到这里，他便像是不想再继续这个话题般，稍微加快了跑步速度。我在从后追赶的同时，也于心里对那名只知道名字的少女低语。

——爱丽丝……你到底是何方神圣？

看样子，对于包括尤吉欧与赛鲁卡在内的居民来说，禁忌目录果然不是能够随自己意志去违反的存在，就像现实世界里的人类无法打破物理定律在空中飞行一样。这个结果，也可以印证我"他们虽然拥有真正的摇光，却又不是真正的人类"的考察并没有错误。

然而，如果是这样的话，那违反重大禁忌……应该说能够违反重大禁忌的少女爱丽丝，又是什么样的存在呢？是和我一样利用STL潜行到这个世界的测试玩家吗，还是说——

我的两条腿不停地自动往前迈进，脑子则拼命整理着思绪的碎片，此时尤吉欧打破了沉默。

"看得见啰，桐人。"

吓了一跳的我马上抬起头来。确实我们的前方已经不再是森林，可以看见更远处有一整排相连的灰白色岩石。

我们两人并肩冲过最后几百米，在脚底下的草地转变成沙粒处停了下来。呼吸变得稍微有点急促的我，只能默默抬头看着出现在眼前的光景。

这也太虚拟世界了吧——眼前两个壁垒分明的区域实在会让人忍不住想这么吐槽。从苍郁的树林边缘经过些微缓冲地带后，忽然就有一座近乎垂直的岩山矗立在那里。更惊人的是，岩山从手能碰得到的高度开始就覆盖于薄薄白雪之下，不知高达几千米的山顶附近更是发出了纯白亮光。

雪山由我所在之处从左至右一直延伸到视线所能看得见的距离为止，似乎将世界完美地分成了"这边"以及"那边"。如果这个世界有设计师存在，我实在很想跟他抱怨一下——这种划分界线的方式太过粗糙了。

"这就是……尽头山脉吗？而这个的后面就是暗之国？"

我在难以置信的状态下如此嘟囔，尤吉欧马上就点了点头。

"我第一次来到这里的时候也吓了一大跳，因为想不到世界的尽头……"

"……居然会这么近。"

我叹着气接下去讲完后半句话，随即下意识地产生了疑问。这条没有任何阻碍与分岔的小路加上区区两个半小时就能够到达的距离，简直就像——故意要让居民靠近禁忌之地，或是反过来让暗之国的居民入侵……

这时尤吉欧以催促的口气对茫然的我说：

"快点走吧，我们和赛鲁卡的距离应该已经缩短到三十分钟以内了。如果找到她之后马上回头，应该就能在天还没暗之前回到村子里。"

"嗯嗯……说的也是。"

我朝他所指的方向看去，发现我们一路溯源而上的小河，看起来就像被忽然出现在岩石上的洞窟给吸进去了一样——虽然它应该是从那里流出来的才对。

"就是那里吗……"

我们小跑着往那边靠了过去。洞窟的高度与宽度都相当大，而湍急的小河左侧则有一块能让两人并肩走在一起的岩石平台。洞窟深处一片黑暗，而且不时有刺骨寒风从里头吹出。

"喂，尤吉欧……没有光线怎么办？"

完全忘记携带探索洞窟必备道具的我急忙这么问道，结果尤吉欧随即露出"交给我吧"的表情点了点头，然后举起一根不知道什么时候捡来的草穗。当我正纳闷着那根小草能做什么而呆呆观望时，他已用认真的表情开口这么念道：

"System call！Little small rod！"

"System call"？就在我为此惊讶不已之际——

尤吉欧手里的草穗前端已经发出了蓝白色光芒。接着，他便把足以照亮前方数米的光源举在前面，迅速地往洞窟里走去。

依然十分惊讶的我从后面追了上去，追到他身边问：

"尤，尤吉欧……刚才那是？"

尤吉欧虽然还是皱着眉头，嘴角处却闪过了一丝有些得意的微笑。他回答：

"是神圣术啦，不过这很简单，我前年决定要来拿'蓝蔷薇之剑'时拼命练习才学会的。"

"神圣术……你知道什么'System''Little'的意思吗？"

"意思……没这回事吧，它只是一种仪式，是向神明请求降下神迹的咒语而已啊。高级神圣术的咒语要比刚才的长上好几倍呢。"

原来如此，对他们来说那并非语言，只是一种咒语而已？我在内心暗暗点着头。不过这咒语也太现实了吧，我看这个世界的设计者八成是个很现实的人呢。

"那……我也能施法吗？"

即使在这种状况下，我还是有些兴奋地这么问道，但尤吉欧却用有些不确定的口气回答：

"我每天趁着工作的空当练习，持续了两个月左右才学会这个神圣术。爱丽丝她也曾说过，有天分的人一天就学会了，相对地，没天分的人就算花上一辈子的时间也学不会。我不知道桐人的天分如何，但应该没办法马上能使用才对……"

换言之，要使用魔法……不对，这里叫神圣术，就必须经过反复练习来提升熟练度吗？看来这确实不是一朝一夕就可以学会的技能。于是我暂时放弃这个念头，专心凝视前方的黑暗。

潮湿的灰色岩石表面不断地左弯右拐地往前延伸，虽说身边有个伙伴，但在刺骨寒风吹袭下，手边没有任何防身之物多少会让人感到有些不安。

"我说啊……赛鲁卡真的会走进这么深的地方来吗……"

我不由得这么咕哝，而尤吉欧只是默默将光源照向脚边。

"啊……"

在蓝白色光圈照耀下，结了冰的浅水洼随即浮现。它的中央已经被人踏破，裂痕往四面八方扩散开来。

我试着站到上面去，冰块便在发出啪叽的声音后龟裂得更大了。也就是说，之前有体重比我轻的人踩过这里。

"原来如此……看来没错。真是的……那小妮子真不知该说她是大胆还是不知死活呢……"

我忍不住这么抱怨，结果尤吉欧却一副觉得不可思议的样子歪着头说：

"其实也没什么好害怕的啊。因为这座洞窟里早就没有白龙了，连老鼠和蝙蝠都没一只呢。"

"说，说的也是哦……"

我再度对自己说，这个世界里就算有动物也没有会发动攻击的怪物存在，至少尽头山脉的这一边就跟VRMMO里的圈内没有两样。

我原要放松不知不觉间绷紧的背部，但就在这个时候——

有种奇怪声音伴着从前方黑暗处吹过来的风传进耳里，使得我和尤吉欧忍不住面面相觑。那种"叽叽"的声音，听起来就像某种鸟类或者是野兽的鸣叫声。

"喂……刚才那是什么声音？"

"……不晓得……我也是第一次听见那种声音。啊……"

"这，这次又怎么啦？"

"桐人，你有没有……闻到什么味道？"

听见他这么问，我便对着吹过的风深深吸了口气。

"啊……好像有烧焦的味道……还有……"

感觉稍微有点野生动物的腥味掺杂在树脂烧焦的味道里，而这同时也让我皱起了眉，因为那实在不是能让人安心的味道。

"这到底是怎么……"

当我说到这里时，忽然又有新的声音响起，我立刻倒抽了一口气。

一道拖着长长尾音的"呀"声，无疑是来自于某个女孩子的惨叫。

"糟糕！"

"赛鲁卡！"

我和尤吉欧同时大叫，然后在难以施力的冰冻岩石上全力奔跑了起来。

自从被丢到这个世界以来，最大的危机感——甚至比不知道身处何方时还要严重——像一股冰流般在体内逡巡，让我的手脚开始有点麻痹。

这个"Under World"果然不是完全的乐园——薄薄一层和平底下，包覆着漆黑的恶意，如果不是这样就无法说明这一切。这个世界恐怕是个夹住所有居民的巨大老虎钳，某人花费了数百年的时间，慢慢、慢慢地用力将老虎钳往内夹紧，就为了想要观察居民们是会团结起来抵抗，还是束手无策地被夹扁。

卢利特村应该是最接近老虎钳钳口的地点之一吧。随着"最后一刻"慢慢接近，村中居民遭到夹扁而消失的灵魂也慢慢开始增加了。

但是，我绝对不允许它选择赛鲁卡当第一个牺牲者。因为让她来到这座洞窟的人是我，既然已经干涉到别人的命运，那么我就该负起责任，把她平安带回村子里去……

我和尤吉欧就靠着草穗发出来的微弱光线全力向前冲。呼吸越来越紊乱，每当为了吸进空气而喘息时胸口便会感到一阵剧痛，脚底多次打滑而撞上地面的膝盖与手腕也不停产生刺痛感。虽然不难想象自己的"天命"正在持续减少，但我们也不可能因此放缓奔跑的速度。

随着我们越往前进，木头燃烧的焦味与酸臭的野兽腥味也越发浓厚，同时还不断有喀嚓喀嚓的金属声混杂在野兽叫声中传进我们耳里。虽然不知前方到底有什么在等着我们，但很容易就能够判断出那绝对不是什么友善的存在。

既然现在腰间连把小刀都没有，那我们就必须先订好计划再谨慎地前进——我虽以玩家的身份这么对自己咕哝，现在不能再犹豫下去的心情却更为强烈。更何况，不管我说些什么，带着凝重表情拼命往前冲的尤吉欧都不可能停下脚步。

忽然，前方的岩壁上出现了摇晃的橙色光线。从反射的情况来判断，里面应该是一个半球形的宽广空间。这时我的皮肤

已经能明确地察觉敌人的存在感，而且敌人不止一个——他们为数众多。我一心祈祷赛鲁卡能平安无事，然后几乎和尤吉欧同时冲进半球状空间里。

看清一切，然后做出最适当的行动——而且越快越好。

我遵从这个深深刻在脑海里的准则，死命瞪大自己的眼睛，然后像广角照相机一般撷取下眼前的画面。

这个几乎是正圆形的半球体，直径大约有五十米吧。地面虽然覆盖着厚厚的冰块，中央部分却有相当大的裂缝，露出了底下的蓝黑色水面。

橙色光源是立于水池周围的两堆柴火，黑色铁笼里的木柴正烧得劈啪作响。

再来就是围在两团火焰四周的家伙。他们三三两两地坐在一起，看起来虽然是人形，但很明显不是人类也不是野兽。总数看起来超过三十。

每个人……或许该说每一只的身材都不怎么高大，站起身来的家伙头部大概只到我的胸口。但他们有些驼背的身躯却都相当粗壮，特别长的手臂与带着尖锐爪子的手掌看起来能撕裂所有物体。那些家伙身上都穿着闪亮的皮革制铠甲，腰部周围除了挂着许多毛皮、某种动物的骨头与小袋子等物品外，还有看起来虽然粗糙，却感觉得出颇有威力的铁铸蛮刀。

这些家伙的皮肤是暗沉的灰绿色，上面还长着稀疏的硬毛。每一只头部都光溜溜的没有任何毛发，集中在尖锐耳朵周围的长毛看起来就像铁线一样。他们没有眉毛，凸出的额头下方挂着异常巨大的眼睛，放出暗浊的黄色光芒。

我只能说这是种非常诡异——但我长年来已经见怪不怪的模样。

254

他们正是在我熟悉的RPG里几乎都会登场的低级怪物"哥布林"。在了解整个事态之后，我也得以稍微放松了肩膀的力道。哥布林通常都是让新手玩家练习兼赚取经验值用的怪物，所以能力值大多设定得相当低。

但是，这份安心感在离我和尤吉欧最近的一只哥布林发现了我们，并把视线移到我们身上后便消失了。

发现那家伙浮现在黄色眼珠里的感情之后，便有一股寒意直接透进我的骨髓中。他的眼神里先是露出些许疑惑与惊讶，但马上就转变成了残忍的欣喜与无限的饥渴。眼前浓烈的恶意，让我觉得自己像挂在大蜘蛛网上的飞虫一般完全无法动弹。

这些家伙也不是程序。

我在压倒性的恐惧当中，清楚地意识到这一点。

这些哥布林也拥有真正的灵魂。他们的智能，来自于某种程度上和我以及尤吉欧完全相同的摇光。

但究竟——为什么会有这种事呢？

我被丢到这个世界后的两天里，大约已经推测出尤吉欧与赛鲁卡等居民是什么样的存在了。他们应该不是出自真正的人脑，而是保存在某种人造媒介里，换言之就是"人工摇光"。虽然我想不出什么样的媒介能够保存人的灵魂，但如果STL能够读取灵魂，那么要复制应该也不是什么难事才对。

虽然这样的推测相当恐怖，但我认为，复制对象应该是刚出生的婴儿。RATH复制了无数的"灵魂的原型"，然后让他们在这个世界里从一个婴儿开始成长。除此之外，我就想不出任何能够说明Under World居民们"拥有真正的智能""数量远超过STL实际存在的台数"等矛盾状况的假设了。第一天晚上，让我觉得RATH正在挑战神明的恐怖目的便是——创造真正的AI，

也就是"人工智慧"。而且还是拿人类的灵魂来做原型。

而这个目标他们已经达成了将近九成。尤吉欧甚至比我还要深思熟虑，而且表现出了许多复杂的情感。也就是说，RATH这场壮大且傲慢的实验应该已经可以结束了。

实验之所以到现在还在持续，大概是RATH对目前的成果仍然有不满意之处吧。虽然只能经由自己的想象来推测究竟是什么地方不足，但我认为这点应该和尤吉欧等人无法打破"禁忌目录"这个基本规则有关。

总而言之，这项假设几乎可以完美解释尤吉欧等人的存在。他们跟我的差异，仅止于物理层面的存在次元不同而已，就灵魂本质而言，几乎可以说跟我一样都是"人类"。

但是——如果是这样，那这些哥布林又是什么东西呢？从他们黄色眼球里放射出来的强烈恶意又是怎么回事？

我实在没办法，也不愿相信他们的灵魂原型也来自于人类。难道说，RATH在现实世界里也抓到了真正的哥布林，然后让STL读取他们的灵魂吗——我的脑袋里甚至已经开始闪过这种荒诞不经的念头了。

虽然和哥布林视线相交的时间根本不到一秒钟，但已经足够让人战栗不安了。当我正感到束手无策而只能僵立当场时，一只哥布林忽然发出了一道"叽"的声音——这或许是他们的笑声——然后站了起来。

接着，他开口说话了。

"喂，你们看！今天不知道是怎么回事——竟然又有两只白伊武姆的小鬼闯进来啦！"

下一秒钟，半球形空间里马上充满了叽叽叽的叫声。附近的哥布林先后拿起蛮刀，以饥渴的视线望着我们。

"怎么办，这两个家伙也要抓起来吗——？"

一开始的哥布林这么叫完后，深处立刻传出"唬"一声大吼，而这也让所有哥布林的笑声都停了下来。怪物群随即往左右分开，从中走出一只看似是指挥官的巨大哥布林。

只有这个家伙身上装备着金属鳞甲，头盔上还插着原色的装饰羽毛。下方泛红的双眼，迸发出光靠视线就让人差点昏眩的压倒性邪恶以及冷酷如冰的智慧。哥布林队长嘴角一歪，露出黄色杂乱的牙齿，以沙哑的声音说：

"男伊武姆就算抓回去也卖不掉。太麻烦了，直接在这里宰了他们做成肉块吧。"

杀掉。

我瞬间不知道该怎么判断这个名词究竟代表什么意义。

我想应该可以排除真实的死亡，也就是我现实世界身体遭受致命伤害的可能性才对。因为这些哥布林不可能加害我现实世界处于STL中的肉体。

但是，也不能像一般VRMMO一样，只把死亡看作一种异常状态。在这个世界里，除了公理教会的中枢部门之外，是不存在复活魔法与道具的。要是在这里被这些家伙杀害，那么"桐人"的游戏就会在此结束。

那么，如果真的死亡，我的主体意识究竟何去何从？

是会在RATH的六本木分公司里醒过来，然后操纵员比嘉健对我说声"辛苦啦"并递上饮料？还是在某座森林里苏醒后重来一次？又或者是成为没有肉体的幽灵，只能在旁边看着这个世界的结局？

我拥有自己的脑这个"专用保存媒介"，但他们这些存放在某种大容量记忆装置内的摇光就不一样了，一旦死亡，会不

会就这样被完全删除呢?

对了……赛鲁卡,她又在什么地方?

我停止思考,把意识移到眼前的景象上。

四名手下遵从队长的指示,拿着手里的蛮刀往我们这边走来。无论是缓慢的步调还是露出牙齿的残虐笑容,都显示出他们是真心想要屠杀我们。

留在池子附近的二十几只哥布林,也兴奋地开始发出叽叽的起哄声,而我终于在最深处发现正在寻找的人。由于四周相当黑暗所以很难看见穿着黑色修道服的赛鲁卡,但我还是发现她躺在简陋的推车上。虽然身体被粗大草绳绑住而且还闭着眼睛,但从脸色来判断,她应该只是昏过去了而已。

回想起来,刚才哥布林队长确实曾这么说过,男"伊武姆"(应该是指人类)就算抓回去也很难卖,所以要手下当场把我们杀掉。

反过来说,这也就表示女性卖得出去,他们准备把赛鲁卡绑回暗之国当成商品卖掉。要是不想点办法反抗,我和尤吉欧应该会被他们杀害吧。但是等待着赛鲁卡的,却是比死亡更加残酷的命运。我实在无法把它当成只是模拟的一部分,绝对没有办法。因为她和我一样是人类——而且是个只有十二岁的女孩子。

既然如此,那我们要做的——

"就只有一件事了!"

我轻声说道。身边和我一样整个人僵住的尤吉欧也猛地抖了一下。

无论如何都要救出赛鲁卡,即使要牺牲我这条虚拟的性命也在所不惜。

不过，事情当然没有那么容易。因为我们和敌人的战力实在相差太大了，面对拥有蛮刀与铠甲等武装的三十只哥布林，我们身上却连一根木棍都没有。但这也是因为我的不小心，才会让陷入即使如此还是得奋力一搏的状况。

"尤吉欧……"

我依然看着前方，接着快速这么说道。

"听好了，我们要救出赛鲁卡。你还能动吧？"

我马上就听见了"嗯"的回答。果然就如同我观察的一样，他有着相当沉稳的个性与坚强的心灵。

"等我数到三，就一起用身体撞开眼前的四只哥布林。因为身材有段差距，所以只要我们不害怕就一定能成功。然后我往左你往右，分别把火堆踢进池子里去。注意千万别把发光的草弄丢了。火一熄灭，你就从地上捡起剑守住我背后。不用勉强打倒他们也没关系，而我就趁此时收拾那个最大的家伙。"

"……我从来没挥过剑啊！"

"跟挥斧头一样啦。要冲啰……一，二，三！"

虽然是在冰上，但我和尤吉欧还是毫不打滑地往前冲了出去。我在心里祈祷好运能持续到最后，同时从腹部迸出怒吼。

"呜哦哦哦哦哦哦！"

迟了一拍之后，尤吉欧也随我发出了"哇啊啊啊"的叫声。虽然听起来有点像哀号，但已经充分发挥出效果了，四只哥布林都瞪大了黄绿色的眼睛，愣在那里。当然，他们会这样子可能不是因为那道声音，而是这两个"伊武姆小鬼"舍身攻击让他们吓了一跳的缘故。

我在刚好跑到第十步时沉下身子，右肩全力朝着左边那两只哥布林当中的空隙撞了过去。可能是突袭与体格差异所造成

的加分效果吧，两只哥布林当场被我撞翻，在冰上不停挥动手脚往后滑去。我稍微瞄了一下旁边，发现尤吉欧的冲撞也顺利成功了，另外两只哥布林就像四脚朝天的乌龟般往后远去。

我们丝毫没有停下脚步，而是以更快的速度朝着哥布林圆阵狂冲。幸好他们随机应变的能力似乎不是很好，包含队长在内的所有哥布林到现在都还没站起身，只是呆呆地望着我们。

对，给我呆呆坐在那里吧。我咒骂般地祈祷着，穿越哥布林之间的缝隙跑完最后几米。

哥布林队长不愧是队长。智能高于众手下的他，便在此时用充满怒气的声音大吼：

"别让那两个家伙靠近火源——"

但他终究是迟了一步。我和尤吉欧一冲到火堆旁边，马上就将它朝着水面踢去。两团火球撒落着大量火花沉进黑水里消失得无影无踪，只留下"啪咻"的声音与白色的水蒸气。

半球空间当场完全笼罩在黑暗中——但紧接着就有一道微弱的蓝白光芒悄悄击退了黑暗。那是尤吉欧左手草穗所发出来的光芒。

这时，第二个侥幸降临到了我们身上。

周围的大量哥布林全都开始尖声惨叫，有的遮住自己的脸，有的朝后蹲下身子。仔细一看，就连池子后方的哥布林队长也挺着上半身用左手盖住眼睛。

"桐人……这是？"

听见尤吉欧惊讶的低语声后，我简短地回答：

"这些家伙……可能害怕这种光线吧。现在正是我们的好机会！"

大量武器随随便便地丢在池子周围，我从中捡起一柄宛如巨大铁板的粗糙直剑与一把前端十分宽大的弯刀，然后把刀塞进尤吉欧手里。

"这把刀的用法应该和斧头差不多。听好了，用草的光芒牵制他们，只要把靠近的家伙赶走就可以了。"

"桐……桐人呢？"

"我要打倒那个家伙。"

简短回答完之后，我便朝从手指缝隙中以愤怒眼神瞪着我们的哥布林队长跨出一步，然后试着迅速左右摇晃双手握住的直剑。它和外表不同，给人一种略轻的手感，但总比蓝蔷薇之剑那样重到无法挥动要好多了。

"喂喂——！两只伊武姆小鬼……你们难道想和我这个'蜥蜴杀手屋卡奇'大人交手吗——！"

队长用单眼瞪着缓缓靠近的我这么大吼，同时右手也从腰间拔出巨大蛮刀。漆黑的刀身上似乎黏着铁锈或者是血迹，散发出一种异样的压迫感。

我赢得了他吗——？

与这名身高差不多但体重与肌肉量远优于我的敌人对峙，让我瞬间感到有些胆怯，但我马上就咬紧牙关继续前进。要是不在这里打倒这个家伙并且救出赛鲁卡，我到这个世界来就等于只是为了给那孩子带来不幸。身材差距根本不是问题，在旧艾恩葛朗特里，我已经跟无数比我大出三倍以上的怪物对战过了，而且还是在一旦落败就会真正死亡的条件之下。

"你错了！不是要跟你交手——是要干掉你！"

这句话一半是说给队长听，而另一半则是说给我自己听的。喊完之后，我便一口气冲过最后一段距离。

我左脚用力一踩，剑也随之从敌人左肩往下砍落。

虽然我自认没有轻敌，但哥布林队长的反应比想象中来得要快，就这么无视我的剑直接横向挥动蛮刀。我在千钧一发之际弯腰躲过攻击，但似乎还是有几根头发被扫过，头皮马上有一阵被拉扯的感觉。我的剑虽然砍中了他，但似乎只能够粉碎他金属制的护肩而已。

要是停止攻势就会被对方以蛮力压制，有了这种预感的我，立刻保持低姿势穿过敌人身边，然后朝他整个放空的侧腹使出一记水平斩。这次虽然确实命中的手感，但还是没能贯穿他身上的粗糙鳞甲，只能弹飞上面的五六块板金而已。

拜托磨一下剑好吗！我暗暗咒骂着剑的主人，然后再万分惊险地躲过从天而降的反击。看见蛮刀厚重的刀尖整个刺入结冰地板，也让我再度对哥布林的战斗力感到恐惧。

只靠这样的单发攻击是没办法决出胜负的。我做出这种判断，为了能在哥布林队长从僵硬状态回复过来之前作出反击，用力往下踩了一脚。我的身体已进入半自动状态，试着要重现过去在另一个世界里重复过无数次的动作，也就是名为"剑技"的必杀技巧。

这个瞬间，完全出乎我预料的现象发生了。

我的剑竟然散发出极度微弱的红色光芒，同时身体也以超乎这个世界物理定律的速度挥出手中剑，感觉就像某个人用隐形的手推着我的背部一样。

从右下方低处往上斩的第一击砍过敌人左脚，让对方停了下来。

由左往右扫的第二击切开了敌人的胸甲，并浅浅划过底下的肌肉。

从右上迅速砍下来的第三击，将敌人为了防御而举起的左

臂由手肘略下方的位置整个砍断。

由切断面迸射出的鲜血，在蓝白色的光芒中看起来一片漆黑。哥布林被砍飞的左手回转着掉进左侧池子里，发出了噗通的落水声。

——赢了！

就在我如此确信的同时，也感到了一阵惊讶。

刚才的攻击……单手剑三连击技"锐爪"并非虚有其表，是货真价实的剑技。在挥砍当中，剑身所发出的红光在空中留下轨迹，而我的身体也借由无形力量产生了加速度。换句话说，就是"效果光"与"辅助系统"。

这也就表示，这个Under World里是有剑技存在的，它也被写进运转整个世界的程序当中了。这绝不是只靠想象就能使出来的技巧，因为我几乎没有意识到自己正在发动什么样的攻击。系统在确认我的起始动作后便发动了剑技，然后借由辅助系统协助完成动作。若不是这样，刚才那一切根本不可能会发生。

但是，眼前又浮现了一个新问题。

昨天为了砍倒恶魔之树基家斯西达，我以"蓝蔷薇之剑"使出了单手直剑用单发剑技"平面斩"。那是难易度比锐爪还低的初级剑技——只是单纯的水平斩，但系统没有辅助我。剑不但没有发出光芒，身体也没有加速，而且剑刃根本没有砍中目标，最后我只能狼狈地趴在地上。

那为什么现在能发动剑技呢？因为这是实战吗？然而系统又是怎么判断使用者是否真的在战斗呢？

只是一眨眼的时间，我的脑中便闪过了一大串的念头。这在旧SAO里根本算不上什么空隙，因为当我使出连续技而陷入硬直状态时，敌人也会因身体受到巨大损伤而后仰，导致无法动弹才对。

但是——就算这个世界存在剑技，它也不是VRMMO游戏。我竟然粗心地忘了这一点。

左臂被砍断的哥布林队长和多边形怪物不同，根本没有停下自身的动作。闪烁黄光的眼睛不但没有恐惧或胆怯之意，反而出现压倒性的憎恨。伤口不停地流出黑血的他，口里爆发出炙热的咆哮——

"嘎噜噜噜噜！"

同时以猛烈的气势挥出右手的蛮刀。

这时我已经无法完全避过横扫而来的厚重刀刃。它的前端掠过我的左肩，光是这样的压力就让我往后飞了两米左右，整个背部重重摔在冰面上。

这时候哥布林队长才终于弯下腰，用嘴巴咬住蛮刀并以右手抓住左臂的切断面。接着便是一阵恐怖的声音响起，他似乎是想借用力把肉捏烂来止血。这个行动，显示出他绝对不是只有单一反应的AI。没错……当这个家伙自己报上"屋卡奇"这个名号时，我就应该要注意到这一点才对。这不是玩家和怪物的战斗，而是两个手握武器的高智能生物在生死斗。

"桐人！你被砍中了吗？"

尤吉欧的叫声传来。稍远处的他右手拿着弯刀，左手拿着发光草穗，正忙着牵制其他喽啰哥布林。

我原本想回答只是擦伤，但僵硬的舌头无法自由活动，所以只能发出沙哑的声音并拼命点了点头。当我准备站起身来而把左手撑在冰上的瞬间——

左肩忽然传来一阵让我以为所有神经都被烧焦了的灼热感，同时视野中也爆出许多火花。我忍不住流下了眼泪，喉咙

里也发出呻吟。

怎么会有这么恐怖的痛楚——！

这远远超出了忍耐的极限。我除了跪在冰上急促喘息之外，几乎没办法采取任何行动。但我最后还是硬转过头去看着左肩的受伤部位，随即发现束腰短衣的袖子已经整个被扯掉，外露的肌肤上出现了一道又大又丑的伤口。与其说是刀伤，倒不如说是被巨大钩爪之类的物体挖了个洞。皮肤以及下方的肌肉整个缺了一块，鲜红的血液不断往外涌出。左臂这时候已经变成了麻痹的炽热肉块，指尖也仿佛成了别人的东西一般完全无法动弹。

我在脑里嚷嚷着：哪有这种虚拟世界啊！

所谓的虚拟世界，应该是尽可能去除现实世界里的疼痛、丑陋与脏污，单纯提供一个清洁舒适环境的存在才对。如此真实地刻画出伤害与痛苦到底有什么意义呢？不对——应该说，它呈现出来的痛觉甚至超越了现实世界。在现实世界里如果受到这样的伤害，身体不是会采取分泌神经传导物质或是昏倒等防御措施吗？想必没有人能够忍受这样的痛苦……

——不过，也可能是我和别人有点不同吧。

我拼命让自己别去注意伤口，然后以自嘲的心情重新考虑当前情势。

我，这个名为桐谷和人的人类，可以说完全不熟悉真实世界里的疼痛。在真实世界里，我自从懂事之后就没有受过什么严重的伤，而且很快地就放弃了被祖父强迫而开始学习的剑道。虽然从SAO生还之后的复健相当辛苦，但也靠着最先进的训练机器及辅助性的药物免受疼痛所苦。

而在虚拟世界里就更不用说了。在NERvGear与AmuSphere

的疼痛缓和功能的过度保护下感受不到任何痛楚，对我而言，战斗中的负伤也不过就是数值上的增减而已。没错，如果艾恩葛朗特也存在这种痛觉，我大概没办法离开起始的城镇吧。

Under World是人造的梦境，但同时也是另一个现实世界。

虽然已经不知道是几天前的事了，但我终于理解自己在艾基尔店里所说的话究竟是什么意思。所谓的现实世界，存在着真正的痛苦与悲伤，只有能忍受并且突破这些不断袭来的情感，才能在这个世界里变强。哥布林队长……不，屋卡奇早就知道这一点，但我连想都没想过。

因为眼泪而模糊的视野里，能看见屋卡奇已经替左臂止了血，正缓缓地朝我走来。从他两眼放射出来的强烈怒气，似乎让周围的空气也为之摇晃。他右手接过咬在嘴里的蛮刀，接着用力挥动了一下。

"……我看，就算把你们大卸八块然后吞下肚里也没办法抚平这份屈辱……不过呢，还是先试试看吧。"

我把目光从在头上挥舞着蛮刀往这里靠近的屋卡奇身上移开，瞄了一眼躺在远方的赛鲁卡。虽然知道得站起来战斗，但身体就是不听使唤。简直就像内心所生的负面情绪有了实际的物理拘束力而绑住自己一样……

沉重的脚步声，到了蹲在地上的我面前便停了下来。从空气的流动中，可以感觉到巨大的刀刃从天而降。现在已经来不及回避或反击了，我只能咬紧牙关，等待从这个世界被放逐出去的瞬间。

但是，等了许久断头台的刀刃依然没有落下，反而是从背后传来了"沙沙"的破冰声以及相当熟悉的喊声。

"桐人——！"

　　吓了一跳的我睁开眼睛，马上就看见了尤吉欧在飞越我的身体之后直接举刀往屋卡奇砍去的身影。他胡乱挥舞着右手里的弯刀，把敌人逼退了两三步。

　　虽然哥布林一开始有些震惊，但马上就恢复正常，巧妙地利用右手中的蛮刀左右格开了尤吉欧的攻击。我瞬间忘记疼痛，张开嘴巴大叫：

　　"不要啊，尤吉欧！快点逃啊！"

　　但他只像是浑然忘我地放声大叫，然后继续挥动着弯刀。在长年挥动沉重斧头的锻炼下，尤吉欧每一击的速度都让人瞠目结舌，但节奏实在太过单调了。屋卡奇像是在享受猎物的垂死挣扎般一味进行防御，不久后便发出"咕噜啦"一声扫向尤吉欧的重心所在的脚。当尤吉欧失去平衡而脚下一个踉跄时，他眼前的屋卡奇便缓缓将蛮刀往后方拉去——

　　"住手啊——！"

　　但在我的叫声到达之前，屋卡奇的蛮刀便已经粗暴地横扫而去。

　　腹部受创的尤吉欧整个人飞了出去，接着掉到我身边发出沉重的声响。我反射性地将身体往他那边转去，虽然左肩产生了有如遭到雷击般的疼痛，但我依然无视这种感觉，直接往尤吉欧身边爬了过去。

　　尤吉欧的伤比我严重了好几倍。他的上腹部被横向切开一条线，参差不齐的伤口正不停地涌出大量鲜血。在他依然握在左手中的草穗的照耀之下，我马上就看见了在他伤口深处不规则地跳动着的脏器。

"咳咳。"随着沉重的声音，尤吉欧从嘴里吐出了血沫。他绿色的瞳孔已经失去光彩，只是空虚地看着上方。

然而，尤吉欧还是不停试着要撑起身体。他从嘴里吐出掺杂着血雾的空气，奋力伸直颤抖的手臂。

"尤吉欧……够了……已经够了……"

我不由得这么说道。尤吉欧承受的痛苦要比我大得多，这根本已经超越了正常人所能忍受的范畴。

这个时候——他失去焦点的眼睛笔直地看着我，然后随着鲜血说出这样一句话：

"小……小时候……不是约好了吗……我、桐人和——爱丽丝要同生共死……所以这次……我一定要……保护……"

说到这里，尤吉欧的手臂便失去了力量。我马上用双手撑住他的身体，以全身感受尤吉欧那瘦削却满是肌肉的身体重量。就在这时——

我的视野忽然被断断续续的白色闪光包围，接着视网膜深处便浮现蒙眬的影像。

被夕阳染红的天空下，有三个小孩走在贯穿麦田的道路上。我以右手牵住一名有着亚麻色头发的男童，左手则牵住另一名绑辫子的金发少女。

没错……当时我相信世界永远不会改变，也相信我们三个人永远会在一起。但是，最后我没办法守住这一切，只能眼睁睁看着它消失。我怎么能忘了那种绝望与无力感呢？这次，这次我一定要……

我再也感觉不到肩膀的疼痛了。轻轻让失去意识的尤吉欧躺在冰上之后，我便伸出右手，抓住滚落在一旁的直剑剑柄。

接着我抬起头来，横剑架开屋卡奇迅速往下挥落的蛮刀。

"咕呜……"

敌人发出惊讶的声音，身体也微微失去平衡，我马上利用起身的去势往他腹部猛撞。哥布林的身体更加剧烈地晃动，接着往后退了两三步。

我将右手上的剑对准敌人身体的正中线，用力吸了一口气，然后吐出。

对于承受肉体疼痛这件事，我确实没有什么经验。不过，我很了解某种远超过这种痛苦的感觉。跟失去重要的人相比，伤口所带来的疼痛根本算不了什么。就算机械再怎么对记忆动手脚，也无法消除丧失好友时的切身之痛。

再也无法忍受的屋卡奇高声咆哮，周围不断发出嘈杂叫声的手下们也因此安静了下来。

"白伊武姆……你别太得意忘形了啊！"

屋卡奇说完便以猛烈的速度冲来。我开始把意识全部集中在蛮刀刀尖上，视野里的其余部分全都随着耳鸣呈放射状往外流逝。这正是我遗忘以久的东西，也就是脑神经仿佛在发烫一般的加速感。不对——在这个世界里，应该要像是灵魂燃烧起来般的感觉吧。

我往前踏了一步躲开蛮刀斜劈，接着从左下方一剑将敌人整条右臂砍飞。握着蛮刀的巨大手臂，就这样回转着飞进围观的哥布林当中，惨叫声此起彼伏。

失去两条手臂且不断往后退的屋卡奇，黄色双眼里除了愤怒之外，还带着更加浓厚的惊愕。黑色液体从他的伤口里迸发出来，落到冰面上造成了水汽。

"……本大爷……本大爷怎么会输给伊武姆的小鬼……"

没等他用带着喘息的声音把话说完，我举剑便全力朝他冲了过去。

"你错了！我的名字不是'伊武姆'！"

我的嘴下意识地爆出这么一句话来。同一时间，我的左脚脚尖、右手指尖与直剑剑尖都像是一条鞭子般猛烈甩出，而剑身这次则是放射出了浅绿色光芒。无形的手开始用力推着我的背部，这是单手剑突进技"音速冲击"。

"我是……剑士桐人！"

等屋卡奇巨大的首级高高飞上天际之后，我的耳朵才听见空气"咻"的一声撕裂的声音。

我用左手接住垂直上升后旋转着落下的头颅，接着抓住那像是鸡冠般竖起的装饰羽毛，高高举起仍在滴血的首级大叫：

"你们老大的头被我砍下来了！还想打的家伙尽管放马过来，否则马上给我滚回暗之国！"

尤吉欧，再撑一下子就好，我在心中这么呐喊着，然后在双眼里灌注最大的杀气瞪着眼前的集团。哥布林们似乎因为队长的死亡而产生一阵骚动，彼此面面相觑后便慌张地发出了一阵叽叽的叫声。

不久之后，站在前排的一只哥布林缓缓晃动肩上的棍棒走到前面来。

"叽嘿，既然这样，就让我阿布利大爷把你干掉然后当下一任的老……"

我已经没有耐心听他放话了。左手依然拿着头颅的我猛然往前冲，接着用同样的招式把这家伙沿着右腋从左肩砍成两半。沉重的落地声之后便是血沫横飞，迟了一会儿之后那家伙的上半身才滑落到地面。

这下子，剩下那群家伙终于下定了决心。他们一起发出尖

锐的惨叫声,争先恐后地朝角落跑去。几十只哥布林就这样互相堆挤着跑进跟我们来时不同的出口,很快地就不见踪影了。回荡在空间里的脚步声与惨叫声逐渐远去后,刚才还相当热闹的冰之半球突然就笼罩在寒冷的寂静之下。

我深吸一口气,赶跑左肩再度出现的痛楚,丢下了右手的剑与左手的头颅。接着立刻转身,跑到躺在地上的朋友旁边。

"尤吉欧!振作一点啊!"

即使我这么大叫,他苍白的眼睑还是完全没有动静。虽然略微张开的嘴唇依然有微弱的气息吐出,不过感觉上随时都会停止。腹部严重的伤口仍在不停地流出鲜血,就算知道得先处理这种情况,可我的脑袋仍旧想不出任何止血的办法。

我用僵硬的右手迅速画出印记并敲了敲尤吉欧的肩膀,然后祈祷边看向浮现的视窗。

生命力——Durability Point显示为"244/3425",而且目前仍以大约每两秒就减少1这样恐怖的速度消逝。也就是说,尤吉欧的生命只剩约四百八十秒——差不多八分钟。

"……你等一下,我马上找人来救你!千万别死啊!"

我再度对他大叫,然后站起身子,全力朝角落的推车跑了过去。

推车上除了内容物不明的桶、木箱以及各种武器之外,被绑住的赛鲁卡也躺在上面。我从附近的箱子里抓出一把小刀,迅速把绳子割断。

我抱起那娇小的身躯,让女孩躺在宽广地面后快速检查了一下,看来她身上没有什么特别醒目的外伤,呼吸跟尤吉欧比起来也有力多了。我把手放在赛鲁卡穿着修道服的肩膀上,用不会弄痛她的最大力量摇晃。

"赛鲁卡……赛鲁卡！快醒醒啊！"

她的长睫毛很快便开始颤动，接着"啪嚓"一声睁开了浅棕色的眼睛。可能光靠放在尤吉欧身边的草穗光芒无法马上认出是我吧，赛鲁卡马上从喉咙深处发出惨叫：

"不……不要啊……"

赛鲁卡挥舞着双手试着把我推开，我则是用力按住她的身体，更大声地喊道：

"赛鲁卡，是我啊！桐人！不用怕，哥布林已经被赶跑了！"

一听见我的声音，赛鲁卡立刻停止挣扎。她畏畏缩缩地用右手指尖轻碰了一下我的脸颊。

"……桐人……真的是桐人吗？"

"嗯嗯，我来救你了。你不要紧吧？受伤了吗？"

"啊……嗯，我没事……"

赛鲁卡的脸开始扭曲，接着飞快地抱住我的脖子。

"桐人……我……我！"

先是有吸气声在我耳边响起，然后马上要转变成婴儿般的号啕哭声——但我已经先一步用双臂抱起赛鲁卡的身体，转过身子再度跑了起来。

"抱歉，等一下再哭好吗！尤吉欧受了重伤！"

"咦……"

怀里的身躯立刻紧绷。我沿路踢飞那些碎冰块及哥布林们丢下来的各种器具以奔回尤吉欧身边，接着将赛鲁卡放了下来。

"现在一般的治疗已经来不及救他了……赛鲁卡，拜托你用神圣术救救他吧！"

我连珠炮似的把话说完之后，屏住呼吸的赛鲁卡便跪了下去，畏畏缩缩地伸出手。她的指尖一碰到尤吉欧严重的伤口，立刻就颤抖着缩了回去。

不久后，赛鲁卡开始晃动绑绑成辫子的头发用力摇了摇头。

"……我没办法……这么……这么严重的伤势……我的神圣术根本没办法……"

她又用指尖碰了碰尤吉欧的脸颊。

"尤吉欧……骗人的吧……都是我害的……尤吉欧……"

从赛鲁卡脸颊上流下的泪水，滴进了冰上的血滩之后发出了细微声响。即使看见眼前少女以缩回去的双手遮脸啜泣，我还是硬下心肠对着她大叫：

"光是哭没办法治好尤吉欧的伤！就算没自信也要试！你是下一任的修女吧？你是爱丽丝的继承人对吧？"

赛鲁卡的肩膀抖了一下，但马上又无力地垂了下去。

"……我……没办法跟姐姐一样……姐姐三天就学会的法术，我花了一个月还是学不会。我现在……只能够治愈小小的擦伤……"

"尤吉欧他……"

我被从胸口涌起的感情所驱使，拼命动着嘴巴说服赛鲁卡。

"尤吉欧他是来救你的啊，赛鲁卡！他是为了你而拼上性命，不是为了爱丽丝！"

赛鲁卡的肩膀再次剧烈地抖了一下。

在我们两个人对话的期间，尤吉欧的天命依然在不断地减少。剩下来的时间大概只有两分，不，大概只有一分钟了。经过一瞬间让人焦躁万分的寂静之后——

赛鲁卡忽然抬起头来，她的眼睛里已经看不见数秒钟前的恐惧与犹豫。

"——普通的治愈术来不及，只能试试看危险的高级神圣术了。桐人，我需要你的帮助。"

"我，我知道了。你说吧，我什么都愿意做。"

"把你的左手借给我。"

赛鲁卡以右手用力握住我马上伸出去的左手，接着用左手紧紧抓住尤吉欧瘫在地上的右手。

"如果法术失败，说不定我们也会一起没命，你最好有所觉悟。"

"那时候只要让我一个人送命就好了——你随时可以开始！"

赛鲁卡以坚定的眼神笔直看着我并点了点头。接着她闭上双眼，用力吸了一口气。

"System call！"

异常清澈的声音，回荡于冰之半球当中。

"——Transfer human unit durability,right to left！"

随即有一道尖锐声响跟着赛鲁卡的回音出现并膨胀——下一瞬间……一道以赛鲁卡为中心的蓝色光柱屹立在我眼前。

这道远超过草穗亮光的刺眼光源，让宽广的半球形空间完全染上了浅蓝色。我忍不住眯起了双眼，但被赛鲁卡握住的左手却被一阵奇异的感觉包围着，令我再次睁开眼睛。

感觉就像整个身体都溶化在光线里，然后汩汩从左手流出去一样。

仔细一看，真的有无数小光粒从我身上出现并通过左臂移动到赛鲁卡右手上。我用蒙眬的视线追看光粒去处，立刻就发现光的奔流在经过赛鲁卡身体时亮度明显增加，最后被吸进尤吉欧的右手当中。

Transfer durability，应该就是让天命在人类之间转移的神圣

术吧。现在打开我的视窗，应该就能看见数值正在迅速减少。

不用管我，尽量拿去吧，我在内心如此默想，然后又在左手上灌注了更多的力量。身兼能源导线与推进器的赛鲁卡看起来也相当痛苦，这点再次让我意识到，这个世界受到伤害时所需付出的疼痛代价究竟有多么恐怖。

疼痛、苦楚、悲伤。这些虚拟世界里不需要的感觉之所以会遭到强调，很明显和Under World的存在理由有相当大的关联。如果RATH的技术人员们想借由虐待居民们的摇光来获得某种突破性进展，那么我这个不速之客在这里帮助尤吉欧就是明显的妨碍行为。

不过我必须说句实话，我才不想管他们的狗屁研究呢。就算尤吉欧等人只有灵魂，终究还是我的朋友，我绝对不会让他在这里丧命。

随着天命的移动，我顿时感觉全身被笼罩在一股强烈的寒意之中。我移动逐渐变暗的视线，拼命确认着尤吉欧的模样。他腹部的伤口已经明显变得比施术前还要小了，但看来要完全治愈还得花上一段时间，而且出血也还没有停止。

"桐……桐人……你还撑得住吗？"

赛鲁卡在痛苦的喘息下断断续续地问道。

"没问题……再，再多分一点给尤吉欧！"

虽然我嘴上这么回答，但眼睛已经几乎看不见任何东西了。右手、右脚的感觉也已经消失，只有握住赛鲁卡的左手在火热地颤动着。

就算在此丧失这个世界的生命，我也一点都不后悔。如果能拯救尤吉欧的性命，即便是比刚才更加强烈的痛苦，我也能忍受下去。唯一让我牵挂的，就是这个世界究竟将面临什么样的结局。如果这个哥布林集团只是开始，那么暗之国的侵略应该会越来越激烈才对，我实在放不下应该会立刻遭到这股洪流侵袭的卢利特村。由于我很可能在退出时便丧失所有记忆，所以绝对不可能再次登录这里。

不对，就算我消失了——

亲眼见到哥布林并握住武器与他们作战的尤吉欧，应该也会设法解救村子才对。尤吉欧一定会警告村长，让他增加村里的侍卫，然后到其他村子或城镇里告知这个即将降临的危机。

也因为如此，绝对不能让尤吉欧死在这里。

啊啊，但是，很遗憾——我马上就要命丧于此了。不知道为什么，我就是有这种明确的预感。尤吉欧依然没有睁开眼睛，难道说，就算耗尽我全部的生命，也没办法治愈他的伤势，把他从死亡深渊当中拉回来吗？

"……已经……不行了……再这么继续下去，桐人的天命就要……"

我似乎可以听见从遥远处传来赛鲁卡的哀号。

"不要停，继续。"虽然想这么说，但我的嘴巴却完全无法动弹，甚至连继续思考下去都相当困难。

这就是死亡吗？这只是Under World里的灵魂模拟死亡……还是说灵魂之死，也会让现实世界的肉体丧失生命呢？我的身体已经寒冷到令我不禁产生这样的想法。同时，也有一股异常恐怖的孤独感袭上心头……

忽然间，似乎有人把手放在我的肩膀上。

好温暖。我被寒冰封锁的内心开始缓缓融化。

我——认识这双手的主人。她的手如同小鸟的翅膀般纤细，却比任何人都能够紧紧抓住未来。

……你是谁?

我一用几乎听不见的声音这么问道,左耳随即感觉到一阵温柔的气息,跟着便听见一道令人怀念得几乎要掉下眼泪的声音响起。

"桐人、尤吉欧……我会一直等你们……会在圣托拉尔·卡赛多拉尔之顶,等着你们的到来……"

金黄色的光芒如同恒星般闪烁,盈满了我的内心,压倒性的能源奔流传遍了我的身体之后,为了找寻宣泄点而从我的左手溢出。

15

　　如同打击乐器般清脆响亮的声音，在春季朦胧的天空中扩散开来。

　　尤吉欧挥完五十下斧头之后，便擦着汗水转头看了过来，我则是把装有西拉鲁水的水壶丢给他并问道：

　　"你的伤怎么样了？还痛吗？"

　　"嗯，休息了一整天之后，好像已经完全没问题了。不过还有点痕迹就是。而且不晓得是不是错觉……这把龙骨斧好像变轻了呢。"

　　"应该不是错觉哦。刚刚的五十下里，足足有四十二下正中目标呢。"

　　听见我这么说，尤吉欧马上扬起眉毛，接着脸上便露出了笑容。

　　"真的吗？那今天的打赌应该是我赢了吧。"

　　"那可不一定。"

　　我笑着这么回答，同时用右手轻轻挥了一下接过来的龙骨斧。确实，手感比记忆中的还要来得轻。

　　在尽头山脉碰上噩梦般的恐怖事件后，已经过了两个晚上。

　　靠着赛鲁卡的神圣术，尤吉欧好不容易捡回了一条命。我以右肩撑着他，左手拿着哥布林队长的首级，走回卢利特村时太阳早已下山了。大人们已经在广场上协议是否要派出搜索队，而我们三人就这样突然出现在众人眼前，于是他们在松了一口气之后，马上由卡斯弗特村长与阿萨莉亚修女对我们进行严厉的说教。三名年轻人违反了"村民规范",这样严重的事态似乎已经让大人们陷入一阵恐慌了。

但是,当我举起了左手里的屋卡奇头颅,让大人们看见那比人类大上许多且有着黄绿眼珠与长长乱牙的丑恶面容时,他们沉默了片刻,随即发出比刚才更加惊恐的声音与惨叫。

再来主要就是尤吉欧与赛鲁卡向众人说明在北方洞窟里野营的哥布林集团,以及他们可能是暗之国派出的侦查队等事情。村长等人虽然很想把这些话当成小孩子的胡言乱语,但每个人在看到前所未见的怪物首级就放在石头地板上之后,也就不得不相信确有此事了。议题马上就转变成该怎么保卫整个村子,而我们也就被无罪释放,拖着疲惫的脚步各自回家。

在教会房间里让赛鲁卡处理完左肩伤势后,我便像摊烂泥般倒到床上并陷入沉睡中。由于尤吉欧隔天可以休息,所以我也跟着躺在床上昏睡,过了一晚后,今天早上我便发现肩膀的疼痛与全身的疲劳感完全消失了。

吃完早餐后,我便和同样恢复精神的尤吉欧一起来到森林,而他刚刚结束了最初的五十下砍伐——这就是大略的经过了。

我看向握在右手中的斧头,对在稍远处坐下来的尤吉欧这么说:

"尤吉欧,你还记得吗?在那个洞窟里,你被哥布林砍中的时候……曾经说过很奇怪的话。好像是说,我和尤吉欧以及爱丽丝以前就是朋友之类的……"

然而尤吉欧没有马上回答。他沉默了一阵子,在让人感觉相当舒服的风吹过树梢时,才让它把自己细微的声音传进我的耳朵里。

"……我还记得。虽然不可能有这种事……但那个时候,我

总觉得一定是这样。我和桐人还有爱丽丝是一起在这个村子里出生并长大……爱丽丝被带走的那一天，你似乎也在场……"

"这样啊……"

我点点头并思考了起来。

"陷入极限状态中所引起的思绪混乱"，应该能这么解释吧。如果尤吉欧的意识、人格，和我一样是由"摇光"所构成，那么在生死关头时，将几段记忆混杂在一起倒也不是什么不可思议的事。

然而问题在于——我在那里也产生了相同的记忆混乱。目击尤吉欧的生命逐渐消失时，我也有了跟他一起在卢利特村长大的鲜明感觉。不仅如此，我甚至想起了根本没见过面的金发少女爱丽丝。

这种事绝不可能发生。我桐谷和人，脑袋里还清晰地保存着在埼玉县川越市和妹妹直叶一起生活到今天（准确来说应该是在这个世界醒来为止）的详细记忆。我不相信，也不愿相信那一切都是捏造出来的情节。

所以说，那种现象应该是我和尤吉欧同时被某种幻觉侵袭所造成的结果吗？

但就算如此，依然有一件事无法说明。赛鲁卡试着以神圣术把我的天命转移到尤吉欧身上救他时，我在逐渐稀薄的意识当中确实感觉到了第四个人的存在。而且那个人还说"桐人、尤吉欧，我会在圣托拉尔·卡赛多拉尔之顶等着你们"。

我无法相信那道声音也是在意识混乱的状况下产生的幻觉。因为我根本没有听过"圣托拉尔·卡赛多拉尔"这个名词。而且无论是在现实还是虚拟世界里，我也从来没有去过那个地方，听说过关于那里的事迹。

这么一来，那道声音就确实出自除了我与尤吉欧、赛鲁卡之外的某人。如果……我推测那个人便是六年前从村里被带走的少女爱丽丝，会不会太过荒诞了？若真是那样，那么"我和尤吉欧及爱丽丝曾一起在卢利特村生活"这种不可能的过去也确实存在啰？

我停下从昨天早上醒来后就一直在脑袋里盘旋的思绪，开口表示：

"尤吉欧，赛鲁卡在洞窟里使用神圣术时，你有听见谁的声音吗？"

这次他很快就给了我回应。

"没有，毕竟当时我几乎没有意识。桐人听见了什么吗？"

"没什么……可能是错觉，当我没问吧。那——得开始工作了，我可要超过四十五下哦。"

我抛开在脑海里盘旋不去的杂念，面向基家斯西达。直接用双手用力握紧龙骨斧，把意识扩散到身体每一个角落。

挥出的斧头完全遵循我脑袋所想的轨迹，准确命中刻画在树干上的半月形断面中心。

我们两人完成上午共一千次的标准作业量时，比平常还快了三十分钟左右。这是因为我们两个都不怎么疲惫，所以也几乎不用休息的缘故。而且会心一击的几率跟上周比起来大为增加，感觉巨树树干上的断面看起来也变得比之前要深多了。

尤吉欧心满意足地伸了一个大大的懒腰，说"虽然早了点，不过我们来吃午饭吧"并在树木根部坐下。待我坐到尤吉欧身旁，他便从旁边的布包里拿出一样的圆面包，然后把两个丢到我手上。

我双手各接下一个面包，随即因为它依然跟石头一样的硬度发出苦笑并表示：

"如果这面包也能像斧头变轻一样稍微变软一点就好了。"

"啊哈哈哈……"

尤吉欧愉快地笑了起来，用力咬了口面包后才耸了耸肩。

"……很可惜，它还是老样子。话又说回来……为什么会忽然觉得斧头变轻了呢？"

"这倒是真的。"

嘴里虽然这么说，但其实我昨晚打开自己的"视窗"时，就已经预测到会有这样的现象了。那是因为物件控制权限、系统控制权限以及天命最大值都已经大幅上升的缘故。

当然我也知道这些数值之所以会上升，都是因为在那个洞窟里击退了一大群哥布林——换言之我们完成了高难度的任务，发生了在一般VRMMO里所谓的"等级提升"现象。虽然这种事我绝对不愿意再试一次，但挑战困难的战斗确实让我们获得了等价回报。

今天早上，我随口问了赛鲁卡关于这方面的事，结果她也表示，到上周为止失败率都还相当高的神圣术，现在却很简单就能成功了。至于为什么就连没有实际进行战斗的赛鲁卡也得以升级呢？我想，这大概是我们三个人被系统认定为一个小队，都获得了经验值的缘故。

尤吉欧的物件操作权限应该也跟我一样上升到了48左右。这么一来，当然就该再次尝试看看那个方法了。

我迅速吃完两个圆面包后就站了起来。还在缓缓咀嚼当中的尤吉欧好奇地看着我，但我还是朝基家斯西达树干上的一个大树洞走去，然后将手伸向前几天起就一直放在里面的蓝蔷薇之剑包裹。

虽然心里已经有底，但我还是带着半祈求的心抓住皮革袋子，接着使劲将它拿了起来。

"唉哟……"

我马上差点整个人往后仰，于是赶紧踩稳脚步。记忆中它的重量就宛如加上许多铁块的杠铃一样，不过现在已经轻得跟一只粗大铁管差不多了。

虽然手上还是有种沉甸甸的感觉。但真要说起来，这种重量倒让我觉得十分顺手，就像是重新握住旧艾恩葛朗特末期的爱剑一样。

我用左手拿住皮袋并解开上方的绳子，接着又以右手握住上头有着精美刻工的剑柄。对咬着面包瞪大眼睛的尤吉欧微微一笑，然后随着足以让背肌产生震动的出鞘声拔出了长剑。

蓝蔷薇之剑已不再像前几天那样是匹难以驯服的野马，这时它就像个高雅的美人般伫立在我手上。再度出现于眼前的它，让我越看越觉得真是一把绝世好剑。除了我所熟悉的多边形制武器绝对无法呈现的白色皮革剑柄质感之外，剑身夹带着复杂光线的透明感以及模仿蔷薇蔓藤的精细刻工，都让人能理解故事里的贝尔库利为什么会大着胆子想从白龙身边把它偷走。

"喂……喂，桐人，你拿得动那把剑啊？"

尤吉欧以惊愕的表情说道，于是我便轻轻地左右挥动了一下长剑给他看。

"虽然面包依旧没有变软，但这把剑似乎已经变轻了。来，你仔细看好啰。"

我再度对准基家斯西达的树干沉下腰，接着右脚后退只用半身对准它，然后右手随着这个回转把剑横向用力往后拉。在

我短暂蓄力的同时，剑身也被淡蓝色光芒所包围。

"——嘿！"

我发出简短的叫声并往地面一蹬。在融合脑里所想的招式之后，系统辅助直接让我的动作加速，使得挥砍有了惊人的速度与精密的准确性。这是单手剑单发剑技"平面斩"。

蓝蔷薇之剑闪电般水平扫出，在命中我所瞄准的攻击目标后发出了震耳欲聋的冲击声。基家斯西达的巨大身躯不停抖动，停在周围树梢上的小鸟们也一起飞了起来。

我因为享受到许久不见的"人剑一体"感而沉浸在满足中，并且将视线移向右臂前端。淡蓝色的透明银质剑刃，有一半以上已经砍进发出金属般黑色光泽的树干当中。

继眼睛之后嘴巴也跟着一起张大的尤吉欧，手里吃到一半的面包滚落到苔藓上。但是这名以伐木为天职的少年似乎完全没有注意到这件事，只是用发抖的声音说：

"……桐人……刚才你所使的……难道就是'剑术'吗？"

这不禁让我感到有些惊讶。从他刚才所说的话来看，这个世界应该也有剑技的概念，不过不晓得这是不是系统上认定的剑技就是了。我把剑收回左手的剑鞘里，慎重地回答：

"嗯嗯……我想应该是吧。"

"这也就是说……在被暗之神绑架前，你的天职一定是侍卫……不对，说不定是大城镇的卫兵呢。因为，只有卫兵队才能学习正式的剑术啊。"

难得快嘴讲出一大串话并站起身来的尤吉欧，绿色眼睛里已经散发出了强烈的光芒。一看见他这种模样，我就明白了。他虽然被命令得用一生的时间担任樵夫，而且六年来也毫无怨言地每天挥动斧头——但他拥有货真价实的剑士灵魂。他的内心深处对剑这种存在充满憧憬，同时也热切地希望能够自由施展剑技。

尤吉欧往前走了一两步，直接来到我面前。他笔直地看着我，以颤抖的声音问：

"桐人……你的剑术是什么流派的？还是说你连名字也想不起来了？"

我瞬间考虑了一下，随即用力摇了摇头。

"不，我还记得，我的剑术是'艾恩葛朗特流'哟。"

这当然是个临时想出来的名字。但一说出口之后，我马上就觉得除此之外也没有其他更合适的名字了。因为我的剑技全部都是在那座浮游城里学习、锻炼出来的。

"艾恩……葛朗特流。"

尤吉欧悄悄地重复了一遍并点了点头。

"真是个不可思议的名字。虽然我没听过，不过那可能是你师父或过去居住城市的名字哟……桐人，那个……我……"

尤吉欧忽然垂下视线，开始吞吞吐吐了起来。但是他几秒钟再次抬起头时，眼睛里已经重新出现坚毅的光芒。

"——你能不能教我'艾恩葛朗特流'的剑术呢？当然，我不是卫兵，甚至连村子里的侍卫都算不上……所以这样可能会违反某种规定……"

"禁忌目录还是帝国……基本法里面，有任何条文禁止不是卫兵的人修炼剑术吗？"

我静静地这么问道。尤吉欧轻轻咬着嘴唇，最后才呢喃道：

"……是没有这样的条例……但是禁止'同时兼任复数的天职'，所以一般只有被赋予侍卫或卫兵天职的人才能修习剑术。所以我要是学剑术……可能就会疏忽了自己的天职……"

尤吉欧的肩膀缓缓垂了下去，但他的双手依然紧握着拳头，紧绷的肌肉也微微发着抖。

我似乎能看见他灵魂里的纠葛。生活在"Under World"里的人们——也就是RATH不知道用什么手段大量生产出来的"人工摇光"们，拥有某种我们这种现实世界人类所没有的特质。

恐怕他们无法违逆写进意识里面的优先法则。最高支配者公理教会所颁布的"禁忌目录"，其下进行实质统治的诺兰卡鲁斯北帝国的"帝国基本法"等自然不用说，他们就连卢利特村传承的"村民规范"都不会主动违反，或者说无法违反。

所以，尤吉欧这六年来虽然一直很想去央都寻找被带走的发小爱丽丝，最后依然只能压抑下自己的渴望。他扼杀了自己的心，朝自己在世时绝对砍不倒的巨树不停地挥动手中斧头。

但是，他现在首次在自己的意识下准备开拓自己的命运。他之所以会要我教他剑术，除了对剑的憧憬之外，想必也有一部分是因为藏在内心最深处的希望——想救出被抓走的爱丽丝，因此想获得战斗的力量。

我默默看着低头不停颤抖的尤吉欧，在心里拼命对他说：

——加油啊，尤吉欧。不要放弃，别输给束缚自己的规则。第一步……踏出第一步吧，因为你可是个……

剑士啊——

亚麻色头发的少年就像听见我心里的话一样抬起了头。那对漂亮的绿色眼珠散发出前所未见的光芒，贯穿了我的双眼。从他紧咬的牙关里，发出了断断续续的沙哑声音。

"……可是，为了不重复同样的错误，为了取回……被夺走的东西……我还是……想要变强。桐人……请你教我剑法吧。"

虽然顿时有股感情猛然从胸口涌上来，但我还是努力将它咽了回去，然后在单边脸颊上露出微笑并点了点头。

"我知道了。我会把所有知道的剑技都教给你——不过，修炼是很辛苦的哟。"

我将微笑转为恶作剧的笑容，伸出了右手。这时尤吉欧紧闭的嘴角才终于放松了些，并伸出手紧紧回握。

"求之不得。啊啊……这真的……是我一直梦寐以求的事情啊！"

尤吉欧再度低下头去，两三滴透明水滴从他脸上坠落，在透过树叶间隙的阳光照耀下发出美丽的光芒。我还来不及感到惊讶，尤吉欧便已经往前踏出一步，"咚"的一声把额头靠在我的右肩上。接着便有一道极细小的声音透过相交的身体传来。

"我现在……知道了。我一直都在等你啊，桐人。六年来，我一直在这座森林里等你……"

"——嗯。"

我也以几乎听不见的声音如此回应，然后以握着蓝蔷薇之剑的左手温柔地拍尤吉欧的背部。

"……我一定也是为了和你相会，才会在这座森林里醒过来的，尤吉欧。"

我强烈地感受到，自己下意识所说的这句话里隐含着毋庸置疑的事实。

恶魔之杉、森林的暴君、钢铁巨树基家斯西达终于——或该说很简单地就被砍倒了，而我和尤吉欧用蓝蔷薇之剑开始练习"艾恩葛朗特流剑术"还不到五天。

理由其实相当简单，因为巨树刚好是我们最棒的练习对象。

随着我一次次演练"平面斩"加上尤吉欧持续不断地练习这一招式，树木上的断面就跟着越来越深，而当它达到直径的八成左右时，这件事就很自然地发生了。

"——喝！"

承受尤吉欧以漂亮姿势挥出的水平斩之后，巨树发出了过去从未出现过的诡异声音。

我们两个人只能呆呆地互看一眼，接着仰头看向基家斯西达高耸入云的树干，最后因为过于惊讶而无法动弹。因为我们看见巨树正缓缓朝这里倒下。

说起来，我们一开始时还不知道是树倒了，反而以为是我们立足的地面开始往前方倾斜了呢。这棵直径超过四米的巨树居然会屈服于重力而垂下头——这幅景象就是如此地令人难以置信。

还有八十厘米——如果以这个世界的单位来说就是"八十限"——左右的树干仅存部分，因为承受不住自身的重量，于是撒着石炭般的碎片断裂了。巨树死前的怒吼，甚至比连响十下的落雷还要猛烈，断裂声似乎穿越了村子中央广场，直接传进最北端的侍卫执勤室里头。

我和尤吉欧同时发出惨叫，然后一左一右地逃开。黑色的基家斯西达缓缓撕裂开始染上橘色的天空后倒了下去，最后巨大身躯终于完全躺在地上。我们被前所未见的冲击弹上半空中，接着因为屁股落地而使得天命减少了五十点左右。

"真是惊人……想不到这个村子里有那么多居民。"

尤吉欧递来装有苹果酒的杯子，我接下后便低声这么说道。

卢利特村中央广场上有几处燃烧得正旺盛的火堆，明亮的火光照耀着聚在这里的村民脸庞。喷水池旁边，有由类似风笛的乐器、非常长的横笛，还有兽皮制大鼓所组合成的即兴乐团。他们演奏着欢快的华尔兹，配合乐声跳舞的鞋子声与拍手声响彻了整个夜空。

我在离喧嚣稍远处的桌子前坐下来，用脚跟着音乐打起拍子，很不可思议地涌起了一股想加入村民们的行列，和他们一起跳舞的冲动。

"我可能也是第一次看见这里聚集了这么多村民呢。现在的人数啊，一定比年末的大圣节祈祷时还要多。"

尤吉欧说完后便笑了起来，而我则是对着他伸出右手的杯子，做出今天不知道已经是第几次的干杯动作。听说这味道像苹果酒的气泡酒已经是村子里酒精浓度最弱的饮料了，但一口气喝完还是会让脸马上开始发烫。

得知基家斯西达被砍倒之后，权力在村长之下的士绅们只好继上周的安息日之后再度召开会议。听说他们还在会议上沸沸扬扬地讨论着该怎么处置"巨树的伐木工"尤吉欧还有我这个跟班。

恐怖的是，居然有人认为由于比预定稍微早了一些——具体来说是早了九百年左右——便将工作结束，所以尤吉欧应该接受处罚，但最后在卡斯弗特村长力排众议下，决定先以全村之力举行庆典，而尤吉欧今后的天职则根据法律来安排。

虽说是根据法律，但我根本不知道实际内容究竟是什么。虽然我问过尤吉欧，但他也只是露出反正马上就会知道的笑容。

不过从他的笑容来看，至少可以知道我们不会被吊起来接受严刑拷打。我把杯里的酒喝完，随即抓起身边还在滴着肉汁的串烧大口咬了下去。

现在想起来，才发现我来到这个世界之后，吃下去的除了那已经快受不了的面包之外就是教会以蔬菜为主的料理，这还是我第一次尝到肉类食物呢。才刚入口的肉块，吃起来就像是淋上重口味酱料的柔嫩牛肉一般，那种芳醇的香气与甘甜口感，实在让人很难相信这里是虚拟世界，光是能够尝到这样的美味，就让我觉得和基家斯西达的苦斗也算是有代价了。

不过，事情并不是到此就画下完美的句点，应该说整件事现在才终于到了起点而已。我移动视线，稍微瞄了一眼尤吉欧腰间那把他引以为傲的蓝蔷薇之剑。

这五天里面，我已经让他以基家斯西达为目标，练习了无数次单手直剑用的初级基本技——"平面斩"了。

正如艾恩葛朗特流这个我随口胡诌的流派名所示，它是设定在过去那个名为Sword Art Online的VRMMO游戏里的系统剑术技能。

我能够理解可以重现这种动作的原因。以前转移到以枪战为主的VR游戏Gun Gale Online的世界时，我也曾经靠着几种剑技而得以度过艰辛的战斗。但那不过是用角色依样画葫芦地比出动作而已，不但没有效果光，也没有让剑加速的辅助系统。不过剑技本来就没有被写进游戏程序当中，所以这也是理所当然的事。

但是——在这个名为Under World的异世界里，剑技能够完全发挥作用。只要做出规定的起始动作，然后脑袋里拼命想象技能全体的动作，剑便会随之发出光芒，身体也会跟着加速。修行的第一天里，我还因为以为只有自己能做到这一点而慌了手脚，但第二天下午尤吉欧就成功地发动了"平面斩"，而这也证明只要能够满足条件，无论哪一个居民都可以使用剑技。

问题在于，为什么会有这种现象产生呢？以RATH所开发的STL技术来运作的虚拟世界Under World，和目前已经不存在的企业ARGUS所发行的SAO之间，应该没有任何关连才对啊？如果两者之间真的有某种关系，那么过去属于SAO事件国家对策小组，这次介绍我到RATH去进行奇怪打工的那个男人……

"该不会……"

我低声嘟囔，接着又咬下今天的第二根串烧。如果现在的想象是事实，表示那个男人根本不是什么介绍人，而是最接近整起事件核心的人物——但目前也无法确定这一点。想要得到更多情报，就一定得离开卢利特村到遥远南方的央都去才行。

现在已经把这个计划最大的阻碍基家斯西达解决掉了。接下来要做的，只剩下一件事。

把金属叉子上的肉以及蔬菜全部吃光之后，我便朝着在桌子对面凝视村民们的搭档说道：

"我说啊，尤吉欧……"

"嗯……什么事？"

"你今后……"

但就在我继续说下去之前，就有一道尖锐的声音从天而降。

"啊，原来在这里！你们两个可是祭典的主角诶，在这里愣着干什么啊？"

我花了一点时间，才发现这名双手叉腰并挺起胸膛的少女就是赛鲁卡。她平常总是绑成辫子的头发，现在已经完全解开并戴上了发箍，此外她身上穿的也不是黑色修道服，而是红色背心与草绿色长裙。

"啊，不是啦……因为我不太会跳舞……"

我学着吞吞吐吐搪塞的尤吉欧拼命摇着手与头。

"你也知道我丧失了记忆……"

"只要学一下就会了啦!"

赛鲁卡同时抓住我和尤吉欧的手,把我们从椅子上拉了起来。接着她不管三七二十一就把我们拖到广场正中央,然后用力把我们推了出去。周围立刻发出震天价响的欢呼声,而我们俩也被跳舞的人群给吞没了。

幸好这里的舞蹈跟学校运动会里所跳的一样简单,换了三次舞伴之后我大概就能跟着跳出与大家差不多的动作了。随着简单节奏来运动身体,让我感到越来越有趣,脚底下的舞步也变得轻快起来了。

这些女孩健康红润的脸颊上挂着开朗笑容,长相也看不出是东洋人或是西洋人。和她们牵手跳舞后,很不可思议地让我觉得自己确实是来自于某个村落的失忆者。

——话说回来,我以前也曾经在虚拟世界里跳过舞,而对象则是妹妹直叶在阿尔普海姆里的分身,风精灵剑士莉法。这时她的微笑和眼前这名女孩的面容重叠在一起,让我不禁感到有些鼻酸。

当我沉浸在这突如其来的乡愁当中而觉得有些难过时,音乐声变得越来越大,速度也逐渐加快,最后倏然而止。往乐团那里一看,马上就发现一名留着胡子的魁梧男性走上设置在乐器类旁边的演讲台。而那人当然就是卢利特村村长——赛鲁卡的父亲卡斯弗特先生了。

村长拍了两下手,接着以清晰的男中音大声说道:

"各位村民,虽然还在宴会当中,不过要先请大家听我说两句!"

村民们为了让因跳舞而发烫的身体冷却而人手一杯啤酒或

苹果酒。大家高举酒杯，朝村长发出欢呼声，接着便安静了下来。村长环视了一下众人，然后再度开口说道：

"——建立卢利特的开村祖先们长久以来的愿望，终于得以实现！从南方肥沃土地夺走提拉利亚与索鲁斯恩惠的恶魔之树总算被砍倒了！我们将会获得更多的麦田、豆子田以及牛羊的放牧地！"

再次响起的欢呼，盖过了卡斯弗特优雅的声音。村长举起双手等待众人安静下来之后，接着又表示：

"成就这一番事业的年轻人——欧力库的儿子尤吉欧啊，到这里来吧！"

村长对着广场的一角招了招手，脸上露出紧张表情的尤吉欧就站在那里。他身边那名身材略显矮小的壮年男性，可能就是他的父亲欧力库先生吧。除了头发的颜色之外两个人的长相完全不同，而他父亲脸上这时的表情与其说是骄傲，倒不如说是有些困惑。

尤吉欧在父亲之外的村民催促下往前走去。就在他来到村长身边并转向广场的瞬间，村民便发出第三次，同时也是最为热烈的欢呼声。当然，不认输的我也不断用力拍着手。

"根据规范——"

村长的声音响彻了广场，村民们开始闭上嘴巴并竖起耳朵倾听。

"成功完成自己天职的尤吉欧，拥有选择下一份天职的权利！他可以继续在森林里伐木，也能够继承父亲的耕种事业；当然也能够自由选择成为牧人、酿酒师或者是商人等各种道路！"

——他说什么！

我感觉舞蹈的余韵立刻冷却了下来。

现在可不能握住少女们的手高兴跳舞了，早知道就应该先对尤吉欧推上最后一把才对。他要是在这里宣布准备待在村子里种小麦，那一切就完蛋了。

我屏住呼吸凝视着尤吉欧的样子，发现他像是很困扰似的低下头去，然后右手挠着头，左手不停地握拳又放开。当我想干脆冲上台去，直接抱着他的肩膀大叫我们要一起去央都时——旁边忽然有一道细微的声音响起。

"看来……尤吉欧是打算离开村子……"

不知道什么时候，赛鲁卡已经站在我身边。她的嘴角露出有些寂寞又有些高兴的微笑。

"是，是吗？"

"嗯，不会错的，否则还有什么事会让他如此犹豫呢？"

尤吉欧就像听见了赛鲁卡的声音般，以左手用力握住蓝蔷薇之剑的剑柄。他抬起头来，依序看了一下村长以及所有村民围成的圈子，然后才以洪亮且清晰的声音说：

"我要——成为剑士。然后进入萨卡利亚城镇的卫兵队，在那里磨练自己的剑术，有朝一日更要前往央都去。"

一片寂静之后，村民之间忽然出现一阵像海浪般的骚动，但我不认为那是支持尤吉欧决定所发出来的声音。每个大人都皱起眉头和附近的人交头接耳地谈论了起来，连他的父亲以及旁边两名年轻人——应该是尤吉欧的哥哥们——也都露出了看起来相当苦涩的表情。

这时，依然是由卡斯弗特村长平息了现场的骚动。他举起一只手让村民们安静下来，接着自己也露出严厉的表情开口表示道：

"尤吉欧，你不会是想要——"

说到这里他便暂时停了下来，摸了摸下巴上的胡子然后说：

"……算了，我也不需要问你的理由了。根据教会订下的规范，你确实有权利选择下一份天职。好吧，那么我以卢利特之长的身份，批准欧力库之子尤吉欧的新天职为剑士。只要你愿意，就能够离开村子去磨练自己的剑术。"

这下子我才从嘴里吐出长长的一口气。

这么一来，我终于能用自己的眼睛确认这个世界的核心了。虽然就算尤吉欧选择当农民，我也会独自朝央都前进，但我既没有知识也没有盘缠，只能够像无头苍蝇般乱闯，可能要花上好几个月甚至是好几年才能到达目的地吧。想到这几天来的辛苦终于有所回报之后，肩头也显得轻松多了。

村民们在听见村长的决定后似乎也接受了这个结果，虽然仍有些犹豫但还是开始拍起手来。但就在拍手声变得热烈之前，忽然有一道尖锐的叫声响彻了夜空。

"给我等一下！"

一名大块头的年轻人推开人墙冲了出来。

我曾经看过那枯叶色的头发以及严厉的脸庞，还有他吊在左腰上那把造型相当简单的长剑。这人就是经常待在南方执勤室里的侍卫。

年轻人像是要和台上的尤吉欧较劲似的挺起胸膛，然后以浑厚的声音大叫：

"我应该有优先成为萨卡利亚卫兵队的权利！尤吉欧离开村子的顺序，再怎么说也该排在我后面才对吧！"

"没错，正是如此！"

此时又有个人大声喊叫着走了出来。这名中年男子和年轻人有着同样的发色与类似的长相，不过还挺着一个大肚子。

"……那是？"

我把脸靠近赛鲁卡身边并这么问道，她绷着脸回答我：

"那是前任侍卫长德依克先生和他的儿子现任侍卫长吉克哟，他们一家老是喜欢说自己是村里最强的剑士。"

"原来如此……"

我静静地观察事情会有什么发展，而卡斯弗特村长在听完吉克与他父亲的说法之后，便像要安抚他们般举起手表示：

"但是吉克啊，你继承侍卫的天职到现在是第六年对吧？按照规定，你必须要在四年后才能参加萨卡利亚的剑术大会啊。"

"那尤吉欧也得再等四年才行！尤吉欧的剑术不及我却比我早参加大会，这太不像话了吧！"

"嗯，但你要如何证明你的剑术优于尤吉欧呢？"

"什……"

吉克和他父亲的脸马上同时红了起来，这次换成他父亲怒气冲冲地逼近卡斯弗特说道：

"就算你是卢利特村的村长，我也无法容许你说出这种话！如果你认为我儿子的剑术会比不上一个伐木工，那就当场让他们两个比试看看吧！"

听见他这么说，村民之间也传出了看热闹的赞同声。他们把这当成是庆典里突发性的余兴节目，不但开始高举起酒杯还用力踏着地面，大声嚷着"比啦比啦"。

因为过于惊讶而只能默默看着这一切的我，发现吉克瞬间就向尤吉欧提出了比试要求，而尤吉欧也只能接受他的挑战，很快，演讲台前已经清出一个空间让两人对决了。我带着难以置信的心情在赛鲁卡耳边悄悄说道：

"我过去一下。"

"你，你想做什么？"

我没有回答她的问题，直接拨开人群来到喷水池前面并跑向尤吉欧。这时他的对手已经像只马上就要破闸而出的悍马一样，但尤吉欧却还是一脸不清楚事情怎么会演变至此的表情。看见我之后，他才像松了口气般低声说道：

"怎，怎么办啊桐人，事情变得这么严重……"

"事到如今也不能道歉了事了。话说回来，所谓的比试是来真的吗？"

"怎么可能，虽然会用剑，但还是点到为止哟。"

"这样啊……不过你那把剑要是没停住而砍中对方，很有可能会要了他的性命。听好，你等一下别对吉克出手，只要攻击他的剑就好。朝他的剑身来一记'平面斩'就搞定了。"

"真，真的吗？"

"相信我，我向你保证。"

我拍了一下尤吉欧的背，然后对在稍远处以怀疑眼神看着我的吉克与吉克父亲点点头，接着走回到村民当中。

讲台上的卡斯弗特村长拍了拍手，大喊道："保持肃静！"

"那么——虽然原本没有这样的预定，不过我们还是临时决定举行侍卫吉克与伐木工……不对，应该是剑士尤吉欧的比试！比试当中只能点到为止，绝对不能损及双方的天命，知道了吗！"

他的话才刚说完，吉克便大声拔出腰间的佩剑，而尤吉欧迟了一会儿后也缓缓抽出了长剑。这时村民们之所以会发出"哦哦"的惊叹声，一定是因为看见了蓝蔷薇之剑在火光照耀下所发出的美丽光辉吧。

　　吉克看起来也被尤吉欧手中的长剑散发出来的气势给吓到了。他把头稍微往后一仰，但马上就恢复成原来的姿势。年轻侍卫的脸上随即浮现出更加强烈的憎恶，接着用左手指着尤吉欧，说了出乎我意料的一段话。

　　"尤吉欧，那把剑真的是你的吗？如果是借来的，那么我有权禁止你使用……"

　　在他还没叫完之前，尤吉欧便以毅然的态度如此回答：

　　"这把剑——是我在北方洞窟里得到的，因此现在所有权属于我！"

　　村民之间马上发出低沉的骚动，而吉克则是哑口无言。原本以为他会继续要求尤吉欧证明剑的所有权，不过看来他并不打算这么做。我想，可能是因为在这个没有窃盗行为的世界里，只要宣告物品的所有权属于自己，那么该物品从那一刻起便会确实变成"宣言者的所有物"。要是继续抱怨下去，或许会构成某种侵权行为呢。

　　虽然不清楚我的猜测究竟对不对，但吉克也没多说些什么，只向双手各吐了一口口水，然后便将自己的直剑高举过头。

　　相对地，尤吉欧则是将右手握住的剑举在正面，左手左脚稍微往后拉并沉下腰部。

　　在几百名村民屏息注视之下，卡斯弗特高举右手，然后随着"开始"的声音用力挥下。

　　"呜哦哦哦哦！"

　　果然不出我所料，吉克马上就冲了出去。他一面发出粗野的吼叫一面用让人觉得"这样真能点到为止吗"的速度从尤吉欧头上往下砍——

　　"……"

我顿时轻轻吐出一口气来。因为吉克的剑在空中忽然改变了轨道，上段斩只是他的假动作，实际上这是一招右水平斩。虽然这是相当基本的欺敌招数，但现在使出来对尤吉欧可是大大的不妙。因为尤吉欧听从我的建议，准备用"平面斩"来对付吉克的剑，但要用横向斩来迎击横向斩是相当困难的一件事。要是挥空，很有可能就此败给对方……

"嘿……嘿呀！"

与吉克相较之下略为缺少气势的吼叫声，停止了我瞬时的思考。

尤吉欧使出来的剑技不是"平面斩"。

那是一个仿佛把剑扛在右肩上的起始动作。剑身发出浓厚的蓝色光芒，然后他便随着足以震动地面的踏步，在空中画出倾斜四十五度的锐利圆弧。这是……我还没教过他的"斜斩"。

尤吉欧晚了一拍才开始挥动的剑以闪电般的速度扫过，直接击中了吉克才使出一半的水平斩。我凝视着钢铁剑刃轻易遭到破坏的模样，扪心自问。

想必尤吉欧回家后也用了棍棒之类的物体练习剑技，而且在过程中领悟了"斜斩"。但刚才的动作绝对没有任何一丝临时抱佛脚的生硬感，尤吉欧和蓝蔷薇之剑合为一体的模样，看起来甚至让人觉得相当美丽。

当他经过不断的钻研而学会更多剑技，并且经过实战的艰辛磨练时，究竟会成为一个多么了不起的剑士呢？如果……如果到时候得和他来场认真的对决，我真的能赢过他吗——？

村民们看见这没有人料到却又精彩万分的结果后，马上产生了一阵骚动。虽然我也在人群当中用力拍着手，但也同时意识到自己的背部流下了冷汗。

吉克父子以一副茫然若失的模样离开之后，音乐立刻重新开始在广场上响起。庆典的氛围变得比刚才更加热烈，等到教会的钟声宣告已经是晚上10点时，众人才依依不舍地离开。

我多喝了三杯苹果酒才好不容易忘记没来由的不安，接着便任凭已经有些微醺的自己冲进跳舞圈子中，最后还是在赛鲁卡硬拖着我的情况下才回到了教会，尤吉欧在门口看见我这种模样，也不由得露出了苦笑。和他约好明早出发旅行并告别后，我总算回到房间里，整个人瘫倒在床上。

"真是的，就算是庆典你也喝太多啦，桐人。来，喝点水吧。"

一口气喝完赛鲁卡递过来的冰凉井水，头脑才终于冷静了下来，我也跟着呼出长长的一口气。在艾恩葛朗特或阿尔普海姆里，无论喝再多的酒也不会真正喝醉，然而Under World里的酒看来会让人不省人事。我心想以后一定得特别注意，然后抬头看着身边露出担心表情的少女。

"……干，干吗？"

以为我从她脸上发现了什么的赛鲁卡，表情变得有些讶异。我却又悄悄低下了头。

"那个……真是抱歉。你一定想和尤吉欧多说点话吧？"

依然穿着盛装的赛鲁卡，脸颊随即染上一抹粉红色。

"你忽然在胡说些什么啊？"

"因为明天早上……不对，我应该要先就这件事向你道歉才对。抱歉，结果好像变成我把尤吉欧带离这个村子一样。如果那家伙一直在这个村子里伐木的话，将来可能会和赛鲁卡，那个……共结连理呢……"

赛鲁卡先是用力叹了口气，然后才在我身边坐了下来。

"真不知道该怎么说你……"

她像是很受不了我似的摇了几下头，这才又接着说：

"……算了，这样也好——我只能说，尤吉欧离开村子我当然会有些寂寞……但我还是觉得很高兴哟。因为啊，爱丽丝姐姐不在后一直过着行尸走肉般生活的尤吉欧，现在脸上又有了那样的笑容，而且还自己决定要去寻找姐姐呢。你别看爸爸他那个样子，我想他内心一定也对尤吉欧没忘记姐姐这件事感到相当高兴才对。"

"这样啊……"

赛鲁卡点点头，然后抬头看着窗外的满月。

"我呢……其实并不是想学姐姐那样触碰暗之国的土地才到那座洞窟去的。我也知道，自己不可能办到那种事情。我只是想……走到自己再也无法前进的距离，然后明白自己无法取代爱丽丝姐姐而已……只是想确认这件事而已。"

我稍微思考了一下赛鲁卡的话，然后才轻轻摇着头回答：

"不，我认为你已经很了不起了。换作一般的女孩子，在去到出村的桥上、森林里，或者洞窟入口的时候就会走回来了吧。但就是因为你已经走到那么深的洞窟里面，才能发现哥布林侦察队啊。你已经完成只有你才能做到的事情了。"

"只有我……才能做到的事情？"

我对瞪大眼睛并露出疑惑表情的赛鲁卡用力点了点头。

"你不是爱丽丝的替代品。你应该也有只属于自己的才能，所以你只要慢慢发挥出你的长处就可以了。"

其实，我也确信今后赛鲁卡在神圣术上的才能应该会获得飞跃性的进步。因为她也和我与尤吉欧一起击退了哥布林，系统上的权限等级想必也因此而上升了。

但进步的本质并不在数值的增减上，而是因为她主动挑战了"自己究竟是什么人"这个问题并获得了答案。这件事情将会给她的进步带来强大的动力，因为"相信自己"正是人类灵魂所能产生的最大力量。

之前我一直把内心的某个问题抛在一旁，看来也该是时候找寻它的答案了。

这个意识——名叫桐人或者是桐谷和人的自我，到底又是什么呢？是在动物脑中的摇光，也就是"真正的我"？或者只是由STL读取我的脑部之后，保存在记忆体里的"复制品"呢？

确定这个问题的方法，就只有一个而已。

尤吉欧与赛鲁卡等Under World居民，也就是人工摇光们，无法违背"禁忌目录"以及"帝国基本法"。但就算我能够抵触这个世界的禁忌，也没办法证明我不是人工摇光，因为我根本不知道禁忌目录里有哪些条款……也就是说，我的灵魂里并没有写上这些规则。

如此一来，我就只能借由是否能以自身意志突破至今为止一直坚守的人生准则……也就是道德伦理来确认了。这几天来，我一直在思考着该怎么做这件事，但真要实行起来可以说是相当困难。我当然不可能用剑去伤害村民或者盗取财物，要把说别人坏话这种小事当成能够确认自己身份的行为又很难。而我最后所能想到的，也只有这个行动了。

我转过身体，笔直地凝视着身旁赛鲁卡的脸。

"……什么事？"

她带着莫名其妙的表情不停眨着眼睛，于是我把手往她的脸颊伸去，同时在内心向亚丝娜以及结衣道歉。在对赛鲁卡本人也说了声"抱歉"之后，我便把脸靠过去，轻轻在她发箍下

方的雪白额头上亲了一下。

赛鲁卡的身体虽然抖了一下，但除此之外就没有其他动静了。大约三秒之后，我把脸移开，她这才用面红耳赤的表情狠狠瞪着我说：

"你……刚才……那是什么意思？"

"这个嘛……应该可以算是'剑士的誓约'吧。"

我一边说出相当牵强的借口，一边在内心确定了一件事情。

我做出了真正的我原本不会去做的行为，所以是真正的我。如果我是摇光复制品，大概在赛鲁卡额头前几厘米处身体就会自动停下来了。

赛鲁卡依然凝视着陷入这种沉思当中的我，接着用右手碰了一下自己的额头，然后轻轻吐了口气并呢喃道：

"誓约……这或许是你们国家的风俗习惯吧，但如果不是额头而是……的话，现在整合骑士应该已经朝着村子飞过来了，因为这违反了禁忌目录啊。"

虽然途中有一部分听不清楚，但我决定还是不向她确认比较好。赛鲁卡再度摇了摇头，表情转变成"真是受不了你"的微笑，然后对着我问：

"那么……你立下了什么样的誓约？"

"那还用说吗……我会和尤吉欧一起救出爱丽丝，然后把她带回这座村子里来啊。我向你保证……"

暂停了一会儿后，我才缓缓接下去说：

"因为我是剑士桐人啊。"

16

隔天早上的天气非常晴朗。

我和尤吉欧各自感受着右手上的赛鲁卡特制便当的重量，踏上这条应该很久之后才会回来的路往南走去。

沿着小路来到进入基家斯西达森林前的分歧点时，我发现有一名老人正站在那里。他满是皱纹的脸孔已经被白色胡须所覆盖，但腰杆还是挺得相当直，而且双眼依然炯炯有神。

一见到老人，尤吉欧便露出满脸笑容，朝他跑了过去。

"卡利塔爷爷！你是来送我的吗？真是谢谢你，昨天都没看到你呢。"

我听过这个名字。这位老人应该就是前任"基家斯西达的伐木工"了。

名为卡利塔的老人在胡子底下露出温柔的笑容，然后把双手放在尤吉欧肩上。

"尤吉欧啊，我只能砍出手指长度的基家斯西达，你终于把它砍倒了吗……能不能告诉我，你究竟是如何办到的？"

"都是靠这把剑……"

尤吉欧稍微拔出左腰的蓝蔷薇之剑然后将其收了回去，接着回头看着我说：

"还有……我朋友的帮助啊。他的名字叫桐人，真的是个很夸张的家伙哟。"

虽然心里在想"这算什么介绍"，但我还是急忙低下头去。卡利塔老人来到我面前，像是要以锐利目光看透我这个人般紧

盯着我——但他马上就再次露出了微笑。

"你就是传闻中的那个'贝库达的迷失者'吗？原来如此你有一副变动之相啊。"

我有生以来还是第一次听见别人这么说。当我正感到不解时，老人已经用左手指着森林并继续表示：

"虽然打扰你们的行程有些不好意思，但能不能跟我到里面去一下呢？不会耽误你们太多时间的。"

"嗯。桐人，没问题吧？"

由于没有什么拒绝的理由，我也点头同意了。老人再度笑了一下，说声"那跟我来吧"之后便朝通往森林的小路走去。

虽然每天经过这条路的日子只维持了一周，但我的内心还是涌起一股怀念的感觉。走了将近二十分钟之后，我们来到一片宽广的空地。

数百年来，森林的支配者一直耸立于此，然而现在它巨大的身躯就只能静静躺在地面。漆黑树皮上已经有纤细的蔓藤爬了上去，不久的将来，它应该就会完全腐朽而回归大地了。

"……卡利塔爷爷，基家斯西达怎么了吗？"

听见尤吉欧的声音后，老人还是一言不发地走向树干前端。我们急忙跟在他身后往前走，但基家斯西达的树枝以及它所扫倒的木头已经纠缠在一起，让我们一路上就像走在迷宫里一样。仔细一看，能发现基家斯西达树干上无论再怎么细的树枝都没有折断，只是直接插进地面或岩石当中，这也让我们再次为它的强韧感到震惊不已。

我们任凭树枝在我们外露的手臂上不停刮出伤痕，艰辛地往前进，最后终于来到早已一脸轻松地站在那里的卡利塔老人身边。尤吉欧边用手掌擦拭额头上的汗水，边用抱怨的语气说：

"这里到底有什么东西嘛？"

"就是这个。"

老人所指的，是基家斯西达树干的最顶端，也就是一根笔直往上延伸的树枝。这根颇长的树枝上没有任何旁枝，而且前端就像细剑般尖锐。

"这根树枝怎么了吗？"

我一这么问，老人便伸出骨瘦如柴的右手，抚摸着大约有五厘米宽的树枝。

"基家斯西达所有树枝里头，吸取最多索鲁斯恩惠的就是这根树枝了。来，用那把剑把它从这里砍断。要一剑就砍断哦，重复砍的话可能会裂开。"

老人用手刀在距离尖端一点二米处比出切断的姿势，接着往后退了几步。

尤吉欧和我面面相觑，接着决定先按照老人的指示去做。尤吉欧把便当交给我，而我则向后退去。

蓝蔷薇之剑出鞘后，在阳光照耀下发出淡蓝色光芒，我身边的老人看见后便轻轻吐露出赞叹声。我原以为叹息里可能也带着"年轻时如果能有这把剑，那么一切都将不同"的感慨，但瞄了一下老人的侧脸后，却发现他依然相当平静，让人根本无法看透内心的想法。

虽然尤吉欧已经摆好架式，却一直没有动作。剑尖映照出他内心的犹豫而微微颤抖了起来。看样子，他大概没自信能够一击斩断这根足有手腕那么粗的树枝。

"尤吉欧，让我来吧。"

我伸出手之后，尤吉欧也就老实地点了点头，把剑柄往我这里递来。这次换我把便当交给他，然后交换了彼此的位置。

我放空思绪,只是凝视着黑色树枝,接着举起长剑,笔直地往下砍。一阵清澈的声音与轻微的应手感过后,剑刃便通过了瞄准的地点。我用剑身接住迟了一会儿才落下的黑色树枝并将其往上挑,然后用左手抓住了在空中旋转着落下的树枝。手腕立刻传来一股沉甸甸的重量,而像冰块一样的冰冷手感更是让我脚底有些踉跄。

我将蓝蔷薇之剑还给尤吉欧,然后双手高举着黑色树枝来递给卡利塔老人。

"你就把它带着吧。"

说完,老人便从怀里拿出一块相当厚的布,慎重地把我手里的树枝包了起来。接着他甚至还在上面用皮绳将其牢牢绑住。

"这样就可以了,等你到达央都圣托利亚之后,就拿着这根树枝到北七区去找一名叫做萨多雷的工匠,他应该会帮你把它打造成一把强力的剑才对。我想,威力应该不会输给那把漂亮的青银剑。"

"真,真的吗,卡利塔爷爷!那真是太棒了,我们正为两个人得共用一把剑而感到困扰呢。你说对吧,桐人?"

面对高兴地这么说道的尤吉欧,我也边笑边点头同意他的看法。不过老实说,我虽然感到相当高兴,但也觉得漆黑的树枝有些过于沉重了。

看见我们两个人同时低下头,老人也露出了开心的微笑。

"这没什么,就当成我送你们的一点饯别礼物好了。路上要小心啊,现在这个世界已经不是只有善神在管理了。我准备继续待在这里观察一下这棵树……再见了,尤吉欧,还有年轻的旅行者。"

再度沿着小路回到街道上之后，刚才还是一片晴朗的天空，已经从东方边缘涌起了一块小小的黑云。

"风里的湿气增加了，还是趁现在多赶点路比较好。"

"……说得也是，那我们走快点吧。"

我点头同意尤吉欧的看法，接着便用皮绳把装有基家斯西达树枝的包裹绑在背上。远处传来的雷鸣与树枝产生共振，让我的心跳也稍微开始加速。

成对的两把剑。

这难道是带着某种暗示的未来信号吗？

我瞬间有种应该把这个包裹埋在森林深处的感觉，而且也真的停下了脚步。然而，我却不晓得自己究竟在怕些什么。

"快走吧，桐人！"

抬起头之后，马上就看见了尤吉欧那对未知世界充满期待的开朗笑脸。

"嗯嗯……走吧。"

我和这名在一个星期前相遇，却有如儿时玩伴般的少年并肩走着，快步朝南方——那个Under World的中心，同时也拥有所有谜题答案的地方前进。

（Alicization Beginning　完）

▶后记

我是川原砾。在此为您献上2012年的第一本书《刀剑神域 9 Alicization Beginning》。

第八集出版的时间是去年8月，所以说起来已经隔了半年左右。虽说是这段期间里发生了种种事情的缘故，但首先还是要为让各位读者久等了这件事情向大家道歉！接下来我会尽量不拖这么久的！（注：以上为日文原版情况）

那么，以下所写的就是关于本书内容的部分了，不过……究竟要写什么才好呢……虽然不想让喜欢先看后记的读者在这里就了解剧情发展，但不论怎么避免都还是会写出一大堆关于剧情的内容啊！所以我决定在这里拉一条警告线。警告线后就是毫无顾忌的黑暗领域了，请大家要小心！啊……现在就已经在泄露剧情了……

——剧透警告线——

在隔了以亚丝娜为主角的第七集，以及满是外传的第八集之后，终于又来到以桐人老师向新世界进发为主要剧情的第九集了。一路在SAO、ALO与GGO等各种幻想世界里旅行的他，在这次的世界里终于没办法"以强大的实力开始新游戏"，得从等级1开始慢慢努力挑战……原本的构想应该是这样……关于他马上便开始用剑技这一点，只能请大家多多担待了……

身为作者，我已经在本集登场的"Under World"里进行了各种新尝试。至于具体的例子嘛，比方说桐人这次遇见的不是女孩子……等一等，不是这样啦，应该说是以网络游戏的文脉能够写出多么正统的奇幻小说，还有把焦点放在一直以来都没有特别描写过的NPC，也就是AI身上，再来就是试着把"VRMMO的故事"拓展到最大极限等等。至于能不能顺利收线，等事后再来考虑就好了。而我也会以这样的决心来撰写下一集与之后的故事内容！

虽然已经接近尾声，但我还是想在这里跟各位读者谈谈《刀剑神域》将推出电视动画的事情。从2001年开始创作，隔年起以网络小说形式在网络一角悄悄连载的《SAO》，竟然会有成为动画的一天……如果对刚开始创作时的我这么说，我应该会表示"只是GIF动画而已吧"而绝对不相信会有这种事发生。能有这样的结果，真的要再次感谢帮忙实现这种奇迹的插画家abec老师，以及三年多前对我说"这部作品也一起出版吧"的责任编辑三木先生，还有因为过于忙碌而HP条早已降到鲜红状态的副责任编辑土屋先生，最后就是一直支持着本作品与作者的各位读者了。当然，原作小说也会继续写下去哟！

2011年12月某日　　川原 砾

图书在版编目（CIP）数据

刀剑神域. 9, Alicization Beginning / (日) 川原砾著；(日)abec绘；周庭旭译. — 长沙：湖南美术出版社，2012.10（2019.5重印）

ISBN 978-7-5356-5651-3

Ⅰ.①刀… Ⅱ.①川… ②a… ③周… Ⅲ.①长篇小说—日本—现代 Ⅳ.①I313.45

中国版本图书馆CIP数据核字(2012)第214075号

原著名:《ソードアート・オンライン9 アリシゼーション・ビギニング》，著者:川原礫, 绘者: abec, 日版设计: BEE-PEE

© REKI KAWAHARA 2012

First published in Japan in 2012 by KADOKAWA CORPORATION, Tokyo.

Chinese translation rights arranged with KADOKAWA CORPORATION, Tokyo.

Translation copyright © 2012 by Guangzhou Tianwen Kadokawa Animation & Comics Co., Ltd.

本书中文简体字翻译版由广州天闻角川动漫有限公司出品并由湖南美术出版社出版。未经出版者预先书面许可，不得以任何方式复制或抄袭本书的任何部分。

湖南省版权局著作权合同登记号：18-2012-121

本书为引进版图书，为最大限度保留原作特色、尊重原作者写作习惯，故本书酌情保留了部分外来词汇。特此说明。

刀剑神域9 Alicization Beginning

广州天闻角川动漫有限公司 出品

著　　者	（日）川原砾
绘　　者	（日）abec
译　　者	周庭旭
出　　版	湖南美术出版社
地　　址	长沙市东二环一段622号
经　　销	全国新华书店
出 版 人	李小山
出 品 人	刘烜伟

责任编辑	谢爱友 曹汝珉
美术编辑	冯沛妮
制版印刷	凸版艺彩（东莞）印刷有限公司
开　　本	787mm×1092mm 1/32
印　　张	10.125
版　　次	2012年10月第1版
印　　次	2019年5月第8次印刷
书　　号	ISBN 978-7-5356-5651-3
定　　价	39.00元